彩雲国物語

十七、紫闇の玉座(上)

雪乃紗衣

角川文庫
23885

目次

『彩雲国物語』　主な登場人物

紅秀麗《こうしゅうれい》　名門だが貧しい紅家の娘。女性初の監察御史となる。

紫《し》**劉輝**《りゅうき》　彩雲国国王。秀麗に想いを寄せている。

李《り》**絳攸**《こうゆう》　文官。黎深の養い子。秀才だが方向音痴。

藍楸瑛《らんしゅうえい》　武官。劉輝に忠義を尽くすために羽林軍将軍位を捨てる。

茈《し》**静蘭**《せいらん》　紅家に仕える家人。実は劉輝の兄である清苑《せいえん》公子。

浪燕青《ろうえんせい》　茶州で秀麗の副官を務めた有能で頼りがいのある男。

鄭悠舜《ていゆうしゅん》　宰相として王を支える。

榛蘇《しんす》**芳**《おう》　地方を巡る監察御史。秀麗の暴走を止める存在。

リオウ　仙洞令君（長官）。縹家の生まれだが、異能を持たない。

旺《おう》　**季**《き》　門下省長官。貴族派の重鎮。

葵《き》**皇毅**《こうき》　御史台の長官。秀麗の上官。名門貴族・葵家の唯一の生き残り。

凌晏樹《りょうあんじゅ》　門下省次官（副官）。旺季の腹心。

劉志美《りゅうしび》　紅州州牧。紅黎深たちとは旧知。

司馬《しば》**迅**《じん》　楸瑛とは幼なじみで、十三姫《じゅうさんひめ》の元許嫁。

孫陵王《そんりょうおう》　兵部尚書。旺季の盟友で歴戦の兵。

欧陽玉《おうようぎょく》　工部侍郎。碧州の名士の出身。

紅邵可《こうしょうか》　秀麗の父親。紅家の当主となる。

紅黎深《こうれいしん》　邵可の弟。兄と姪の秀麗に執心な天つ才を持つ男。

茶鴛洵《さえんじゅん》　朝廷三師の一人で、茶家の当主。故人。

楊《よう》　**修**《しゅう》　李絳攸に代わって吏部侍郎に昇格した切れ者。

羽《う》　**羽**《う》　仙洞令尹《れいいん》（副官）。高齢だが優れた術者。

縹璃桜《ひょうりおう》　縹家の当主でリオウの父。不老体質で秀麗の母・薔薇《ばら》姫《ひめ》を愛していた。

景柚梨《けいゆうり》　戸部侍郎。朝廷内では常識人。

珠《しゅ》　**翠**《すい》　元・後宮筆頭女官。縹家の血をひく。

縹瑠花《ひょうるか》　強力な異能を持つ縹家の大巫女。珠翠に大巫女の座を渡す。

真っ白な花吹雪が、一面に舞い狂っていた。

樹齢の見当もつかぬ桜の巨木から、花があとからあとから降りしきる。重みで枝垂《しだ》れるほど咲きこぼれる桜の花の、その不思議な色合いも、花びらの形も、今はもう地上にない。気の遠くなるほど遥《はる》か古代の桜だった。

花の下で、男が一人、ゆったりとした仕草で桜の木にもたれかかっていた。

──俺の勝ちだな。

その男は冷たく唇をゆるめて、紫霄《ししょう》を見た。彫刻のような顔立ちに甘さや繊細さは微塵《みじん》もなく、傲慢《ごうまん》で力にあふれ、一瞥《いちべつ》のもとに人を跪《ひざまず》かせる。

『だがそう長くはなかろうよ。あの扉はいつか開く。どんなに妹が厳重に封印をしても、いつかどこかのただの人間が、すべての神器を壊して自分からあの扉を開くだろうさ。どうせ数千年ももたん。それまでの間だ。いずれ自滅するその日まで、酒でも飲みながら眺めてろ』

花嵐が男の姿を隠していく。

『……紫霄、人間に近づきすぎるなよ。黄昏《たそがれ》の王みたいになるぞ』

黄昏の王──蒼遥姫《そうようき》のために人間についた〝仙《せん》〟の呼び名を、男はからかうように口にする。

やがて蒼玄《そうげん》の笑声だけが、桜吹雪の中に響き、かき消えていった。

──りぃんと、鈴をふるような音がした。

霄太師《しょうたいし》は今がいつで、自分がどこにいるのかしばらく思い出せなかった。暁闇《ぎょうあん》に、仙洞《せんとう》宮《きゅう》を見つけて我に返る。

じっとりと汗の滲《にじ》んだ額に手を当てた。いつのまにか若い姿になっていることに気づき、霄太師は奥歯をきつく噛《か》んだ。意識して深く息を吸いこむ。ぎらぎらと目が怒りに輝いた。

「……やめろ、藍《あい》の。この私相手にくだらん真似をするな……!!」

夜明け前の闇から、藍龍蓮《らんりゅうれん》の姿をした藍仙《らんせん》が心外そうな顔つきでやわやわと滲みでた。

「わしは何もしておらぬ。どうやら引っ張られたようだな。アレに」

藍仙が顎《あご》をしゃくった先には、流麗な細工が施された仙洞宮の扉がある。錠一つないのに開かぬ奇妙な扉は、今夜も固く閉じている。だが二仙の目にはもう一つの扉が見えていた。その扉には、小さな隙間ができていた。誰かが闇の向こうから見えない手で押し開いたように。風もないのに、きぃ、と扉がひとりでにきしむ。きぃ……きぃ……。

開かずの仙洞宮と言われるが、霄太師は二年前の春、紅秀麗《こうしゅうれい》を放りこむために開けた。それは大したことではない。その奥にこそ〝開けてはいけない〟本当の扉がある。各州の神域に神器を安置して縹《ひょう》家と仙洞省《せんとうしょう》が封じてきたもう一つの扉。

その扉に、今、僅《わず》かな隙間ができていた。そこから、とろりとした千古の闇が蜜《みつ》のように甘くねっとりとしたたり落ちている。古びた闇の風が手招きしている。

藍仙は快さげに目を細めて、漏れでるその懐かしい風の手触りを楽しんだ。

「……久々ではないか、〝隙間〟ができるのは。アレのせいで、わしの力と、そちが反応して引っ張られたと見えるわ。ふん、何を〝夢視《ゆめみ》〟た？　紫霄。花の匂いがするぞ」

「……うるさい」

「滅多にないことだな。ここまで扉に〝隙間〟ができるのも、同時代に全仙が人の肉体をもつことも。特に黒《くろ》のが槐《えんじゅ》の門から降りてくるのは珍しい」

「黒のだと？　よく淡々とあいつのことを口にできるな」

紫霄が皮肉めいた顔で吐き捨てる。藍仙は物憂げに笑った。藍仙が心の中で思っていることを言ったなら、紫霄は激怒するに違いない。紫霄と黒仙《こくせん》は全仙の中で二人だけ、蒼玄《そうげん》の時代から一度も『眠らず』、人の世に在りつづけている。互いに理由は正反対だと思っているだろうが、藍仙からすれば、たいして違わない。

「……紫霄、こたび神器を壊したのは人間だ。扉を開けたのもな。黒のではない。『誓約』において、わしらはただ見ておることしかできぬ。何を苛立《いらだ》っておるのかはしらぬが、全部黒ののせいにするな。そも、〝扉〟が開くのはわしらにとって好都合ではないか」

紫霄は苦々しげな顔をして、顔を背けた。

「ふ。見よ、羽羽《うう》が頑張っておるわ」

きぃ、きぃときしんでいた扉が、外から見えない手で押さえつけられるように、じりじりと閉じていく。千古の闇が、扉の向こうに押し戻される。藍仙は微笑んだ。

「見事よ。人の身で、ましてもう余命幾ばくもないくせに、また押し返しおった。あれほど毅《つよ》く高貴な魂をもつ術者は、この先二度と出るまいな……。瑠花《るか》と羽羽に子がいれば、蒼遥姫に比したやもしれぬ」

蒼遥姫の名に紫霄は束の間、古代の桜吹雪が舞い散るのを見たように思った。

藍仙がつと腕を差し伸べれば、ざぁっと、強い風が吹いた。その風の奥から旺季《おうき》の琴の調べが聞こえてくる。封印の力においては縹家の二胡《にこ》に次ぐ力をもつ琴《きん》の琴《こと》の音《ね》が〝扉〟を撫《な》でると、扉はしぶしぶ隙間を閉じた。

二仙のそばで渦を巻くように、桜の花びらが舞い狂っていた。

それは今はもう絶えた、古代の桜。時を司《つかさど》る藍仙の〝記憶〟に刻まれた、夢のカケラ。

「──さあ紫霄、今ひとたび、うたかたの世の夢を眺めようではないか。大地に降りた全仙が、この懐かしい暗闇の風を感じておるわ。……ふふ、紫霄、何をおかしな顔をしておる？　そちが戩華《せんか》に仕えたのも、あの王なら一切合財滅ぼしてくれると思ったからだろう？」

紫霄は黙っている。

「そちが手を貸して瑠花は政争に負け、狙い通り戩華は蒼玄の血族を片っ端から滅ぼした」

花嵐の中に響く琴の琴は、色あせたと思っていた古《いにしえ》の記憶を呼び覚まし、藍仙の心をも震わせる。ずっと聞いていたい、いや二度と聞きたくない──。

「だが、なぜかたった一人残した。よりによってもっとも蒼《そう》家の血が濃く正統な血筋を継ぐ王の星。この懐かしく忌々しく、……けれど愛《いと》しい蒼周《そうしゅう》の琴の調べの継承者。なぜかのう紫霄。戩華があの男だけ生かしたのは。殺しておれば今頃〝扉〟が開いてすべて終わっておったのに。なぜかのう紫霄、大嫌いな戩華の息子がこれですべて片付くのに、そちがそんな顔をしておるのは？　そちは人間にとっとと滅んでほしいのか、そうでないのか、たまにわからなくなるぞ」

「――黙れ」

静かな気迫が風の刃《やいば》となり、散り落ちる古代の花びらを一つ残らず切り刻んだ。〝龍蓮〟の髪が一房落ちた。藍仙は切られた髪の先をつまんだ。

「……ふふ。そちはわしを殺さぬし、わしもそちを殺せぬ。〝鴉《からす》の嘴《くちばし》〟じゃ」

鴉は仲間の目玉だけはつつかない。あまりに鋭く強い嘴でいがみあえば、あっというまに種が絶滅するからだ。だが、小さな嘴の小鳥同士を籠《かご》に放りこめば血だらけで殺し合う。かつての彩八仙もどんなに仲が悪かろうが、殺し合いはしなかった。配下の脇侍もそうだ。それこそが強者の証《あかし》。だが無力な人間は小鳥と同じく殺し合うまで戦う。それが生きとし生けるものの理《ことわり》で、弱さの証であるとも気づかずに。数千年経とうともいっかな変わらぬ。

「いまだ人間は鴉以下の弱さと知能じゃ。そちの主《あるじ》はガッカリせんのか、黒仙の使いよ？」

暁闇の空に、一羽の大鴉が舞っていた。金色の目。その足は神鳥《しんう》をしめす三本足。

〝仙〟らに敬意を表するように大鴉は旋回し、いずこかへと飛び去った。

「ふふ、相変わらず黒の脇侍は茶《さ》の銀狼《ぎんろう》と並んで礼儀正しい」

黒仙が人に手を貸す時、必ず世の天秤《てんびん》が傾く。

流星雨のように、いくつもの人の運命が降り落ちる。その様を眺めるのを藍仙は好んだ。それは最期にひときわ輝きを放って翔《か》ける帚星《ほうきぼし》や散りゆく桜を愛でるような、傍観者の身勝手な愛ではあったけれど。

その時だけは、人の魂を美しいと思える。

ただ、その時だけは。

「赤い妖星《ようせい》が長らく天に留《とど》まっておるが、やがて落つ。それとともに幾つかの星々も落ち、天の星図が塗りかわる。禍《まが》つ妖公子《ようこうし》・戩華の時代の終焉《しゅうえん》だ。かわって東に美しい王の星がきらめきはじめておる。その曇りなき血統ゆえに大業年間にて愚王に追われ、姓氏を変えられ、紫門《しもん》家に降格、あらゆる粛清と屈辱も生き抜いた運命の公子。正統なる蒼家の末裔《まつえい》——旺季」

紫霄は知っているはずだった。旺季には生まれながら王の星があるが、紫劉輝《しりゅうき》にはない。なのに紫霄は紫劉輝を担ぎだした。なぜと藍仙は問わなかったし、どうでもよいことだった。八仙は気まぐれで、その時々に気が向いたことをする。紅仙《こうせん》しかり。

「紫霄、人の世はわしらにとってうたかたの夢にすぎぬ。この世に奇跡は起きぬ。いつか誰かのしたこととの帳尻《ちょうじり》が合うだけだ。瑠花は死ぬ、羽羽も死ぬ、紅秀麗も死ぬ。運命《さだめ》を変えることもできたが、彼ら自身がそれを選ぶ。それより大事な何かと引き換えに」

紅秀麗は自らの命数を知りながら瑠花の差し出した機会を拒み、どこまでも人間として生きて死ぬほうを選んだ。

生まれるはずのなかった奇跡の娘。細い細い一筋の道を、帚星のようにためらわずに駆け抜ける。

運命をねじまげるのではなく、運命の中で全霊を賭《と》して駆けていく。紅秀麗のまま。今は藍仙も見てみたかった。あの娘の、運命の終わりを。

──美しい流星雨の夜がくる。

「……紅《あか》のが残した夢の娘にも終わりがくる。あの娘も旺季も、いつでも己を賭《か》けた。だがあの若い王が国と民のために身を賭したことは一度もない。臣下はそれを見ていた。ただそれだけのこと。……さても、そのことにあの若い王は気づくかな？　紫霄」

紫霄は答えなかった。

序章

桜が、あとからあとから狂ったように舞い散っていた。

その人は、雨のように降る桜の下で、彼に気づかず全然別の何かを考えている。いつもだ。彼にはそれが腹立たしい。

じっと待っていると、ようやく彼の存在に気づき、晏樹《あんじゅ》、とその人が名を呼んだ。

晏樹はひどく苛々《いらいら》した。今まで誰が相手でもいつだってすぐ一番の「お気に入り」になったのに、いつまでたっても、あの人は皆に「平等」で「公平」で、下手したら馬のほうがよっぽど自分より大事に扱われている。それが彼には気に入らなかった。ひと言冷たく言ってやった。

『桜は、嫌いです』

そうか、とその人は笑った。それがカチンときて、また余計なことを言った。

『あなたも、嫌いです』

ちょっと沈黙したあと、また、その人は、そうか、と言った。困ったように小首を傾げ、鼻の頭をかいて。それだけだ。その人にはそれだけのこと。

晏樹が彼に近づいたのは、『仕事』をするためだった。取り入り、姓氏と財産を残らずぶんどった後、一族すべてを破滅させる。いつものように、それが彼の仕事だった。すでに相手は一族と呼べるほどの家族もなかったし、娘だけで息子もいない。簡単に終わるはずだった。

なのに、晏樹はこの人を破滅させることもなく、傍にいる。

春の桜、夏の藤、降りしきる黄金《こがね》の銀杏《いちょう》を見ればこびとの扇のようだなと呟《つぶや》き、冬の雪原では、もうすぐ春がくると曇天を見上げた。晏樹が破滅させなくたって、こんなバカでノンキで位ばかり高い貧乏貴族、すぐ誰かにつけこまれておっ死《ち》ぬに違いない。そう思っていた。だが、その人は血のついた剣を片手にしてさえ、変わることはなかった。

『見ろ、晏樹。こぶしの花が咲いてる。春の神が宿る花だ。……ああ、もう、春だな』

あまりの白さに、青みがかっているように見える雪色の花。

政敵がさしむけてきた刺客の死体が点々と転がる凄惨な雪原で、春を告げるこぶしの花を見つける人。

――この人は、どんな「大人」なのか。

あのとき、晏樹の心が、風にさやぐ竹の葉擦れのような不思議な音を立てた。何かが知りたくて――その何かは今もわからない――大嫌いなその人の傍に、彼は今も留まる。

『……晏樹、知ってるか？　この桜はな、子孫を残すことができないんだ』

その人は掌《てのひら》で、散る花びらを受け止める。

『これは人が掛け合わせてつくった桜だ。より美しい桜を求めて。その代償に、この木は花を咲かせても種子がつくれない。次代に何も残せない。人の手で挿し木をする以外に、生き残れない。この桜がまるで生まれる前から決めていたように同時期いっせいに各地で咲いて、いっせいに散るのは、すべて同じ株わけの複製だからだ。全部同じ。それも、人が世話して増やさなければ、百年たたずにこの品種の桜は地上から消え去る。それを人は褒めそやし、愛で、春が過ぎれば忘れ去る。人間らしい身勝手な愛情だな』

晏樹もまた桜の木を仰いだ。

『……晏樹、実は私もこの桜が嫌いなんだ。気が合うな』

そういって、その人は共犯者を見るように目を細めて、つづけた。

『まったくバラバラやかましく自己主張しながら散りおって。風情がないのだ。だが……確かに美しい。人の勝手で、たった一代限りの桜に作りかえられた。騒々しく見ろ見ろと派手に咲いて散るのも、仕方あるまい。それがこの花が生まれたたった一つの理由だ。渋々でも、まあ毎年見てやるかと思ってな。私の生きてる間くらい、付き合ってやるさ』

より優れた花のために、次代を残せなくされた桜。狂ったような美しさ。誰かが大事にしてやらねば、生き残れない。美しさと引きかえに儚《はかな》さと潔さと滅びが宿命。

幽玄《ゆうげん》の美。

ああ——と、晏樹は声なく呟いた。笑おうとしたが、うまく笑えなかった。そんなことは生まれて初めてだった。笑顔が地顔になったのなんて、記憶にもない遠い昔。

言葉がこぼれ落ちた。苦々しい溜息《ためいき》と、ぎこちない笑みと一緒に。

『……でも、あなたは、まるでこの桜のような人ですよ。旺季様』

そのとき、旺季がなんと答えたのかは、記憶にない。


……ぱちり、と晏樹は目を覚ました。

夜明けの近い薄闇と、がらんどうのような静けさがしんしんと室《へや》に落ちている。長椅子で寝そべりながら、手探りで果物皿の葡萄《ぶどう》を引き寄せた。ふた粒食べて、放り出した。目を閉じれば、旺季が紅州《こうしゅう》へ駆ける馬蹄《ばてい》の音が聞こえるような気がする。いつも旺季がいたこの室も、主《あるじ》がいないとひどく虚《うつ》ろだった。葡萄の味もスカスカ。

晏樹はくるくると波打つ長髪を気怠《けだる》げな仕草でかきあげた。

夢の中で見た、桜の下の旺季の姿はなかなか去らなかった。

「ねえ、皇毅《こうき》、悠舜《ゆうしゅん》。約束したよね？　どんな手を使っても、僕らの願いを叶《かな》えるって」

彼ら三人が、遠い遠い昔に願ったことがある。

「もうすぐ、そのときがくる。……けど、使えないのが一匹いるから困るよ。せっかく拾ってあげたのにさ」

瑠花の暗殺に失敗したのが晏樹にも知れた。晏樹と、晏樹が操っているあの男とは『契約』でつながっているからか、動きや様子がボンヤリと伝わってくるのだった。

「珠翠《しゅすい》も瑠花も殺《と》れないとはねぇ。あいつがトコトン役立たずなのか、それともお姫様が予想外に成長してきたのか。やるじゃん、お姫様。僕好みになってきたな」

晏樹はくつくつと喉《のど》の奥で笑った。人生を面白くするものを彼は愛する。

「さぁて、次はどうしよっかなー。藍楸瑛《らんしゅうえい》にあいつの顔を見られたし……あ、そうだ。前みたいに狐の面とかつけちゃおっかなー。旺季様のタメに頑張らないとね。なーんて」

旺季を見ているのは楽しかった。旺季は綺麗《きれい》な人間ではない。血染めの剣を手に白い花を見つけるのが旺季だった。自分の手を汚すのを躊躇《ためら》わない。なのに決して最後まで堕《お》ちない。黒い羽根を一枚載せれば秤《はかり》が落ちる輩だらけの中で、ゆらゆらと釣り合い続ける。危うい道を意志一つで歩き続ける。それは綺麗事だけや堕ちきった人間よりも、晏樹の心を惹《ひ》いた。

すべてを自分以外の誰かに割いて生きる、生まれながらの王。晏樹とは真逆。だから晏樹は、旺季が大嫌いだった。

「あなたのためじゃない。悠舜も皇毅も自分の願いがある。僕も僕の願いを叶える」

自分のために、晏樹は旺季の傍にいる。旺季のために生きたことなどない。だからいつか旺季を裏切ることも簡単にするだろうと思う。

かつて旺季の傍なら知ることができると思った『何か』。

それが何なのか今もわからない。あの竹の葉擦れのような音は、今も晏樹の胸でヒソヒソ鳴っている。

心地よく、なのに晏樹をおぼつかない気持ちにさせる。そんなとき晏樹はつい旺季の首に手をかけたくなる。

「……大丈夫。玉座に即《つ》くまでは、ちゃんと味方でいますよ。邪魔はすべて排除して、あなたの願いを叶えてさしあげる。僕なりのやり方で」

だが、その他はだめだ。チリチリと産毛が逆立つ感覚が警告する。それ以外はだめだ。

「ねぇ悠舜。僕が勝っても君が勝っても、旺季様の勝ち。でも、……僕が勝つよ」

桜が咲く頃には、すべて終わる。僕のやり方で。悠舜、君のやり方ではなく。

晏樹は喉の渇きを覚え、葡萄にまた手をのばしてひと粒食べた。

「……お早いお帰りを、お待ちしてます、旺季様」

外の梢《こずえ》にとまっていた黒い鴉《からす》が、バサリと木から飛び立った。

＊　＊　＊

蘇芳《すおう》は冗官室《じょうかん》で人を待っていた。室には他に誰もいない。書翰《しょかん》を読みながら茶に手を伸ばすと、足裏に震動を感じた。手で茶碗《ちゃわん》を押さえる。と、誰かが「机の下、つくえのしたー」と叫びながら冗官室に駆けこんできた。蘇芳はやる気のない様子で挨拶《あいさつ》した。

「よー、叔牙《しゅくが》。久しぶり」

鳳《ほう》叔牙は揺れがおさまったのを確かめてから、蘇芳の向かいの椅子を引いて座った。

「よー、じゃないよ。ナニ最近の地震。多すぎ。ありえなくない。……ったく、帰ってたんならすぐ連絡くれてもいいんじゃないの蘇芳《すおう》ちゃーん。ヒドい人」

「悪い悪い。謝る。燕青《えんせい》への文、中継してもらってマジで感謝してる」

冗官仲間以前に友人同士である二人の会話は気安いが、軽くはない。蘇芳は燕青宛の文を預けるくらい叔牙を信頼していたし、叔牙もまたその信頼を裏切ることは決してない。

「……で、蘇芳。秀麗ちゃん行方不明とかふざけた話、アレどーなの？　なんかヤベーことあったって、みんな薄々わかってるから怒ってんだよ。ちゃんと説明しろよ」

蘇芳ははぐらかしたりしなかった。

「……わーってる。行方不明じゃねぇよ。お嬢さんが勅使の道中でヤベーことになりかけたのは確か。それで助けるために別んとこで預かってもらった。……極秘のはずが、ヘンな形で情報が漏れたのは、なーんか裏がありそーだけど」

ふっと、叔牙の顔つきが変わった。蘇芳と同じ下級貴族で元冗官の鳳叔牙たちは、上の貴族や官吏から体よく利用されるのが日常茶飯事だ。やり口は身を以って知っている。

「……『上』の情報操作？」

「事実、オマエらカンカンだろ。俺らは王様寄りじゃねーけど、お嬢さん寄りなのはわかってるわけ向こうも。んでお嬢さんが王様のために頑張ってんの見たら、別に王様好きでなくても味方してもいーかなーくらいの頭の軽い奴らの集まりってのもな。俺らバカで単純だからさ。官吏辞めさせて後宮入りとか、お嬢さんが婚前逃亡したとか噂流せば、俺らが王様に反感もつのもお見通しだと思うぜ」

叔牙は頬杖《ほおづえ》をつき、冷めた目で「でも根も葉もない噂話じゃないっしょ、事実でしょ」と言った。

「お嬢さんがどうなったかは俺にもわからない。けど相手はあの女だぜ。帰ってくるなっつーても帰ってくるだろ」

叔牙は頬杖を解くと、背もたれにもたれて椅子を揺らした。暗い顔で呟《つぶや》く。

「……帰ってこないほーが、いーと思うんだけどねぇ。この状況だぜ。もー王様見捨てていいと思うよ。王様が王様じゃなくなれば、秀麗ちゃんも知らん顔で官吏つづけられる気もするし。秀麗ちゃんを引きずり下ろす理由が消えるだろ。秀麗ちゃんの最大の邪魔って王様じゃん。邪魔だよ」

「俺もすげぇそー思う。でも帰ってきちゃうと思うぜ。じゃなかったら、俺もお前も他の冗官組も今ごろ朝廷から消えてるっつーの。バカを見捨てていける女じゃねーからさ」

叔牙は苦笑いをした。「だよねー」それが叔牙たちの好きな秀麗だった。叔牙はしばらく椅子の脚を浮かせて遊んでいたが、やがて戻した。

「で？　お前はどうするつもりだよ、蘇芳」

「……お嬢さんには借りがあるからさー……」

「借金も全然返してないしネー」

「うっ。だからさー……王様のためでないけど、お嬢さんのために王につくわ。俺」

叔牙は蘇芳へにっこり笑った。

「おー了解。じゃみんなに伝えとくわー」

「おい叔牙。俺はいいけど――」

「いーんだよ。俺ら頭悪いからさ。フクザツな理由なんていらねーよ。秀麗ちゃんが肩入れすんなら、俺らのお仲間だ。王様見捨てたら、俺らをあっさり切り捨てた上の奴らと同類だ。助けてやってもいいじゃん。秀麗ちゃんは信じてるんだろ。失敗ばっかりでも、信じて支えれば、きっといい王様になるって。春に俺らに最後まで付き合ってくれちゃったように」

「…………。……マジでいいのか？　叔牙」

「秀麗ちゃんのためならいいよ。王様のことは知らないけど、秀麗ちゃんは信じてるから。秀麗ちゃんがいないこの時にさ、かわりに俺らが頑張ってもいいじゃん」

派閥ができた、と蘇芳は直感した。落ちこぼれや下級貴族ばっかりのヘボすぎな派閥ではあるけれど。利用されるばかりで、いつもフラフラどっちつかずの浮き草のような自分たちが、ようやくまとまろうとしている。紅秀麗という存在によって。

「みーんなバカで官位も低いし、まー全然たいした力にはなれないけどさ。中上位貴族よりはしがらみないし。死んでも王様に味方する、とも言えねーけど。……言わなきゃだめかなあ」

「いやーお嬢さんもそこまで望んでねーだろ。俺も死んでも味方する気はねーもん。俺がいなくなったら誰が親父の保釈金返すの。俺ら逃げ足だけは速《は》えーから、自分第一でやばくなったらすぐトンズラだ。ギリギリまで朝廷に留《とど》まって、自分の首を絞めない程度にうまく泳いで情報収集ってトコだな、当面は」

「なんだ、いつもやってることじゃん。でも自分の保身のためにおべんちゃら言うより、なんかやりがいあるネ!!　秀麗ちゃんのためってのが」

　また地震がきたので、二人は黙った。今度は大きくはないが長かった。

「……蘇芳、マジな話、気づいてるだろ？　これ、やばいよ、もう。昔と空気似てる」

「……ああ」

　蘇芳も叔牙も、前《さき》の公子争いの時にすでに朝廷にいた。当時と同じ嫌な臭いを二人とも敏感に感じとっていた。

「公子たちの争いも泥沼だったけど、今回は一方的に王様がやられてる。袋叩《ふくろだた》きだよ。貴族派の領袖《りょうしゅう》旺季が紅州に発《た》つのが決まってから、ひどいぜ。王様だけが全部悪くて無能な図式になってる。宰相会議も、一応出るけど黙りっぱなしとか、側近と後宮で遊び呆《ほう》けてるとか、まことしやかにいろんな噂が流れてるし」

「……フッー宰相会議の様子なんて下っ端まで漏れないよな。誰かが漏らしてんな」

「だろーね。それに碧州《へきしゅう》じゃ震災が起きて、地震なんてなかった貴陽《きよう》でも急にこの群発地震だろ。凶事続きでみんな普通じゃなくなってる。日に日に、なんかあの頃の異常な空気に近づいてる。なんか起こりそうっていうかさ――」

　叔牙は言葉を濁した。声に出せば本当になる気がしたのだろう。

おさまりかけた揺れが再び活発になり、誰かの悲鳴が遠く聞こえた。

蘇芳が机に積んでいた書物が、崩れて床に落ちた。


……その晩、絳攸《こうゆう》は悠舜の室《へや》を訪《おとな》った。

いくらかの時間が過ぎ、尚書令室《しょうしょれいしつ》から出てきた絳攸の手には、小さな紫の巾着《きんちゃく》が一つ握られていた。絳攸はそれをしばらく見つめた後、懐に乱暴にねじこんだ。自分の目から隠すように。

絳攸は足早に歩き出した。行く当てがあるわけではなく、背後にある尚書令室から遠ざかりたいといった乱暴な歩き方だった。それは自分の影から離れたいというのと同じだと絳攸にはわかっていた。いくら離れたくても、ひたひたとすぐ後ろをついてくる。黒く長い影をのばして。

気づけば絳攸は、府庫《ふこ》にたどりついていた。府庫の奥で燭台《しょくだい》の光がもれている。絳攸はなぜか、そこにいるのが劉輝のような気がした。

そう思った瞬間、悠舜との会話が蘇《よみがえ》り、懐の紫絹《しけん》の巾着がずしりと重くなった。

絳攸はなんとかその重さを無視しようとした。

府庫の奥にいたのは、予想通り、劉輝だった。小さな燭台の下で、書物や巻書を積み上げている。劉輝は心ここにあらずなのか、バラバラになりそうな心を何とか結んでいるだけなのか、ぼんやりとしていた。最近の劉輝はずっと、こんな風だった。

絳攸はどう声をかけていいかわからず、黙って、隣の椅子を引いて座った。

劉輝は何も言わない。高いところで開けてあった半蔀《はじとみ》の向こうで、夜空に浮かぶ赤い星が見えた。最近空にかかりはじめた星だった。

絳攸はその星の占《うら》を知っていたが、無視した。懐の紫の巾着と同じに。

劉輝が積み上げていた書物に目をやり、絳攸は怪訝《けげん》に思った。

「……貴族録？」

「榛《しん》蘇芳が……もってきてくれた」

はじめて劉輝は口をきいた。まるで溜息《ためいき》にもかき消されそうな呟きだった。迷えば迷うほど深みにはまり、どこにも出口がなく、もはや何も考えられずに足を引きずって歩いているだけといった声。絳攸は怒らなかった。

今の劉輝は少し前の絳攸と同じだった。黎深《れいしん》に寄りかかっていた絳攸のように、この三年間の劉輝を支えてきた支柱を、旺季たちは次々と引き抜いたのだった。一人では立てない自分という有様が劉輝自身に、そして朝廷中にむきだしになるまで。容赦なく。

劉輝は絳攸の顔を見ないまま、ぽつんと続けた。

「秀麗が調べていたが、途中で中断したらしい。ちょうど余も調べたかった」

「なんで貴族録なんか――」

山のように系譜が広げられたそれらを一瞥《いちべつ》し、絳攸は気づいた。紫門一族のものだった。

「……旺季殿の、系譜か」

旺家が紫門一族であることは知っているが、それ以上は絳攸も詳しくない。

かつて葵《き》皇毅の葵家や陸清雅《りくせいが》の陸家も紫門家に連なっていたというが、先王戩華に粛清された末に両家とも紫門家の座を逐《お》われた。いれかわりが激しい門家の中でも紫門家の盛衰は激しい。現在紫門家は旺家しか残っていない。

（……そういえば、旺季殿は公子時代の戩華王と最後まで敵対してたはずだったな……？）

戩華王は幼少のみぎりに王都を落ち延び、長じて地方で挙兵し、破竹の勢いで朝廷まで攻め上った。雌雄を決した貴陽完全攻囲戦は特に有名だが、その時の朝廷方の総大将を務め、戩華公子と激戦を繰り広げたのが、今の旺季と孫陵王《そんりょうおう》だったはずだ。敵対する者を徹底的に淘汰《とうた》してきた戩華王が、旺季を助命し、紫門家に残したことを、初めて絳攸も不審に思った。惚《ほう》けたような王の横顔に胸騒ぎがする。絳攸は手早く、劉輝の手もとの資料をかきよせ、自分も目を通していった。じじ、と、灯火が嫌な音を立てて、揺らいだ。

暗黒の大業年間のごたごたで、各貴族の系譜はめちゃくちゃになっている。旺季の旺家もそれに漏れなかった。不自然に途切れたり、黒く塗りつぶされたりしていたが、それでもなんとか遡《さかのぼ》って、信憑性《しんぴょうせい》のある百年以上前までつなげて読み解く。その先にあった姓氏を見留め、絳攸は声をなくした。

（この、姓氏——は）

絳攸の指が震えた。

劉輝は、この姓氏を確認したかったに違いない。それだけでなく劉輝は父戩華の系譜もたどっていた。

「王……これは」

「……ああ。いずれ、知れるだろう」

劉輝の他にも王位継承者は複数残っていると、以前に羽羽は劉輝に告げた。誰であるか羽羽は明らかにしなかった。

元の姓氏を剝奪《はくだつ》され、紫門家に降格されていたが、旺季の本来の名は――。

「……蒼季《そうき》……」

八家が八色《やくさ》の姓氏《かばね》にかわったあとも、ただ一つ存続を許された特別な家系。

――蒼氏。

それは先王戩華より、そして劉輝よりもずっと濃い、王の血統を示していた。

＊　＊　＊

――その晩、高御座《たかみくら》にいた瑠花は、リオウが忍んできたのに気がついた。

そんなことは今までなかった。リオウは一度も自分から瑠花に近づくことはなかった。

そもそも人と交わることを避け、一人を好む子供だった。だが此度《こたび》の一件以後、まるでそんな自分を忘れたように蝗害に対応するため奔走している。その様はリオウの母親を思い起こさせた。口にはしないけれど。

リオウは瑠花の面前にきたものの、黙りこくったままうつむくだけだ。瑠花は鼻を鳴らした。

「祖父の旺季の出自を、ようよう調べでもしたかえ。かの蒼家の唯一の生き残りだと？」

リオウはギクリとしたように息をのんだ。図星だったらしい。瑠花は苦い顔をした。

「紫戩華がなぜ、王位継承者を片っ端から殺していったと思う？　そうでなければ王位に就けなかったからじゃ。血の正統性は低く、継承順位は下から数えた方が早い。だからあやつは自分以外の継承者を殺戮《さつりく》していった。女子供も容赦なく。最後の一人になれば、わたくしも黙認するしかないことを知っておったのじゃ」

それが『紫戩華』が生き残るための唯一の道であることも。

戩華と瑠花の政争は熾烈《しれつ》を極めた。瑠花は戩華の王位を認めるくらいなら幼君でも女王でも指名して後見につく気でいた。そんな瑠花の考えを読んだように先手を打って戩華が次々戦を仕掛け、血の濃い王族は女子供まで殺した。瑠花が戩華の登極を認めなければ、認めるまで殺し続けたろう。それをする男だったし、それができる男だった。血の存続を優先した、瑠花が負けた。

「……旺飛燕《ひえん》と弟の婚姻を認めたのは、蒼家の血を残すためでもあった。——言うておこう、リオウ。そなたの血は、紫劉輝なんぞより遥《はる》かに濃い。縹家の定める血統での王位継承権では、旺季に次いで第二位にくる」

　リオウはあえいだ。瑠花からすれば動揺を隠せぬ甥はいまだ幼く映る。

「……王よりも、俺のが、濃い……？」

「そうじゃ」

　血のなせる業か、〝外〟に出てから、リオウの言動も、考え方も、旺季によく似てきた。

だが、同じではない。縹家で閉じこもっていたリオウと違って、祖父・旺季の少年時代は苛烈《かれつ》を極めた。似てはいても、決してリオウと同じではない。

「そちはその血統ゆえに旺季の切り札になりえる。現王は無能な上に血も薄く、いまだ跡取りもなし。となればいま紫劉輝の味方をする者はどれほどおろうや」

　リオウの喉《のど》はカラカラにひからびていた。唾《つば》を飲みこんでかすれた声で言う。

「霄太師、が……」

「霄太師？　さても霄太師が紫劉輝の味方かどうかは、かなりあやしいと思うがの」

　瑠花はせせら笑った。

　霄太師は紫劉輝を玉座に即《つ》けはしたものの、あとは何もしていない。

　紫仙《しせん》や黒仙は賽子《さいころ》を転がすが、目の出方は賽子次第。世界の両側で、その結果が出るのを待っている。双方どの目が出るか予想して放り投げるくらいはしても、自ら手を出して出目を変えることはない。

　戩華が死んだ時点で霄太師が朝廷を去らなかったのは瑠花にも意外であった。何を見たいのかは知らぬが、これ以上霄太師が動くことはあるまいと瑠花は予想をつけていた。

「仙洞官も羽羽が抑えておったが、王に相当な不信をもっておる。旺季方もそろそろ札をいつ切るか、見計らっておることであろ。ずっと旺季は自らの血を主張することはなかった。時機を見計らって公表すれば効果は凄《すさ》まじく高い。リオウ、そちが貴陽へ戻れば、紫劉輝を退位させるための駒となろう。そちの意思にかかわらず旺季に利用されると思え」

リオウはついに訊《き》いた。

「……旺季……殿が、簒奪《さんだつ》を……目論《もくろ》んでいると言うんですか」

瑠花は冷ややかな笑みを浮かべた。

「先に簒奪したのは戩華じゃ。正統な血に戻るというのが正しかろう。紫劉輝は与えられた玉座にあぐらをかき、戩華と霄瑤璇《ようせん》の遺《のこ》した猶予をむざむざと食いつぶした。側近どもと一緒にな。この数年、紫劉輝が別の在り方をしておれば状況は違っておったろうが、もはや取り返しはつかぬ」

九彩江《きゅうさいこう》で瑠花は同じことを王に言った。その言葉が、そろそろ痛烈に彼らの胸に突き刺さっている頃であろう。

「リオウ、今そちが縹家に戻ったのは僥倖《ぎょうこう》。そちの手にも選択肢は僅《わず》かに残された。いつ朝廷に帰るか——その札はそち自身で切るがよいわ」

リオウはぎょっとした。今までリオウは、瑠花の言葉に従ってきた。

渋々でも何でも、命令されればそれが『言い訳』になった。だがこの時初めて、瑠花はリオウに決定権を渡した。

「俺……俺が、ですか？」

「自分で道を決めると偉そうにほざいておったではないか。それが口先だけでないのなら、決めた結果は自分で負え。覚悟して選べ。祖父を助けるか、殺すか、そちが決めい」

殺す。その言葉に、リオウの顔は強張《こわば》った。

「旺季は最後の大貴族。当然その覚悟でおるわ。玉座か、死か。道はその二つのみ。よしんばそちが紫劉輝に味方をしても、眉《まゆ》一つ動かすまい。かわりに手加減もせぬであろ。敵対するなら、おのが手で祖父を殺す覚悟でやれ。さもなくば旺季の相手にはならぬわ。そのうえで果たして、紫劉輝にそこまでの価値があるかよく考えよ。そちは、……縹家の男であるということを、肝に銘じよ」

リオウは最後の一言が妙に引っかかった。『縹家の男』？

『縹家の女』という言葉ならあらゆる重みをもって使われるが、そんな言葉は聞いたことがなかったので。瑠花は特に説明する気はないらしかった。

「羽羽のために貴陽に戻る、などという言い訳も許さぬ。自分で決めよ。羽羽は……そちの出自も、朝廷の情勢も知った上で、そちの招聘《しょうへい》をわたくしに望んだ」

「え……？　俺を……仙洞令君《れいくん》にしたのは、羽羽だったんですか？　伯母《おば》上ではなく？」

「…………」

瑠花は目を伏せた。

ただ一人、瑠花に直接〝声〟を届けることを許した相手。

何十年も絶えていた羽羽の黄昏《たそがれ》色の〝声〟が、不意に届いたのは今年の春。

リオウをどうか、仙洞令君として朝廷へ——と。

やわらかで、けれどはっきりとした声からは、少しの緊張が伝わってきた。

瑠花はひと言も返しはしなかった。そのかわり、リオウを呼び出した。

羽羽の願いに、応《こた》えるわけではないとあの時は思った。瑠花には瑠花の思惑があり、そのためにリオウを仙洞令君として送るのだと。

けれどもリオウをただの駒としか思わなかった瑠花と違い、羽羽は辛抱強くリオウを変えた。短い間に、必要な言葉を、考えを、標《しるべ》を、リオウに渡し、人形のようだったリオウを縹家の男に変えてみせた。

羽羽の最後の仕事。それがすべて終わっていることを、瑠花はリオウを見て悟っていた。

「……羽羽には羽羽のやるべきことがある。もうお前のお守りをしている余裕はない。帰るべき時も、正しいと思う道も、自分で決めよ。誰を言い訳にすることもなく。そなたの父の璃桜《りおう》でさえ、それだけはしてきた。それができぬ限り、口だけの子供のままと知れ」

リオウはうなだれた。

＊　　＊　　＊

開きかけた『扉』がじりじりと閉まっていく。羽羽は額に滲《にじ》む脂汗を手でぬぐった。羽羽の体の中心で蒼《あお》い炎が燃えしきっている。羽羽はその炎を方術の源泉として使うが、気を抜けば蒼い力は暴走し、羽羽をのみこんで焼きつくしてしまう。羽羽は注意深く、身の内で激しく燃え上がる蒼い炎を抑制しながら、仙洞宮の奥の『扉』を押さえこんだ。完全に閉まると、やっと一息ついた。閉じたのも束の間、また『隙間』ができるのはわかっていたが、今しばらくは猶予がある。ずっとその繰り返しだった。

各州の神器が複数壊れた今、瑠花と羽羽と珠翠で『扉』を押し返す他ない。

羽羽は天を仰いだ。天井の一部は開閉ができ、星が読めるように吹き抜けになっている。

世界は夜だった。

空の一角に、今までになかった赤い彗星《ほうきぼし》が出現していた。不気味な目のように、赤い妖《よう》星《せい》が見下ろしている。出現位置は天市垣《てんしがい》の北・天紀《てんき》、落ちる先は織女《しょくじょ》。

（妖星の天紀より孛《はい》するありて、織女に至る……。妖星が出現した今、あの生まれながら妖星の星をもつ方の『時』が到来した……）

織女は女変、天紀は地震を顕《あらわ》す。女変は縹瑠花の力の失墜を、地震はこのほど碧州で発生した大地震を示すものだと、賢《さか》しらに吹聴《ふいちょう》して回る官吏も出始めたという。碧州の地震は〝羿《げい》の神弓〟が壊されたために起きたのだが、公にできない以上この先も怪しげな流説が多々出回るのは容易に想像がついた。

「羽羽様……すみません、失礼します」

若い仙洞官が、疲れを顔に色濃く刻みながら、室《へや》へ入ってきた。心労でやつれきった彼の姿に、羽羽は胸を痛めた。

紅州の蝗害《こうがい》、碧州の地震、藍州《らんしゅう》の水害で各州の仙洞官からは状況の連絡がひっきりなしに入り、仙洞省の官吏は不眠不休で働きづめだった。よるべとなるはずの仙洞令君は行方知れずで、羽羽も仙洞宮の『扉』が開かぬよう術式に集中せねばならず、陣頭指揮がとれなかった。朝廷からの質疑への応対を含め、しわ寄せは仙洞官たちにいった。その緊張と精神的な負担は察して余りあった。

ややあって、仙洞官が重い口を開いた。

「貴陽の群発地震と、あの赤い妖星の関係について、判断を願う声が朝廷からも民からも殺到してます。羽羽様は仙洞省の見解は出すなとおっしゃいましたが……」

羽羽はついにきたか、と思ったが、顔には出さずに答えた。

「ええ。妖星の不規則な運行ともあいまって、天文がひどく読みづらくなっております。それに今は災害の対応が先決、やたらなことを言って人々の不安を煽《あお》るべきではありませぬ」

「羽羽様はご存じでしょう⁉ あの赤い妖星は普通の彗星とは違う。これからどんどん大きくなる。あれは星の死です。星が燃え尽きて、砕け散るまで、何十日も空にかかりつづけるんですよ。やがては夜も——昼もずっと見えるようになる。暗黒時代の幕開けと言われたのも、あの赤い妖星だったじゃないですか」

先の大業年間は異常な数の彗星が落ちた。特に大業の初め、八十日以上も空に留《とど》まった赤い妖星の記録が仙洞省に残っている。人々に災いを知らせに到来した星として。

「民だってあの赤い星を不気味に思いはじめてます。なのに、黙ってろって言うんですか。そっちのほうがずっと不安を煽る。そもそも妖星到来の意味なんて、子供でも知ってる。治世の乱れ、君主の凶兆――」

　玉座の交代。

　最後の言葉は仙洞官も喉《のど》の奥に押しこんだ。

「ここ最近、星や吉凶、何を占ってもよくない卦《け》が出ております。ここへきて赤い客星が到来したということは、天も陛下を見限ったということでは――」

「不安はわかります。ですが、断じてそのようなことを口にしてはなりません。他の官吏らの前ではもちろん、仙洞官たちの間でも、なりませぬ。民と陛下のためにも――」

　若い仙洞官の眼《まなこ》に苛立《いらだ》ちと怒りが走った。

「羽羽様、どうして、そこまで陛下をお庇《かば》いになるのですか。即位式の折より、劉輝陛下の御ふるまいに百官はたびたび振り回されてきました。なのに大事となれば官吏に丸投げして、火消しに走るのは我々です。蝗害を防げなかったのも王のせいです。そうでしょう？」

　羽羽が抑えてきた仙洞官たちの不満が、妖星の出現によって表に溢《あふ》れ出ようとしていた。

「そもそも劉輝様のご即位を認めたのは正しかったのでしょうか？　今上陛下は先王陛下と違って感情に流される宿星を多くおもちで、王の星を戴《いただ》いては……」

　羽羽はぴしゃりとその言を遮った。

「神事が政事《まつりごと》を左右することだけはまかりなりません。王が誤っていると思うのなら、命を賭《と》して正すのが官吏の道です。王を品定めし、首をすげ替えることではないのです」

仙洞官は唇をかんだ。

「星や卦を読み、示す兆《きざ》しを人々に正しく伝えるのが仙洞官の役目だと思います。口封じをしようとする羽羽様がわかりません。自分は、あの王でなければこんなことにはならなかったと思ってます」

仙洞官は吐き捨てるように叫んで、出て行った。そこには、王だけでなく、王をかばいつづける羽羽に対する不信と離反があった。

また『扉』が開きかける。羽羽は身の内の蒼い炎をかき熾《おこ》し、『扉』を押さえこんだ。

全社寺から、刻一刻と仙洞省に情報が入ってくる。勿論《もちろん》紅州の状況も羽羽のもとに届いている。

(紅州は……、雨と霧が必要……、藍州……のを使えば…………)

考えるべきことに集中しようとすればするほど、先ほどの若い仙洞官の鬱積《うっせき》した怒りが蘇《よみがえ》ってくる。上天では赤い妖星が燃えている。

妖星は凶兆。だが、もう一つの意味がある。

――穢れを一掃する星。

古きを除き、新しきを布く。その時が到来していることを示す星だ。

時代の変わり目で、戦乱と結びつけられることが多いのは、そのためだといわれている。

羽羽は幼いころに読んだ妖星の話を思い出した。

（妖星が来訪し、災難を心配した王が仙洞官を呼び出した……）

仙洞官は『災いは宰相に移せます』と助言した。『宰相は私の心臓、まかりならぬ』と王は拒んだ。すると今度は『民に移せまする』と言う。『私は民あってこその君主だ。ならぬ』と二度王は断った。『では年に移せばよろしい』と三度目に仙洞官は告げた。その年だけ不作になればすむと。王は微笑んで告げた。『年が不作であれば民が苦しむ。ならぬ。災いは私に移せ』

仙洞官は三度の拒絶ににっこり笑った。『……良き王たるお言葉、天の星々もよく聞き給《たま》いましょう。心配なさいますな、我が君。近々、妖星は位置を変えましょう』その言葉通り、妖星はまもなく別の場所へ移動したという昔話だ。

元々そんな軌道だったのだと今の縹家学者は見ているが、羽羽の心に長らく残った。

その王の名は、蒼周。蒼玄の後を継いだ王だ。

助言した仙洞官は今でいう仙洞令君にあたり、蒼周王の術者として、また一の宰相として仕えた。『災いは宰相に移せます』というのは、自分に災いを移したらいいと言ったのだった。羽羽はそんな二人のつくった優しい御代《みよ》に、あこがれを抱いたものだった。

（……わたくしは……宰相には、なれませんでしたが……）

ずっと昔、縹家は仙洞官だけでなく、その豊かな学識をもって名宰相や名官吏を数多く輩出したものだった。あるときを境に政事から排斥され、今はもう……誰もいない。

「そう、星はただ時の到来を告げるだけ……」

不意に低い声がした。

隅の水瓶《みずがめ》に、金色の目をした、大鴉《おおがらす》が留まっていた。三本肢。――神烏《しんう》。

「客星は古きを除《のぞ》き、新しきを布《し》くために訪れて去る星。大業年間に終わりがくる……」

闇さながらの鴉が託宣のように告げる。金色の風《こんじき》が室内を吹きぬけた。

東の間、三本肢の鴉は、黒ずくめの仙の姿に変じた。

「穢《けが》れを掃き清める帚星。織女の女変が縹家と瑠花を示し、『古き』であったなら、帚星の訪れが告げるは、大業年間の終焉《しゅうえん》……。長い冬の夜明けと共に、東の昊《そら》に王の星がのぼる。星はいまだ定まらず。次の扉を開く者、新しきを布く者。夜明けの王にふさわしいのはいずれの者か」

……その時間が長かったのか短かったのか、羽羽にはわからなかった。

金の目の鴉はどこにもいなかった。

夜明けの王。

紫劉輝と旺季のいずれがそうかと、戯れて去っていった黄昏《たそがれ》の王。

眼裏《まなうら》に、劉輝やリオウの顔が浮かんだ。ふと肺が刺すように痛み、羽羽は胸を押さえた。

羽羽の耳に黄昏の王の声が残った。

――古きを除き、新しきを布く王は、いずれなりや。

第一章　消された名と、消えない心

旺季が紅州行きの第一陣に選《え》りすぐったのは、多く十六衛《じゅうろくえい》所属の武官だった。羽林《うりん》軍からも少数ながら選抜され、皐韓升《こうかんしょう》もその一人として本隊に組みこまれた。

早朝、集合場所でおのおの出立の準備を整えていると、急に辺りがざわついた。

馬の手入れをしていた皐韓升はそっちに顔を向けた。

武官たちの間を悠然と縫ってくる将軍が誰だかわからず、ややあって仰天した。

「うわ、旺季将軍だ。初めて見た。旺季殿の戦装束なんて……」

正規の軍人に比べれば軽装ではあったが、鎧《よろい》一式を身にまとっている。目もあやな美しい薄紫色の戦装束だった。皐韓升も話に聞くことはあったが、それを目にするのは初めてだった。紫門一族は武装にも禁色《きんじき》の紫の使用が許されると聞いていたが、中でも世に一式しかないという『紫　装束《むらさきしょうぞく》』――。惚《ほ》れ惚《ぼ》れするほど優美で美々《びび》しく、どこか儚《はかな》さが漂う。

思わず溜息《ためいき》をもらしたのは皐韓升だけではなかった。

（あれ……綺麗《きれい》だけど、めちゃめちゃ実戦用の鎧だ……）

文官がしぶしぶ棚から引っ張り出してきたような類《たぐい》ではない。明らかに戦で使うのを前提としたつくりで、軽量で動きやすさを重視しつつ、隙なく身を守れるよう随所に技巧が凝らされている。佩《は》いた一口《ひとふり》の剣は無銘のようだがよく手入れがされていた。鞘《さや》の中で波打つ青い刃文さえ見えそうな気がする。その剣を見ているとなぜかサーッと鳥肌が立った。

旺季は皐韓升にふと目を留めると、まっすぐに向かってきた。皐韓升は飛び上がってオタオタした。なんだろう⁉

「……すまない。私の馬だ。君が手入れしてくれていたのか」

「えっ⁉　あっ、そ、そう、でしたか！　勝手にすみません‼」

自分の支度が終わった後、端っこにポツリと佇《たたず》む馬がいるのに気がつき、近寄ってみたらかなり良い馬だったので、勝手に手入れをしていた。てっきり替え馬だろうと思っていた。こんなところにポツンと指揮官の馬が放置されているとは誰も思わない。

「君は皐韓升だったな。例の指示も、もしかしてこの馬にやってくれたか？」

面識がないのに当然のように名を呼ばれ、韓升の頬が上気した。目の前の旺季が普段は文官とは信じられなかった。鎧の重さなど感じていないようで、慣れた様子で官服と変わらず身軽に動く。本当に彼はかつて文官服でなく鎧に身を包んでいたのだ。

貴陽完全攻囲戦を知らぬ武官はいない。戩華王と最後まで互角に相対したという旺季と孫陵王が、昔話の中から突然現実に抜けでてきたように思えて、皐韓升は動揺した。

「あ、はい。すんでます。馬にも自分にも。……あれ、何かのおまじないですか？」

「どうかな。効くといいな。馬には気休めでしかないかもしれない。元々馬は臆病《おくびょう》なたちだからな。……他にも何か言いたげな顔をしているな。構わない、言いたまえ」

「……で、ではお訊《たず》ねします。輜重隊《しちょう》の荷馬車のことですが……旺季殿、あの荷馬車、工《こう》部《ぶ》特製とうかがいましたが……自分にはなんの変哲もない木製馬車にしか見えません。バッタは木も食い尽くすと聞きました。なのに木の荷馬車ではあっというまにバッタの餌食《えじき》ではありませんか。せめて鉄製とか」

変性した黒いバッタは木肌まで貪《むさぼ》り尽くすと説明しておきながら、できあがったという『特製』荷馬車が木製。バカじゃなかろうかと、皐韓升は目を疑った。

「鉄製は重くて速度が鈍る。馬の負担も大きい。あの荷馬車はな――」

馬を撫《な》でていた旺季が、言葉を切り、皐韓升のうしろに目をやった。

皐韓升も振り向き、あれっとマヌケな声を上げた。

「茈《し》武官！　どうしてここに。紅州行きの中には入ってなかったですよね」

静蘭《せいらん》は所属する右羽林《うりん》軍の軍装をし、軍馬を一匹ひいて立っていた。皐韓升には答えず、旺季を見ている。いつもより硬い顔つきで。

ややあって静蘭は旺季へ向かって頭《こうべ》を垂れた。

「……このたびは私にも従軍をお許し願いたく、勝手ながら参りました」

旺季は眼を細めた。むろん旺季は静蘭の正体を知っていた。かつて清苑《せいえん》公子を捕縛し、茶州《さしゅう》へ流したのは他ならぬ旺季だ。

「……独断か？」

「……独断です」

旺季は別に悩まなかった。

「わかった。許す。きたければ勝手にくればいい。皐韓升と同じ部隊に入れ」

旺季は静蘭の拍子抜けしたような、戸惑い顔を見て、ふんと鼻で笑ってみせた。

「なんだ、他に訊《き》きたいことがあるかね？　茈武官」

静蘭は旺季の全身にサッと目を走らせた。

「……あります。その『紫装束』、素晴らしく優雅ですね。略装のようですけど……」

旺季の眉《まゆ》が神経質に跳ねた。途端に旺季は不機嫌な顔で馬に鞍《くら》をつけだした。急に。

「話は終わりだ」

「始まったばかりです。他はどうなさいました。紫装束の正装一式です。絢爛《けんらん》豪華なのがあるはずです」

答えるまで離れじとばかり静蘭は旺季のすぐ後ろにぴったりとくっついて回った。まるで背後霊のようだ、と皐韓升は思った。やがて、うんざりしたような顔で、旺季がボソッと白状した。

「…………………売った」

「…………売…………った…………!?」

静蘭はよろめいた。次いで鬼の形相で旺季に詰め寄った。器用にも小声で怒り始めたが、皐韓升には丸聞こえだった。

「やっぱり!!　十数年前に質屋で埃《ほこり》かぶって並んでるのを見かけたんですよ!!　偽物《パチモン》にしてはやたらよくできてると思ったら……本当に本物だったとは!!　信じられない!!　公子だって着用を許されなかった『紫装束』を、質屋にあんな値段で売っ払《ぱら》うなんて!!」

「ただの鎧だ。あのときは……まとまった現金が入り用だったんだ。とやかく言うな」

旺季も思い出した。確か悠舜が国試を受ける年で、費用を払おうと思ったら金がなく、仕方なく『紫装束』を質に入れたんだった。国試費用はバカ高い。今も高いが、当時は遥《はる》かに高かった。皇毅と晏樹が資蔭《しいん》で入朝したのは、貧乏で国試代を工面できなかったせいもある。正真正銘本物なのに質屋のオヤジは全然信用せず、おかげですごく買い叩《たた》かれた。断じて狸オヤジに足許《もと》見られていいように値切られたわけではない。が、莕静蘭はそう思っているようだ。そういえば当時皇毅も晏樹も悠舜も、莕静蘭と同じ顔をした。

「だとしてもあんだけ値切られてくる人がありますか!?　よしんば紫装束を知らなかったとしても、具足の細工や宝石で城の三つや四つポンと買えるものを、金百両ぽっちで交換するなんてありえない。才能ですよ、世渡りベタの!!」

なんてうるさい男だ。皇毅と晏樹と悠舜は顔に書いても口には出さなかったのに、莕静蘭は遠慮なかった。旺季にとっては単なる使い古しの鎧だが、かつての公子にとっては色々思い入れがあるらしい。

「もう、必要ないと思って売った。使うこともなかろうとな。それがなんだ」

「……ですが、略式は残しておかれたのですね」

静蘭の声が急に低くなった。

「剣も鎧も錆《さび》一つ浮いていない……手入れも怠らなかったご様子。いつか、また『紫装束《それ》』が必要になる日がくると、思われていたわけですか」

旺季は馬具をつけ終えた。それから、静蘭を振り返った。

皐韓升は不穏なものを感じ、とにかく間に割って入ろうとした。

その寸前、水音がした。

少しして、ツンと鼻をつく奇妙な臭いが広がる。

目撃してしまった皐韓升は凍りついた。旺季が静蘭めがけて、瓶から何かの液体をぶっかけたのだ。静蘭はよけようとしなかったので、顔から軍装まで全身濡《ぬ》れそぼった。皐韓升はうろたえた。

「あ、あの、あわわ、お、旺将軍……ちょっと、乱暴では」

「こんなバカにはこれで充分だ。時間もない。行くぞ」

次の瞬間には、旺季はとっくに鞍上《あんじょう》にいた。皐韓升は呆気《あっけ》にとられた。武官顔負けの素早さだった。これで文官、しかももう五十過ぎているのが信じられない。

旺季が馬に乗ったのに気づき、俄然《がぜん》周りは騒々しくなった。武官らがおのおの自分の馬に駆け寄り始めた。

鞍上から、旺季は茈静蘭を見下ろした。茈静蘭は顔をぬぐうこともなく、水滴をポタポタたらしたままじっとしている。旺季はふんと鼻で笑った。

「……いいざまだな。さてさっきの問いに答えようか、莊静蘭。――『是《ぜ》』だ」

また戦装束を纏《まと》う日がくると思っていた――ということ。

二人の視線が交錯した。それから、旺季は馬首をめぐらし、軍の先頭に駆けていった。

「えーと、だ、大丈夫ですか？　莊武官」

「……ええ、平気です」

旺季を見送ると、静蘭は手の甲で雫《しずく》をぬぐった。草っぽいような、薬臭いにおいがする。舌先で液体をなめてすぐ、吐きだしたくなった。毒ではないようだったが、べとついて気持ち悪い。

「……洗い流す時間はなさそうですね」

「洗い流しちゃ駄目ですよ。まんべんなく軍装に塗布しろってことでしたから」

「……はい？　なんですか、あの変な液体。嫌がらせじゃなくて？」

「いや、あのやり方は嫌がらせかもですが。自分も何の液体だかわからないんですけど、出立前に各自塗っとけって通達がありました。馬にも塗りこむようにとのことです。莊武官はそれをご存じないと思って、てっとりばやくぶっかけていかれたんじゃないでしょうか。僕の布、使って下さい。ぬぐいとらないで、塗り広げて下さい。で、僕たちもバッタ退治に行きましょー」

静蘭はチラリと旺季のほうを見て、呟いた。

「そうですね。……悪い虫は……退治しないと」

そのとき、韓升は胸騒ぎを覚えた。やはり、今日の茈武官はどこか変だ。いや、少し前から、様子がおかしかった。暗い面もちで、一人でひどく考えこむことが多くなった。このところ何かと紅家に問題が続いている。紅官吏の行方もいまだ知れず、紅家の家人として色々心痛の種も多いのだろうと、心配はしていた。だが、どうもそれだけではない気がしてきた。

(何を?)

茈武官は何かを心に決めて、この唐突な随行を願ったように思える。

その日、旺季は軍を率いて紅州へ出立した。

城門の上の楼から悠舜はそれを見送り、ひそやかに微笑みながら踵《きびす》を返した。

＊　＊　＊

「秀麗殿、情報が入ってきたよ。やはり王都で大きな動きがいくつかあった」

楸瑛が〝静寂《せいじゃく》の間〟に入ってきた。秀麗は書き物をしていた手を止めた。

珠翠が〝通路〟を開放してから、遮断されていた〝外〟の情報が奔流のように流れこんできた。リオウは蝗害《こうがい》に関して全社寺と話を詰めるのにかかりきりだ。必然的に楸瑛が情報を精査し、秀麗の補佐のような仕事をこなしていた。

「どうでした？」

「藍州も長雨で水害と塩害がひどいってのは本当だった。まだ雨がやまない。州牧《しゅうぼく》の姜文《きょうぶん》仲《ちゅう》殿がなんとか中央に救援要請を出さなくてすむようにしてくれてるが……。このままだと本当にまずい。藍州の食糧も水害で半数は壊滅状態だ」

「それだと……他州に回す余剰分は藍州にもないってことですね」

「……ああ。それと碧州。震災と蝗害で一番被害が大きい。リオウ君と珠翠殿は碧州に関しても救済を決めて、全社寺に支援の通達を出した。こっちは王都での動きもある。碧州に関しては工部侍郎欧陽玉《じろうおうようぎょく》殿が、生死不明の碧州牧慧茄《けいな》殿にかわって臨時州牧に着任した」

「欧陽侍郎がですか⁉」

「そう。碧州には、先遣隊で左羽林《う　ち》軍の大将軍黒燿世《こくようせい》が派遣された。碧州軍を統率して、被災者の救援に当たらせるらしい。黒大将軍なら心配ないよ」

解雇されたにもかかわらず、やはり楸瑛にとって上官は黒燿世以外にいないらしい。

秀麗は近衛《このえ》大将軍の一人が劉輝の傍から欠けることに思うところがあったが、それは口にはしなかった。今は被災地にとって目に見える強力な救援が必要なのは確かだった。

「で、紅州。蝗害対策で紅州入りする将軍が決まった。……推測は当たりだよ。旺季殿だ」

秀麗は唇を引き結んだ。蝗害の鎮静を任されるなら旺季か葵皇毅かどちらかだと思っていたが――。

「……旺季様直々に、ですか」

「そう。精鋭軍を率いて、紅州へ向かうはずだ。いや、もう向かっているかも。この縹家にいると、時間の感覚がわからなくなるから、困るよね」

少しではあるが、〝外〟と時間のズレがあるという。それに不思議なことに、この領地にいるとなんべん朝がきたのか、いつのまにか数えなくなるのだった。この地に馴染《なじ》めばそういうこともなくなるらしいが、秀麗や楸瑛はまだあやふやに時を過ごしているので、おぼつかない気分になる。

「旺季様が、しばらく朝廷からいなくなるってこと、ですね……」

「これで、主上もちょっとは息がつけるといいんだけど」

「……ええ」

口ではそう言いつつ、秀麗は悪い予感がした。……本当にそうだろうか。むしろそれは、もっと別の——危険な蓋《ふた》を開ける気がしてならなかった。

「秀麗殿は？　書き終わったかい？」

「あ、ええ。判をつけば、おしまいです」

秀麗は朱泥《しゅでい》につけて、書翰《しょかん》の最後にしっかりと判を二つ押した。御史《ぎょし》の判と、それから経済封鎖解除のため、勅使として預かった判と、二つ。秀麗は二つ目をしみじみ眺めた。

「……まさか、勅使の判がこんなところで役に立つとは思いませんでした」

書翰は縹家に救済措置を求める要請書だ。監察《かんさつ》御史の求めだけだと弱いが、勅使なら立派な王の代理。それは大きな差だった。秀麗にとっても、楸瑛にとっても。とりわけ王にとって。

楸瑛はホッとしたようにその判を見た。

「よし、これで、縹家と瑠花姫を動かしたのは王の手柄になる。よかった……」

「蝗害に関してはあとはリオウ君と縹家の準備待ちですね」

「秀麗殿は紅州鹿鳴山《ろくめいざん》の大社寺に行くんだよね？」

「はい。そこが紅州で対蝗害の陣頭指揮をとる社寺なので。まずそこへ行って、蝗害鎮圧に関してできることがあるか訊《き》こうかと」

秀麗は判をおいた。紅州に行くことは最初から決めていた。蝗害の件もあるが、実のところ他にも見逃せない案件が紅州には残っている。

（……経済封鎖のどさくさで消えた大量の紅州産鉄炭と、製鉄技術者の行方……）

勅使を引き受けた時、紅家を説得し終えたら、その足で州府に乗りこんで燕青と調べるつもりでいた。蝗害が起きるとは思わなかったけれど、とりまぎれて見過ごすわけにはいかない。

誰が、どこへ、どうやって、輸送したのか。そして何のために使うのか。

短期で鉄の大量生産が可能になるという、技術と鉄炭を盗んだ裏側の目的。

「……まーた……何か、考えてるね……？　秀麗殿……」

「ええ、蝗害の件じゃないんですけど……そうだ、藍将軍にも一つ聞きたいことが――」

と、珠翠が盆を手にしずしずと入ってきた。盆には薬湯の椀《わん》が一つのっている。秀麗は後宮時代を思い出して懐かしさを覚えた。あの頃が、もう百年も前に思える。

「失礼します、秀麗様。今日のお薬湯ですよ」

様をつけなくていいといくら言っても、珠翠は頑として突っぱねている。それも秀麗には謎である。

「珠翠、毎日いいのに。忙しいでしょ？　教えてもらえれば私が自分でつくるのに」

「いいえ。こればっかりは私が煎《せん》じます。秀麗様のお体に関わる大事なことですもの。あとで薬包も渡しますよ。あと、紅州へ行かれる前に、一度、私と瑠花様でお体を診《み》ますからね」

「はい、はい」

「はいはいじゃありません。たっぷり二日は眠ってもらいますからね。あしからず」

「ええええ!?　そっ、そんなにかかるの!?　もうちょっと短く――」

有無を言わさぬ目で睨《にら》まれた。

「はぁい……あ、そうだ、ちょうどいいわ、珠翠にも訊きたいことがあるの」

「はい、なんでしょう？」

蝗害と鉄炭に加えて、もう一個。秀麗はこの数日、なんとか整理した要点の最後の一個を、忘れないうちに引っ張り出した。

「私は結局、見てないんだけれど、藍将軍と珠翠は見たのよね？」

「なにをですか？」

「珠翠と瑠花姫を殺そうとした兇手《きょうしゅ》の顔」

楸瑛と珠翠は面食らった。

「藍将軍、その男って、額に布まいてたり、死刑囚の刺青《いれずみ》、ありました？」

「いや？　なかったと思う。ただ……なんか様子は変だった。意思があるのかないのかよくわからないっていうか……。あ、もしかして洗脳されて操られてたとか？」

「……いえ、あれは洗脳ではないの。あの男は……。……秀麗様、なぜそれをお訊きに？」

珠翠は何かを知っているように口ごもった。

秀麗は薬湯をすすりながら、挑戦的に目を光らせた。

「その兇手の背後にいる『人』が、私が追う相手だから。うやむやにはできないわ」

楸瑛の顔が険しくなった。

「……秀麗殿、その相手って――」

「言えません。御史ですから。でも、その兇手の件は、まだ終わってない……」

秀麗は楸瑛に確かめた。

「藍将軍、瑠花姫は『その男を殺せば問題の半分はカタがつく』って言ったんですよね？」

「ああ」

「なら、縹家に関して動いていたのはほぼその男だと思っていいと思うの」

もう半分は、もちろん瑠花から名を聞いた、黒幕本人に違いない。

「神器とか、そういうんだったら、私は役に立てないわ。でも瑠花姫の言動を見ても、その兇手をとっ捕まえることができたら、縹家を攪乱《かくらん》させている事態もやむんじゃないかしら。珠翠と瑠花姫を殺しにきた兇手は、失敗した。でも私たちも取り逃がした。このまま縹家を放っておくかは、半々だと珠翠も思ってる。各地に回してるっていう縹家の巫女《みこ》や術者が全然戻ってきてないもの。まだ縹家は何かを警戒してる。違う？　珠翠」

「――――」

楸瑛はさっき「死刑囚の刺青があったか」と訊かれたのを思い出した。

「……秀麗殿、もしかしてあの兇手が〝牢《ろう》の中の幽霊〟だと思ってる？」

秀麗が一度はシッポをつかんだ、死刑囚で構成されていると思われる謎の兇手集団。

「はい。ずーっと出てこなかったけれど、これまでは縹家の〝暗殺傀儡《にんぎょう》〟を使えたからだと思うの。足がつかないにこしたことないもの。万一下手人として捕えられた時も縹家と瑠花姫の仕業にできるでしょう？　でも、もう縹家の協力はない。なら〝牢の中の幽霊〟が出てきていいはずだわ。その一人が件《くだん》の兇手の可能性は高いです。これから対縹家以外でも駆り出されるかもしれない」

細い細い一筋の糸をたぐりよせ、途切れかけても決して切らさず、手を放しもしない。

楸瑛はなぜ葵皇毅がこの半年、彼女を使い続けたのか、その理由を今目の当たりにしていた。

「珠翠、縹家に関することで、言えないことがいっぱいあるんだろうってことは、私もなんとなくわかるわ。その中でいいから協力してほしい。その男の捕縛に。どう？」

珠翠は目を伏せ、深々と息を吐いた。……参った、と珠翠は思った。

いま初めて、秀麗が紅邵可《しょうか》の——〝黒狼《こくろう》〟の娘なのだと、実感した。

「……本当は、『お母様』と二人だけの、内密の話だったのですけれどね……。……私どもは協力できないと言っても、秀麗様はきっと独自で動かれるんでしょう？」

「ええ。だって仕事だもの」

「なら、仕方ありません。なるたけ正確な情報をお渡しして、秀麗様が不必要な窮地に陥らないようにするほうがいいようですね。こちらとしても捕まえてもらえれば助かるのは事実です」

「それじゃ」

「……ええ。秀麗様、あなたの推測は、ほぼ正しいです。実は『お母様』は、司馬迅《しばじん》と藍将軍が割りこまなかったら〝暗殺傀儡〟にあの兇手を始末させる手はずを調えていたらしいのです」

楸瑛は仰天した。鍾乳洞《しょうにゅうどう》でも瑠花にあやつをいますぐ始末しろと言われ、珠翠を優先してほったらかした楸瑛である。

「え!?　じゃあ、私と迅が邪魔したってこと!?」

「……と、いうより、司馬迅が保険だったみたい。つまり、瑠花様の暗殺に失敗してあの兇手が逆に始末されるような事態になったら、司馬迅が逃がすだろうってこと。共犯ではないけれど、仲間ではあるみたいだから。だからどのみちあの男を捕まえることは難しかったと思うわ。『お母様』は自分を餌にしてでも、あの兇手を始末したかった。どうしても。そう、あの男がいなければ、縹家の問題はほとんどカタがつくわ。懸念も一気に減る」

珠翠はどこからどこまで話そうか、注意深く思案した。

「さっきも言いましたが、あの兇手は洗脳されているのではありません。簡単に言えば、あれは動く死体です。確か秀麗様は疫病の一件で、同じような屍人《キョンシー》と遭遇したと、リオウ様から聞きました」

秀麗はすぐ、杜《と》影月《えいげつ》の育ての親で、水鏡道寺《すいきょうどうじ》の堂主、華眞《かしん》のことだと思い当たった。邪仙教の術者に亡骸《なきがら》を操られていたという。実際、華眞の遺体は生きているはずがないほど干からび果てていた。とっくに事切れた骸《むくろ》がさっきまで動いていたことになり、騒ぎになった。

「あれと同じってこと？　その男は……堂主様と同じ、その、屍人《キョンシー》ってこと？」

「まったく同じというわけではありませんが、似たものです。華眞様は真実死体でしたが、あの男は生きているか死んでいるかまだ定まってないようなのです。そうですね……魂魄《こんぱく》が抜けた『抜け殻』と思って下さい。本来なら魂魄が抜ければ事切れるのですが、何らかの方法で抜け殻のまま操られていると思われます。そう、裏にいる『誰か』に」

珠翠の語調からは、すでに『何らかの方法』には察しがついているらしかったが、それを秀麗に告げることはなかったし、秀麗も訊《き》かなかった。聞いてもわからないことだった。

その『抜け殻』は死者と生者の曖昧《あいまい》な境界線上におり、亡者《もうじゃ》でもなく生者でもなく、幽霊や妖《あやかし》とも呼べない。そのため、縹家の結界も、『時の牢』や神域の結界も反応せず、すり抜けてしまうという。

「その『抜け殻』の男、元は瑠花様が捕えて、動けないように縹家で封じていたらしいのですが……」

「……はーん。『誰か』にまんまともってかれたってわけね？」

「……はい。どうも立香《りっか》が手引きしたようですわ」

リオウは父親から『瑠花が誰かに貸し出した』と聞いたらしいが、珠翠が瑠花に確かめたところ、カンカンに激怒した。

『わたくしがあのような妖星《ようせい》もちに貸し出すわけがあるまい!!　ああいった半端な存在はただでさえ邪《よこしま》な方術士どもの悪心をそそるゆえ、わざわざ回収して、厳重に封印したというに。さては、あやつ、わたくしの内諾をとったなんぞと嘘八百を言って立香をだまくらかしおったな。わたくしの封印を破って死体を持ち去りおって』

珠翠は驚いた。瑠花の封印を破って？　そんなことが可能な人間はいないはずだ。

『あの死体は、すでにわたくしより先にあやつと「契約」をしておった。わたくしの命令よりも、その男の命令が優先される。……後から気づいたがの。わたくしの手落ちじゃ』

つまりは洗脳の優先順位のようなもので、瑠花が死体を回収した時にはすでに別の誰かが契約者として最優先を確保していた、ということらしい。だが瑠花ならば、順位は簡単に書き換えられるはずで、事実そうしたはずだ。だが、書き換えられなかったらしい。

瑠花でも。だから『抜け殻』が動かぬよう眠らせるしかなかった、ということらしい。

「ただ、そんな都合のいい『抜け殻』は、この世でその男一体きりです」

「なら捕まえられたら確かに大きいわね……。向こうの打つ手も一つ潰《つぶ》せるし」

しかし屍人《キョンシー》は悪事の証人とか証拠に採用されるのだろうか。秀麗は首をひねった。屍人《キョンシー》証人が採用されるなら、幽霊の証言も採用されねばなるまい。

「珠翠、その『抜け殻《け》』って私たちみたいな普通の人間でも捕まえられるの？」

「ええ。妖やものの怪の類《たぐい》ではありませんから、術や怪力を使えるわけではありませんわ。元の能力以上は発揮できません。完全に動かなくするには首を切断するしかないですが、厳重に縛り上げて監禁するだけでも充分です」

普通の人間と同じように捕縛は可能ということだった。秀麗は少しホッとした。たとえ屍人《キョンシー》でも、首を落とすのは気が滅入《めい》る。しかも相手は微妙に生きている（？）らしいのに。

「その兇手の居場所……は、縹家でもわからないわよね……。わかってたらとっくに追ってるものね」

「……はい。ですから今は各神域に一族を派遣して、守りに入るしかなくて……」

「じゃ、二人とも、その兇手の絵姿描いて。ちょうど筆と料紙あるし。身長とか衣服とかもね」

筆を差し出した秀麗に、珠翠と楸瑛は素《す》っ頓狂《とんきょう》な悲鳴を上げた。

「え⁉　画《え》……ですか秀麗様⁉　あのう、本当にほとんど覚えてなくって……」

「えええぇ!?　何十年ぶりだい。いやあ秀麗殿、ちょっと私は画はあんまりねぇ……」

秀麗は「つべこべ言わずに描く」とドスのきいた低い声で脅迫した。……二人は屈した。

そうしてできあがった二枚の絵姿を見た秀麗は、沈黙した。楸瑛はまだしも、珠翠がひどかった。そういえば刺繍《ししゅう》の出来も芸術的だったことを今さらながら思いだした。ありていに言えば「長髪ワカメな髪型、猫目、男。背は楸瑛くらい？　たまに不気味に笑っている」くらいの口頭となんらかわりのない情報しか得られ――。

（……あれ？）

不意に。記憶の水底《みなそこ》が揺れた。長く波打つ髪、猫の目。一人だけ、秀麗はその形容詞にあてはまる男を知っていた。

「…………。えーと、じゃあ藍将軍、その男の歳の頃は？」

「三十前後くらいかなぁ……でもどっかで似た感じの誰か知ってる気がするんだけど……」

楸瑛の絵姿は、顔以外のところが妙に細かく描きこまれていた。

「……指輪？　してたんですか。それと兇手《きょうしゅ》の手や腕についてる線はなんですか？」

「そうそう。指輪してたよ。手のは傷。珠翠殿を助ける時に打ちこんだ腕のアザとか傷が残ってると思うんだけど。……治ってるか」

珠翠はハッとした。

「いえ、人間じゃないから治癒能力はほとんどないわ。だからつけた傷もアザもそのまま残ってるはずよ。それ、目印になると思うわ」

「傷痕《きずあと》は消えない……それと指輪ね……」

「秀麗様、『抜け殻』はたいてい見れば変だなってわかるはずですわ。『抜け殻』を操ってるのは縹家の人間でなく只人《ただびと》です。命令して亡骸を動かすことはできても、術者のようにのっとって、人間らしく見せかけることは不可能なんです。できたとしてもほんの僅《わず》かの時間だけです」

「ああ、確かに。顔も青白かったし、なんというか影がない人間みたいで、動きも表情もボンヤリしてて、奇妙だったな……。でも顔を隠されたら、わかりにくいかも……」

楸瑛がそう付け加えたのは、十三姫《じゅうさんひめ》が襲撃された折、珠翠の顔に狐のお面がつけられていたのを思いだしたからだ。秀麗は絵姿にそれらの情報を筆で付け加えていった。

「秀麗様、その兇手のこと、こちらでも追って調べてみます。〝外〟でも縹家系社寺に立ち寄っていただければ、情報が行くように手配しておきます」

「ええ、よろしくお願いします、珠翠。でも向こうから接触してくるかもしれないわ」

「え？」

邪魔は片っ端から始末するのが『黒幕』のやり方なら、これから秀麗と『抜け殻』が出会う確率は高くなるはずだ。

(消えた技術者や鉄炭の隠し場所……。今の段階じゃ、絶対さぐられたくないはずだもの)

秀麗は楸瑛が言いだすより先に釘《くぎ》を刺した。

「私の護衛で一緒に紅州行ききってのは、なしですよ、藍将軍」

「…………」

「劉輝のところへ、行ってください。紅州には多分燕青がいます。合流すれば私は大丈夫です。私でなくて、劉輝のところへ。なるたけ早く帰ってください」

楸瑛はうなった。楸瑛は戻る先を明言してはいなかったが、秀麗はとっくに見通していたらしい。

そのとき、リオウが室《へや》にやってきた。疲れた顔をしていた。

「紅秀麗、だいたい見通しがたった。紅州大社寺系列での蝗害《こうがい》対策の準備は、〝外〟の時間でざっと五日前後で完了する。そのあと紅州への〝通路〟をひらく」

五日前後。飛蝗《バッタ》の飛行速度を思えば秀麗としては気がせいたが、おくびにもださぬようにした。いちばんもどかしいのは現地のはずだった。

秀麗は逸《はや》る気持ちを抑えた。

「わかったわ。じゃあ、〝通路〟がひらき次第、私もすぐに紅州へ発《た》ちます」

＊　＊　＊

瑠花の高御座《たかみくら》の間《ま》に、珠翠が入ってきた。瑠花は奇妙な気分になる。リオウといい紅秀麗といい、長い間誰も近寄らなかったこの室に、最近は繁々《しげしげ》と誰かしら訪れる。

「お母様……全社寺、蝗害対策のめどがついたようですわ。秀麗様もそれにあわせて、出立は五日後の夜明けになりそうです」

「ふむ……では、明後日から、眠ってもらうことになるの」

珠翠は不思議そうにした。

「その件ですが……二日間も秀麗様を眠らせるのはなぜです？」

「……少し考えがあっての。体を診る以外に、やっておくことがある。いずれわかろう」

瑠花は素っ気なく、それだけを言った。珠翠は首を傾げたが、頷《うなず》いた。

「それとお母様の予想通り、秀麗様は蝗害と並行して例の『抜け殻』を追うとのことです」

瑠花はくつくつ笑った。

「まったく……面白い娘じゃ。よい、人手は割けぬが、情報は逐次くれてやるがよい。こちらとしても大変助かる。碧州、茶州、藍州と、神器が壊されたは三つ。これ以上あの『抜け殻』に神器を壊されるのはまずい」

珠翠も同感だった。珠翠は『時の牢《ろう》』を出てから、まるで自分の体が世界の一部として同化したかのような感覚があった。自分の内から神力が流れ出て、各州の壊れた神器の補完にまわっているのを感じる。

秀麗や楸瑛の前ではひた隠していたが、立ち歩くたびくらくらと目眩《めまい》がする。文字通り神器に情け容赦なく生気が吸いあげられているのがわかる。だが、そう、これ以上はまずい。

「……中央の紫州《ししゅう》でも地震が群発しておる。それだけでも貴陽の民心が揺らいでおろう。

幸い今、〝干将《かんしょう》〟と〝莫邪《ばくや》〟が対《つい》で縹家にある。あの二口《ふたふり》の力も使え。多少そちの体が楽になろう。九彩江でも碧歌梨《へきかりん》が宝鏡の修復に当たっているはずじゃ。珠翠、それまで保《も》たせよ」

つくれば必ず死ぬという九彩江の宝鏡。そうと知りながら碧歌梨は引き受けた。せめて一つでも神器の修復が叶《かな》えば、格段に負担は減る。今は瑠花や羽羽、珠翠が『扉』をおさえながら、宝鏡の完成を待つしかない。

不意に珠翠は顔をこわばらせた。

瑠花は呟《つぶや》いた。

「……誰ぞ、結界を越えた者がおるな。珠翠、〝視《み》える〟か」

「……立香です。立香が、脱獄したようです。でも、どうやって。あの子は『無能』なのに。牢から出られるはずがないのに。あの子――〝外〟へ逃げてしまった!!」

「誰ぞが手引きをしたな」

「誰が……なんのために！」

瑠花は見当がついているような顔をしていた。

「今は構うな。立香の行方を気にする余裕はそなたにはないはずじゃ」

その通りだった。珠翠に立香のことを考える余力はない。それに珠翠にはもっと大事な、確認しておくべきことがあった。

「お母様、破壊された神器は三つ。ここが限界ということで、よろしいですね？」

「…………」

「あと一つでも神器が壊れたなら、私もお母様も羽羽様も、保たない。一人でも斃《たお》れれば〝表〟の術者たちも次々命を減らして死んでしまう。そうですね？」

瑠花は答えなかった。それが答えだった。

「では万が一の時は、私の身で全神域の完全修復を行います」

珠翠は告げた。

「言っておきますが、大巫女《みこ》でなくなったお母様では無理ですよ。『大巫女』の『人柱』になれるのは私だけです」

——大巫女の人柱。

今までも神器が人為的に壊されることはあった。言い伝えでは八つのうち七つまで壊れたことさえあったという。蒼遥姫はそういった非常時のために、一つの術を残していった。その方法を使えば全部の神器が壊れない限り、結界をまったき状態に戻すことができる。むしろその時のために縹家大巫女の絶対的神性と専制権威が存在すると言ってもいい。命を賭《か》けて術を駆使する巫女や術者の中でも、ただ一人、大巫女しかなしえない。

「全神器の代替となって、すべての封印の修復を行えるのは、私の命だけです」

瑠花は稀代《きたい》の大巫女。今でもそれは間違いない。だが今の縹家は珠翠の力によって守られている。

たとえ瑠花や羽羽の助けがまだ必要な珠翠ではあっても。

降るはずのなかった雪が降ったあの日。

……瑠花は、大巫女ではなくなったのだ。

「他に方法はない。違いますか、お母様」

瑠花の沈黙が長かったのか、短かったのか、わからない。瑠花の顔つきは微塵《みじん》も変わらなかったから。まるで時が止まったかのよう。

やがて、瑠花はひと言、淡々と答えた。

「そのとおりじゃ」

珠翠はふと、奇妙なことを考えた。一つ二つの神器が壊れただけなら、大巫女の人柱は立てなくてすむ。もしかして瑠花が幾度も『抜け殻』の首を狩ろうとしたのは、そのためもあったのだろうか。『時の牢』を出て、次期大巫女となるかもしれない者を人柱にさせないために。

珠翠は笑った。

瑠花の耳に、ざわざわと、遠く懐かしい海鳴りに似た槐《えんじゅ》の葉ずれの音が聞こえた。

＊　＊　＊

紅州州府——州牧室には、このところ朝から晩まで紫煙がたちこめていた。

「……劉《りゅう》州牧、そう毎日吸っていると、おっさん臭くなりますよ」と荀彧《じゅんいく》は言った。

劉志美《しび》はがん、と煙管《キセル》を灰入れに打ちつけた。もわりと白い灰が舞い上がる。

「うっさいよ。わかっててバカスカ吸ってる僕の身にもなれやくそったれ。用件は？」

「碧州および黒白《こくはく》州府の使者が食糧援助の要請で居座っております」

「てめぇどこの州尹《しゅういん》だ。紅州の件を先に報告しろ。現状の被害は？」

「……バッタによる被害で紅州の農作物の六割が壊滅しました。中央には、壊滅八割と数字を盛って報告してあります」

「ああ。それでいい」

劉志美は一片の後ろ暗ささえ見せずに隠匿を荀彧に指示した。

紅州を守るためであっても、退官ものだ。その結果と責任を劉志美は揺るぎなく負う覚悟でいる。荀彧は自分に同じふるまいができるか考えた。平民出の州牧に対する日頃の嫌みは妬《ねた》みを紛らわすためだと自覚してもいた。幸か不幸か、荀彧はその程度には自分を知っていた。

「で、残り四割の農作物は？　守れそうか」

「はい。涸《か》れ井戸や穴に放り込んで石づくりの蓋《ふた》で覆わせる作業も、もうすぐ完了します。それと、碧州からの流民の一時避難所や、蝗害によって住まいを失った紅州民の対応ですが」

「仮家をつくっても間に合わないだろ。つーかつくったはしから食われるし……」

「その件で紅玖琅《くろう》の令夫人・九華《きゅうか》様から書状が。紅一族の門戸を全面開放し、民の受け入れを開始しているとのこと。はい書状。あとで州牧のハンコくれとのことです。息子の伯《はく》邑《ゆう》と娘の世羅《せら》に陣頭指揮をとらせているというので間違いないはずです」

劉志美は黙って書状にハンコを押した。

「……………あとで九華チャンに礼状書いとくわ」

「礼状は私からすでに出しておきました」

「優秀な副官で嬉《うれ》しいわァ。つーか紅家《あそこ》って、役に立たねーのはマジで黎深父子《おやこ》だけじゃねーのよ…………。紅一族と連携して、各郡府に全面的にてこ入れさせろ。諸経費は州府が出す。紅一族は偉そうでおバカちゃんも多いが、動くときは文句なしに優秀だ。存分に紅家の人材を借りてこき使え。あと紅家からカネもらってこい」

「……借りるんじゃなくて、もらうですか」

「寄付だよ寄付。金足りねーんだよ。そうだ、閭《りょ》じぃさん引きずり出して行かせろ！　年金代わりに高禄《こうろく》もらってるくせに全然仕事しねー。アタシがてめぇそろそろ退官しろやーって辞表もってくたびにヨボヨボ死にそうな迫真の演技しやがって。『後生じゃあ、わしはあと数日生きられんから、もうちょっと待ってくれたらええんじゃ』とか言ってもう何年だよ。あのくそジジイ、今はああだが、昔は凄腕《すごうで》の中央官だ。業突張りじゃあのジジイの右にでる官吏はいねぇ。行かせて紅家からケツの毛までむしらせろ！」

「…………わかりました」

それは寄付でなくカツアゲというのではないかと荀彧は思ったが、反論はしなかった。

「紅家には山ほどタコ殴りたい件があるが、今回は助かる。……変わったねぇ、紅家」

今までの紅家なら自らの失態を棚に上げて、州府や国に恩を売ってやる、とばかりふてぶてしく厚かましい態度をとったろう。だが今回は拍子抜けするほど率先して州府に協力する姿勢をとっている。迅速かつ臨機応変に手を打ってくる即応力に、劉志美も舌をまいた。

「……紅家の新当主サマが、坊ちゃん王に忠誠を誓ったからかね。ったく、今まで紅家第一主義で国や他州に無関心だったくせに。……娘のせいかね……」

一族の中でたった一人出仕拒否をせず、御史として、実家の説得に飛んでくるはずだったという紅秀麗。

娘の代わりに父親がその役目を果たしたが、一族でも有名なボンクラ長男だった紅邵可が重い腰を上げたのは、娘を見ていたせいではないかと思う。

志美は束の間、会うことのなかった紅秀麗という娘を惜しんだ。

「そんで、肝心のバッタの動向は？」

「相変わらず。風に乗って飛ぶ範囲を広げながら紅州中の肥沃《ひよく》な平野を食い荒らしてます。ですが、仙洞官の読みによるとあと半月ほどで風向きが紫州方面へと変わるそうです」

志美は沈黙した。

荀彧は無表情のまま、淡々と続けた。

「秋の終わりを告げる強い紅風《こうふう》です。例年より少し早いです。紅州を吹き渡る強風が、半月前後を境に一気に紫州方面に流れこみます。バッタと一緒に」

志美はどんな反応もしたくなかった。どんな顔も。

「現在紅州を席捲《せっけん》している群れの大部分が紅風によって吹き飛ばされ、紅州から紫州へ大移動するものとみられます。なので、紅州の蝗害《こうがい》対策としては、あと半月と思われます」

冷静な報告だった。荀彧の声からはあらゆる感情がそぎ落ちていた。よかったですネとか言い添えたりもしなかった。

あと半月、紅州を守りきれば、凌《しの》げる。今年だけに過ぎなくても。紅州からバッタは去り、紫州になだれこむ。どんな感想を言えばいい？

官吏たる誇りと義務と責任がある。荀彧にも、志美にも。

紅州を守らねばならず、国を守らねばならない。

その両方を同時に守れない時、言えることは限られる。

「わかった」

志美は短く答えた。煙管をくわえてやりすごす卑怯《ひきょう》な真似はしなかった。それが今の志美にできる精一杯のことだった。たったそれだけが。

「……碧州や黒白州の使者はどうします。食糧援助の件です」

「バッタに食われてンな余裕ネェですのよごめんあそばせ〜って笑って追い返せ」

「使者たちは道中紅州各地で涸れ井戸や地中に食糧を放り込む光景を見てます。当然こっちの数字が嘘だとばれてます。断ればその足で、朝廷に直訴するとのことです」

「……だろうね。こっちは数年分の余剰があるが、あっちは穀物倉が残らずカラだ。約束をとりつけなくちゃあ帰れない。冬にばたばた民が飢え死ぬのは目に見えてる」

「群飛が紫州へ流れこむのは遅かれ早かれ中央にもわかる。そうなれば紫州も倉を開けるのを渋るでしょう。それでも使者たちを追い返すんですか」

ふーっと、志美は紫煙を吐きだした。

「――追い返せ。二度は言わせるな。反対するならハッキリ言え。良案と一緒にな」

荀彧は、引き下がった。荀彧が退出しようとすると、ぐしゃりと、沓底《くつぞこ》で何かを潰《つぶ》した。真っ黒な色をしたバッタが何匹も床を這《は》い回り、ぎょろりとした目で荀彧を見上げていた。戸の下や通風孔や窓の隙間、至るところから、何十匹ものバッタがぞろりぞろりと侵入してくる。

固く閉じた窓の向こうから、悲鳴が、聞こえてくる。官吏たちの。州民の。

志美はありとあらゆる隙間からもぐりこんでくるバッタを見下ろした。

「……ついに、州城まで食いにきたな」

紅都・梧桐《ごどう》は美しい都だった。千年以上の歴史をもつ古都ながら、いつも磨いたばかりの宝石のような硬さを残す。人の手で何もかもつくりかえた美しさではなく、自然のままの景色に人が上手にはまりこみ、昔も今もこの先も、変わることのない美しさが続くように思われた。それは紅家の手柄だった。戦の破壊から守ってきたからこそ、遥《はる》かなる古都の景観を今に受け継いでいる。それが他《た》を見捨てる無関心と、計算高い策謀の結果だとしても。

茜空《あかねぞら》、遠い雁《かり》が音《ね》、赤トンボと秋の空。

もう当分、あの涙が出そうな夕焼け空は拝めない。

「――遅すぎるよ。狙うなら民家でなく真っ先にこの城を狙えやって、ずっと思ってた」

「ええ。その意見には賛成です。……ま、石造りですから、食いではないですが」

今日初めて、荀彧の笑う気配がした。

「劉州牧!!　――州牧!!」

州官たちが悲鳴をあげながら、次々と州牧室に駆けこんでくる。

州官らと一緒に、開け放たれた扉からバッタがなだれこんでくる。

すぐに州牧室は数百匹のバッタで真っ黒く埋め尽くされた。バッタどもは触角を動かして跳ね、書翰《しょかん》にも備品にもところかまわずたかり、室中を飛び回る。その羽音のうなりも薄気味悪く耳障りだった。

「州牧！　たかがバッタと思ってましたが想像以上に気持ち悪くて怖……うわあ服から離れろ、寄るな！」

度を失ったようにバッタを踏み潰し、手足を振り回して高官たちがバッタから逃げ惑う。

「落ち着け。いつものお前らの図太さと分厚い面の皮はどーしたの。毎日さんざん僕につっかかって、あらゆることに徒党組んでいちゃもんつけてたのは、平時のみの匹夫《ひっぷ》の勇？」

途端に、州官たちはむっとした。志美はにやにやと煙管《キセル》をかんだ。

国試でも上位及第者の多い紅州府だけに、歳をくったわりに及第順の低かった志美は赴任当初から貴族派のみならず国試派からもバカにされていた。州府の中では彼ら州官と攻防し、外では紅家をはじめ自称『地元の名士』やら商人やらと利権争いを繰り広げながら州政をこなしてきた。こんなしち面倒臭い職場に飛ばしやがってと、霄太師と先王を何度ぶん殴ろうと思ったかしれない。腹をくくって腰を据え、根気強く地道に折衝を重ね、変えるべきものは着実に変えてきた。とはいえ味方を増やした今でも、志美を認めない州官は多い。

だが志美は認めていた。高官までのぼりつめた彼らの能力と、官吏としての矜持《きょうじ》を。少なくとも、志美のもとに真っ先にやってきた。上司にワーワー半べそかいて情けない醜態をさらすなら別にいい。志美にしか怯《おび》えも恐れも見せられないと彼らは知っている。民や下吏の前で不安がるわけにはいかないからだ。人として本能的な恐怖を感じていても、官吏だった。上出来だ。

「――いいか、追っ払うのはバッタだけだ。城下に民が押し寄せても絶対に追い返すな。州民への応対は輪番制で回して州官の疲労を減らせ。感情も混乱もすぐ民に伝播《でんぱ》する。家をバッタに食われた者は空いてる官舎に受け入れろ。優先順位は病人、老人、身寄りや男手のない家、貧乏人から」

対処は事前に何度も伝えたはずだ、などという嫌みは志美は言わなかったし、叱責《しっせき》もしなかった。志美の落ちつきぶりに、高官たちは騒いだのを恥と感じたらしい。いつもなら絶対素直に頷《うなず》くことなどないのに、今日ばかりは唇を引き結んで――バッタが口に入るかもしれないが――思い出したようにぎくしゃくと頷いた。ばつの悪そうな、ふてくされた顔で。

こんな状況でなかったら志美は笑っていただろう。紅州官吏は黎深そっくりだ。高慢ちきで自信家で意固地で、自分より下の者は絶対認めない。その鼻っ柱の強さがいい時も悪い時もある。確かなのは、すべてひっくるめて志美が使える武器だということ。

荀彧がバッタを逐《お》いながら指示を仰いだ。

「州牧、州軍はどうしますか。動かしますか」

「当然だ。出す。州軍だけじゃない。紅家及び全商連の私兵団とも話《ナシ》つけてある。梧桐だけでなく紅州全域に展開させる。――全軍の出動許可を出す」

高官たちは困惑した。紅家や全商連との交渉を州牧自らしていたことも寝耳に水であったので。それにもましてバッタに全軍を動かすなど聞いたことがない。荀彧は眉《まゆ》をひそめて訊《き》き返した。

「……全軍ですか」

「こんな時に城守らせてどうすんの。秋の紅葉狩りならぬバッタ狩りだ。民にもバッタを収集してネって布令《ふれ》を出してあるな。農作業時に組む各郡・町村の互助会の縦関係を利用して、どしどし駆除と捕獲しろ。集めたバッタはあとで食う。かわりに今年の減税を約束すると全郡府に下達しろ」

「……減税？　州牧自身が今まで反対してたではないですか。今さら……」

「反対してない。布告はまだ待てって言ってたんだよ。紅州全域で今年度の収穫の六割が壊滅。いつもと同じ年貢をしぼりとれるわけあるか。アタシはそこまで悪代官じゃないわヨ。頃合いだ。今ならいい。バッタを捕獲するかわりに、年貢は半減以下にすると郡府に通知しろ。どんだけ下がるかは蝗害後に応相談——てね」

　静まりかえった室内で、バッタの音だけが響いた。さっきまでは不気味に聞こえたその音が、今は誰の耳にも間抜けに聞こえた。荀彧が州官たちの内心を代弁した。

「…………それ、便乗詐欺ってんじゃないですか？　別にバッタ捕まえなくても年貢減らすんですから。しかもその伝え方だと、捕獲量の多い郡ほど減税されるように誤解されそうですが」

「誤解する方が悪い。そんなこたぁひと言も言ってないし。応相談だけだし。だってさ、バッタいっぱい捕獲してくれたから減税ネー、の方が絶対捕獲量違うじゃん。ありがたみも増すし」

「なんの」

「減税の。あと州府のありがたみ。大事だろ？　カッコつけられる機会そうそうないんだからさ」

　荀彧は賛成した。

「……ま、確かにそうですね。効果が大きいのは認めます。即刻通達します。碧州からの限りですが」

流民にも家と米を提供するかわりに、バッタ退治に加わってもらいましょう。健康な者に
「採用。荀彧、紅家と全商連と逐次繋《つな》ぎをとって州軍を動かしてくれ。各郡府の情報を精査し、被害の多い場所から全域に軍を展開させて駆除に当たれ」

「わかりました」

「朝廷が蝗害《こうがい》対策を送ってよこすまで、気張れ。硼酸《ほうさん》団子でもジジババの知恵袋でもなんでもいい、殺虫法を片っ端から試せ。バッタが数でくるなら、こっちも人海戦術だ。だてに生活水準と出生率高くしてきたわけじゃねーぞ。お百姓が一年かけてせっせとつくったもんを横からガツガツタダ食いしやがって。食いモンの恨みを骨の髄までバッタに叩《たた》き込んだれ。一匹でも多く始末するんだ。今のうちに。……バッタの群れが紫州に向かう前に。……それが、今の僕たちにしてやれる精一杯のことだ」

州官たちが怪訝《けげん》そうにする。

紫州は田畑の崩壊が激しい。官給の現金比率が高まる反面、耕作地の放棄は増え続け、今や紫州の自給率は六割を切った。現段階でさえ紫州は自給自足ができていない。バッタが流れ込めば食糧を巡って争いが起きるのは目に見えている。それでも紅州からの輸送はできなかった。せめて群飛の量を減らしてやることしか。

ぽつりとした陰にひそむ暗いうめきに気づいたのは、荀彧だけだった。

「冗談じゃないですよ。こんな事態になっても王はいまだ親書一本送ってよこさないんで

すよ!! あんな愚王なんか知ったことですか。そりゃお二人は中央での出世が気がかりでしょうけど! よく涼しい顔でこんな時に紅州より紫州のことなんか――」

若い官吏が苛々《いらいら》したようにバッタを踏みつぶしながら、ふと不審な顔になった。

「……あれ? ほんとに州牧と州尹だけ、バッタが寄ってこなくないですか? そういえば、この室《へや》も、他より侵入が少ないような……」

言われてみれば、志美と荀彧だけ寄りつくバッタの量が少ない。むしろ二人を避けて通っていくバッタさえいる。州牧室だけに特別な備品があるわけではない。いや、一つあった。

志美がモクモクと連日くゆらせつづけていた煙草。

「――まさか、コレか?」

荀彧がハッとした。

「そういえば――郡府にいた時のことですが、紅州の山奥では草刈りなどの山仕事をするとき、女性でも煙草をふかしながらやるんです。その地方は椿や樫《かし》、柿の葉で煙草をくるくる巻いて口にくわえて火をつけるやり方で。いわゆる葉巻ですが」

「ああ、シバマキって呼ばれてるやつ。巻いた椿がいい味《あじ》出して――」

「違いますよ。気分転換に吸ってるわけじゃない。――虫除けと言ってました」

一拍おいて志美は刻み煙草を床にぶちまけた。床中不気味に蠢《うごめ》いていたバッタが、たちまち波が引くようにざぁっと飛んで逃げていく。煙草の葉に近寄るバッタは一匹たりともいなかった。

愛煙家の州官が目を疑った。

「……ええ⁉　私の煙草は好き放題たかってムシャムシャ食ってたのに⁉」

荀彧は跪《ひざまず》き、煙草の葉をつまみあげた。くんと臭いをかぐ。

「……州牧、これ、どこのです？　独特の臭いがしますが」

「銘柄なんてあるか。自分で刻んでつくってる。しいて言や『藍《あい》の夢』に似てるかな」

昔、死体の燃える火で、悠然と煙草をくゆらせていた男がいた。その日、戦が終わった。青い空と白い鳥。そしてゆうらりとくゆるその煙草の香りは、志美にとって『最悪より少しマシなだけの世界』の象徴となった。以来、志美はそれ以外は吸わない。その煙草のことは男から教わった。

『この煙草？　じゃ、特別に作り方を教えてやるか。よく聞けよ――』

「……材料は他の煙草とたいして変わらん。ただ、必ず入れるものがある。なかなか出くわさない木でさ。その木を見かけた時は、煙草に入れる用に葉や木肌を削ってもらっとくことにしてる。その木がなんていうのかは、知らない」

戦が終わって、雀の涙というのさえばかばかしい僅《わず》かな『恩賞』だけで娑婆《しゃば》に戻されて。その日ぐらしで生きるのに必死だった志美は、煙草のことなどすっかり忘れた。

長い時が経って、不意にその香りが鼻先に漂ってきた。

男の話通り、真っ白な美しい木だった。小刀で幹を少し削ると、若く澄んだ青い薫りがたちのぼった。志美の心に積もっていた鬱屈《うっくつ》を一掃していくような清涼な香気。

気づけば志美は涙を流していた。自分は何をしているのだろう。戦は終わったのに。何をやってもうまくいかないと、ムシャクシャするばかりで。最悪よりはマシな世界で、最悪とたいして変わらない生活を送っていたあの頃。

それからこの煙草は志美のお守りのようなものになった。

「紅州でも、道ばたとか、村はずれとかに、たまーにポツッと生えてるけど……」

「どこの村です?」

「いや、村に行かんでも……実は僕の煙草用に、城の庭にこっそり一本植樹したんだよねー。祝! 州牧っていう記念もかねて。誰も祝ってくんないから自分で記念樹? ウフ」

「あんた知らんとこで何勝手なことしてんですか! あんたの城じゃないんですよ!! つまりあんたがいつもよく休憩してるあそこらへんにその木があるってことですね?」

「そう。僕が葉っぱちぎったり樹皮削ったりしてるから、それでわかるはず」

州官の一人が、州牧と州尹の浮かぬ顔に気づいた。

「……なんか、たいして喜んでないですよね? せっかくバッタの嫌うものを見つけたのに」

「…………」

志美も荀彧もわかっていた。たった一本きりその木があったとしても——いや、他に生えているのを見つけたとしても——必要なのはすでに虫除《よ》けではなく、駆除だった。ないよりはマシ。その程度だ。

「荀彧」

志美は立ち去ろうとする副官を呼び止めた。

振り返った荀彧へ、志美が訊《き》いた。

「他に、僕に言うべきことは？」

荀彧は理知的な眼差《まなざ》しを志美に向けた。

「いいえ。あなたこそ、私に言うべきことはないのですか？　州牧」

志美は答えなかった。

荀彧は官服をひるがえし、文字通りバッタに目もくれず扉の向こうに消えた。沓《くつ》の下でバッタを踏みつぶす不愉快な感触程度では、荀彧を引き止めることはできない。

州官らが出払うと、志美はカラの煙管《キセル》をかみながら、痛みのある表情を浮かべた。

＊　＊　＊

雨が降っていた。もうずっと、降り止まない。

雨脚に強弱の違いはあるにせよ、一向に止む気配はなかった。降り続く長雨で、九彩江の川は土石流が渦を巻き、濁流となって龍神《りゅうじん》のごとく荒れ狂う。桃源郷めいた美しさは跡形もない。歌梨は、ほうと溜息《ためいき》をついた。こういうのは、好きだ。端正なものより狂ったものに歌梨は心惹《ひ》かれる。

「……描けないのが残念ですわ……千載一遇の好機をふいにするなんて。ツイてなくってよ」

がらんとした室内には、火鉢と（雨風のせいでひどく寒かった）、燭台《しょくだい》が赤々と燃えている。歌梨は窓を閉め、室内に戻った。火鉢の傍に、割れた鏡の破片が細かいものまできちんと集められ、盆に載っていた。歌梨は指を切らぬよう両手に手袋をはめた。百の欠片《かけら》に、百の歌梨が映りこんでいた。あんまり小さくて、鏡の中の自分が、どんな顔をしているのかもわからない。

藍家がこの小屋を用意してくれた。昔、神事に使う刀剣や祭具をこしらえていた小屋だという。オンボロだったが、そこそこの広さがあり、頑丈で、この長雨でも雨漏り一つしていない。地下には刀剣鍛冶《かじ》の可能な炉と道具、宝鏡作製の材料がそろっていた。炉にはすでに火を入れてきた。

「……歌梨さん」

夫が、歌梨を呼んだ。降りしきる雨のせいで室は薄暗く、少し離れた場所に立つ夫の輪郭はぼんやりとして、顔もよく見えなかった。声だけが、聞こえる。悲しいような、絶望したような弱い声。優しい顔立ちを、きっと硬く強張《こわば》らせて。

毎日、毎日、欧陽純《じゅん》は歌梨を説得しようとした。あらゆる言葉を尽くし、宝鏡作りをやめさせようと努力した。だが、歌梨は頷《うなず》かなかった。

「……純さん、雨脚が弱くなったら、今度こそ山を下りてお帰りになって。万里《ばんり》のところへ。早く作り直さないと、本当にこの雨は冬までやまないと思うわ。うまく言えないけれど、わかるの。でも、雨がどうとか、そんな理由で引き受けたんじゃない。もっと別の、もっと大事な理由で、あたくしが作ると決めて、ここまできたの。……わかって。今度だけは、願いをきけない。純さん、あなたの言葉でも」

「歌梨さん……」

欧陽純がかすれた声で、もう一度名を呼ぶ。歌梨はちゃんと夫を見ることができなかった。激しい雨音を聞きながら、うつむいて下ばかり見ていた。

「……あたくし、女に生まれたことを呪ったことは一度もないわ。呪ったのは、碧家のほう。どうして男に生まれなかったって、散々言われてよ。言わなかったのは、弟の珀明《はくめい》と、あなただけ。でもねぇ、あたくし、こんな性格だから、ずっとざまあみろって思ってもいたわ。あんたらは、あたくしを認めるしかないのよって。……だからきっと、ダメだったのね」

千年の才。並ぶものなき唯一無二の『碧宝《へきほう》』――歌梨はあらゆる称賛をほしいままにした。だが歌梨は知っていた。この世に歌梨以上の才の持ち主がいること。

彼は――夫は、その才能を永遠に手放してしまった。歌梨のために。

「あたくしは天下万人が認める超天才ですわ。あたくしが最高にときめいているときに、どっかのバカ男が――男に決まってますわ――この百年保《も》つはずの鏡をぶっ壊した。でも、……わかった気がしたの。あたくしが生まれたのは、このときのためかもしれない」

作ったものは、必ず死ぬといわれる鏡。

先々代も、鏡を完成させた直後に死んだ。だが、一つだけそれまでと違っていることがあった。二十年ではなく、百年保つ奇跡の鏡だったことだ。芸才がなかったという先々代が、なぜ、どうやってその宝鏡を作れたのかは謎のままとなった。

「……あたくしね、一つ理由が思い当たるの。もし、あたくしの仮説が正しければ……。あたくしはそれを確かめなければならない。……だから、お願い純さん――」

思い切って夫を振り仰げば、薄暗い中、欧陽純が微笑んでいる。

そのとき、歌梨は異変に気づいた。何か、おかしい。

――おかしい。

「……純、さん……？」

雨が叩《たた》きつけるように激しくなる。風も荒れはじめ、閉めた窓が開いた。びょうびょうと嫌な音を立てて雨風が吹き込んだ。夫の背後はいやに暗い。真っ黒だ。夫はひどく青白い顔だった。青白すぎる。

歌梨のほっそりした顎《あご》が、震えはじめた。もう異変の正体には気づいていた。

歌梨の目の前で、欧陽純の膝《ひざ》が力なく折れた。

「――――」

欧陽純の腹から、剣の切っ先が生えていた。

歌梨は何かを叫んだ。何と叫んだのか、自分でもわからなかった。前のめりに倒れこむ夫の体を受け止め、あまりの重みに一緒に床にくずれ落ちた。

ぬめって生あたたかい液体が歌梨の腕を伝い、じわりと衣服に広がっていく。

夫の後ろに一人の男がいた。

風で燭台の火が燃えあがる。火影が激しく躍り回る。狐の面が浮かんでいた。燭台の火影は長く波打つ髪の上をなめ、指輪と、むきだしの腕を走る爛《ただ》れた傷痕を照らした。面の奥に、猫のような目が見えた。雨風はいよいよ激しくなり、歌梨の容《かんばせ》を濡《ぬ》らした。

狐男は欧陽純など眼中にない様子で、歌梨の前に立っている。

「……そう、あたくしに、宝鏡をつくり直されたら、困るというわけ。だから殺しにきたの」

狐男は歌梨と欧陽純をのぞきこむような仕草をし、くつくつと喉《のど》の奥で笑った。夫婦芝居の一場面を退屈しのぎに眺めるよう。それから急に何もかもつまらなそうな風になる。興ざめた玩具《おもちゃ》を見えない場所に厄介払いするように、男は剣を歌梨へ向ける。

人を殺す目ではなかった。モノを壊すのと同じ。

それで、歌梨は生きることをあきらめた。

歌梨は鏡の破片に目をくれた。どんなことをしてでも、つくるはずだった鏡。自分の命を捨てるとしても、こんな形ではなかった。決して。

はめていた手袋を、二つとも脱ぎ捨てる。動かない夫をかき抱く。力を失った夫の手をもちあげ、自分の頬に押し当てた。いつもあたたかく歌梨の慰めだったその手は、氷よりも冷たかった。二人とも雨で濡れそぼち、歌梨は自分が泣いているのか、そうでないのかも、わからなかった。いつもこの人は歌梨を守ってくれた。遠い昔、長老たちに手足を縛られ、闇の中に監禁された時も。そして狐男からも、守ろうとしてくれたのだ。

「バカね、純さん……あなた、てんで弱いくせに……。こんな悪党に敵《かな》うわけないじゃない。でも、ありがとう……」

まばたくと、頬を雫《しずく》が伝い落ち、冷たい夫の手に当たって砕けた。鼻をすする。

「やっぱり男なんて、あたくしにとって疫病神でしかないんですわ。大嫌い……」

剣がふりおろされる音は、激しい嵐にかき消された。

……雨はやまなかった。

新たに宝鏡がつくられることもなく、雨もやむことなく、ずっと藍州全土に降りつづいた。

第二章　もう一つの渡る蝶の物語

志美が州牧室へと戻ると、室《へや》にはバッタしかいなかった。

『他に、僕に言うべきことは？』

『いいえ』

——いいえ。

まだ荀彧の言葉がむなしく室内に転がっている気がする。志美は溜息をついて、バッタを追っ払いながら椅子に向かった。が、偉そうで高そうな細工の白い州牧椅子はバッタで覆われ、不気味に蠢《うごめ》く黒い椅子と化していた。バッタどもはばりばり椅子を食っている。

そういえば白木の椅子だった。

「……ちょお待てやコラ。それは州府の備品!!　机案《つくえ》!　机案は大理石か。つーか紅州の経費で落ちんのコレ!?　監察入ったら信じてもらえんの!?　ぎゃー決裁した書翰が食われて残ってねぇぇえ!!」

思いついて、残っている刻み煙草の葉を一つかみ二つかみ灰入れにほうりこみ、火をつけた。しめきってほとんど換気がない州牧室に煙草の煙が充満していくにつれ、次第にバッタの動きが弱まっていく。

「……あのー……州牧……俺らもバッタと一緒に死ぬと思いますよ？　火事で人が死ぬのって、大半煙吸って死ぬって、悠舜が言ってたし」

衝立《ついたて》の向こうから男の声がしても、志美は驚かなかった。うふふ、と志美は笑って、その場にパッタリ倒れた。

「……だよね？　僕も今そう思い始めてたとこ。でもさぁ……なんかぁ……良い気持ち〜。あらぁ三途《さんず》の川が見える……。あ、昔死んだ親友が川の向こうで手ぇふってる〜わ〜い」

衝立の裏から男が慌てて飛びだしてきた。

「うわー!!　ちょちょちょっと劉州牧こんなときに死ぬのはヤメテ!!」

男は片っ端から半蔀《はじとみ》を開放した。バッタが大量になだれこんできたものの、室の濃い殺虫の煙に当たるや床に落ちていく。男は志美を担いで、布団干しの布団の如く半蔀から外へ突きだした。新鮮な空気を吸って、なんとかかんとか志美の意識も戻ってきた。

「……劉州牧……生きてます？」

「…………エエ、何とか……てゆうかぁ、マジ今アタシ超ヤバくなかった？」

「川渡ってたら、超ヤバかったと思います」

「ゴメン……ちょっとふてくされてヤケッパチになってた……」

志美はヨロヨロと室に戻った。室内のバッタは煙で死滅していた。椅子を傾けるとざらざら死骸《しがい》が落ちて綺麗《きれい》になった。現れた椅子はバッタにボロボロにかじられていたが、州牧の椅子には違いない。

志美は座った。が、椅子の脚もかじられていたようで、脚が全部折れた。志美はバッタだらけの床にひっくり返ってもろに後頭部を打ちつけた。

気まずい沈黙が降りた。

「……エート………目、さめました？　劉州牧……」

「……さめたわョ……なにいまの。なんの寸劇よ。なんの仕込みよ」

「……や、あの、別に、なんも仕込んでないです」

「じゃあせめて笑えバカ！　オッサンいたたまれねぇだろが!!」

「ええー!?」

髭《ひげ》の男の顔が、倒れたままでいる志美をのぞきこむ。左頬に十字の傷がざっくりとある。いい男、と志美は思った。いい男だ。当たり前。悠舜を茶州でずっと輔《たす》けてきた男なのだから。

「……やあ、監察裏《り》行《こう》、浪《ろう》燕青クン。荀彧と会ったかい？」

「いえ。遠目から見ただけです。バッタ無関心にぶちぶち踏みつぶして歩き回って指示を出してましたね。ちょっと、陸清雅と似てるかな」

「荀彧が？　いや、そんな男だったら、今頃とっくに中央に帰ってる。それだけの男だよ。僕と違ってさ。だから、あいつはかわいそうだ。どんなやつか知ってるから僕はあいつを抜擢《ばってき》したけど、本当は、陸清雅みたいな男を選ぶべきだったんだ……」

志美は呟《つぶや》いた。

「……荀彧を見てると、時々、悠舜を見てるのと、同じ気持ちになる……」

志美はバッタの死骸をかきわけて身を起こした。落とした煙管《キセル》を拾う。煙草の葉は全部灰入れにくべてしまった。志美は手の煙管をどうしていいかわからなくなる。

いつも煙草を差し出してくれた荀彧は、いない。

「……浪燕青。とうとう州府まできたね。君のことだ。蝗害《こうがい》の件だけじゃなくて、消えた鉄炭と技術者の行方と、荀彧のことを調べにきたんだろう？」

「……ええ、まあ。州牧も調べてましたね？　州府の誰が、輸送許可の判を押したのか」

紅州の重要な資源である鉄炭は、紅家と、そして州府の厳重な管理下に置かれている。大量の流通に際しては州府の許可が必要となる。

燕青がバッタを追いながら半蔀を元通り閉めていくのを、志美は見るともなしに見ていた。閉め終えると、燕青に言った。

「……僕も教えられることはなるべく正直に話すと約束しよう。だから君も、知っていることをできる限り話してくれないか。荀彧が僕に話さなかったことを」

……話を聞き終えた志美は、中身のない煙管を煙草盆に置いた。寂しげな音がした。

「……そうか、わかった。実のところ、こっちでもあの大量の鉄炭がどこに移送されたのかは、まだわかってないんだ。蝗害のどさくさで調べも止まっちゃってね」

「そっちは俺の宿題ですから、俺が引き続き調べときます。ちょっと当てがあるし」

宿題？　志美は首を傾げた。どのみち志美も蝗害でもう人手が割けない。機動力と身軽さに優《まさ》る燕青に任せられるのはありがたかった。

蝗害に関しても情報交換をした。

「ところで旺季殿の動きは？　貴陽を進発したのは知ってるが、あと半月前後でこっちは紅風が吹いて、群飛が紫州方面に流れそうなんだ。となると、むしろ旺季殿には紫州に帰ってもらったほうがいいかもしれない。時間があれば君にその連絡を――」

「それが、商隊から聞いた話ですけど、どうも旺季将軍はあと数日で紅州の境をこえるみたいですよ」

志美は耳を疑った。旺季が馬の名手であることは知っている。孫陵王と一緒に戦場を駆け抜けてきたのだ。今時の若者なんぞ足下にも及ばない。が。

「馬鹿な。予定の半分以下の日数じゃないか。いくらなんでも速すぎないか。食糧を積んだ荷駄を引っ張ってくるんだろう。いくら騎馬が主体の少数精鋭だって――」

「いや、どうも、輜重隊《しちょう》をどこかで切り離したらしくて一気に速度が上がったみたいですね。それにしたって速いですけど。関塞《せきしょ》の連中も、文字通り降ってわいたようにやってきて神速で通り過ぎた一行に、仙術でも使ったのかって大混乱してたそうですよ」

「……何だって？　輜重隊を途中で切り離した？　紅州に入る前に？　蝗害対策でくるの

に手ぶら同然でくるってことか？」

「バッタに馬車ごと食われるから、どっかに置いてきたんですかね？」

「いや。そんなの事前にわかってるはずだ。輜重隊をどこかに残して、速度優先で紅州入り……？」

蝗害の全指揮をとる旺季の許《もと》には随時各地の——紅州含め——監察御史から情報が入っているはずだった。その上で彼は輜重隊を切り離して紅州入りする。

一つ理由が思い当たったものの、到底信じかねた。

「……まさか……？　いや、だが……考えられるのはそれしか……」

「劉州牧、俺一人なら二、三日で旺季将軍と繋《つな》ぎがとれると思いますけど——」

志美は腹を決めた。

「いや、いい。このまま紅州に入ってもらう」

「？？　輜重隊ナシですよ？」

「いい。つまり彼は食糧援助のためにきたわけじゃないってことだ。僕の考えが間違ってなければ、そんなことが本当に可能かはわからないが、旺季殿は完全に蝗害を鎮圧する気できてる、のかもしれない」

燕青は目をぱちくりさせた。それから、へーえとだけ言った。今現在蝗害でてんてこ舞いの志美はむっとした。

「なんだい、そのへーえ、ってのは！　蝗害でどんだけの人間が死ぬと思ってるんだ」

「いや。すげえと思います。俺の上司がいたら、考えそうなことだな」

「……君の上司。って、紅秀麗か？　まさか。買いかぶりすぎだろう。十八歳の新米御史に、そんなことできるわけがない」

志美は鼻であしらった。

「旺季殿でも半信半疑なのに。ともあれくるのが旺季殿でよかった」

「陛下じゃダメ？」

「王に何ができる？　第一王がきたら官吏らは猛反発したろうね」

志美は冷たく言い捨てた。現在、紅州の地方郡府の要職は大半を貴族派官吏が占めている。国試出身の志美とは始終ガーガー大喧嘩《おおげんか》しているが、それでも志美が取り立てるのは国試派官吏より使えるからだ。

「貴族派はチヤホヤされることがないぶん、経験と実績を積み重ねてきた。そんな貴族派を無視しっぱなしだった王がノコノコやってきて現地で官吏たちに偉そうに命令してみろ。ゾッとするね。事態がますます悪化するだけだ。だがあいつらは旺季殿には従う。だから悠舜も兵馬の権を渡せという旺季殿の要請をのんだんだろう。それで王権の弱体化をさらけだすことになっても」

「や、その権限を与えたのは、悠舜でなくて陛下だと聞いてますよ」

サラッと燕青が言った。

ふっと志美が考え込んだ。そして「確かに」と呟いた。ややあって、癖のようにカラの煙管をくわえ、そんな自分に気づいてしかめっ面をした。

「……ま、浪御史、そんなわけで、ここはいい。君は君の仕事をしなさい」

志美はもう一つ燕青に訊《き》いた。

「紅御史は行方不明だと聞いたが連絡がとれてるのかい？」

「いいえ。けど、どこにいたって絶対帰ってきますよ。こんな状態の国を放っておける官吏じゃねーもん。渡る蝶《ちょう》みたいな姫さんだから。何があったとしてもどこまでもどこまでもひたすら前に飛んでく。その傍にいるのが俺は好きなんですよ」

志美はその時、さっきの燕青の言葉はまじりけなしの本音だったのではないかと思った。

『俺の上司がいたら、考えそうなことだな』

（まさか）

葵皇毅が御史台《ぎょしだい》に受け入れたことからしても、そこそこ優秀なのだろう。とはいえ志美の中ではあくまでも『黎深の姪《めい》』だった。ここまでは。

「……浪燕青、君がここにいるのは、てっきり葵皇毅の命令だと僕は思っていた。違うのか？」

消えた紅州産の鉄炭と製鉄技術者の行方、それに関わった紅州高官の調査と、取引されたはずの莫大《ばくだい》な金。それらの捜査は、葵皇毅の指示だと志美は思っていた。

燕青はニヤッと笑った。

「違いますよ？　全部、姫さんが調べてたことで、それを俺が宿題で引き継いだだけです」

ずだろう」

「なんだって？　紅州府でも極秘裏に調査していた件だぞ。紅秀麗はずっと中央にいたは
「俺の姫さん、なかなかっしょ？　じゃあ、俺はもう行きます。本当は、劉州牧のことも心配なんですけどね……。留《とど》まりたいのはやまやまなんですけど……」

「何それ。僕の護衛も姫さんの宿題だって言うんじゃないだろうね」

「姫さんならそう言うかなって。今いなくなられちゃ絶対困る州牧だからさ」

志美は唖然《あぜん》とした。次いで笑いがこみあげてきた。なんてこった。

「どーも。でもオッサン甘くみるんじゃないよ。──行きなさい。僕も見たいものがある。守りたいものがある。この紅州を任されたのは僕で、君じゃない。だから行きなさい」

燕青は、頷《うなず》いた。

浪燕青が出て行った後、志美はとりとめない、何となく現実味のないようなふわふわした心持ちがした。若い頃はそのあやふやさの中で生きていた気がする。いつのまにか、歳をくっていたのだ。

孤児だった頃は施し目当てに奇妙に虚《うつ》ろな目をした大人たちのあとをついてまわり、少年兵になれば無能な上官のあとについていって敗残兵になりまくった。運以外の何が自分を生かしたのだろうと、大人になって志美は時々考えた。

志美が見てきた大人は様々で、ろくでもないやつばかりしか正直記憶にない。あの頃学んだのは、ただ歳をくうだけじゃ『立派な大人』にはなれないということ。ボロを着て背

を丸め、トボトボ歩きながらも、後ろをくっついてくる志美を振り向き、自分のぶんの一杯の水や薄粥《うすがゆ》を志美に差し出したどこかの名もない大人たちが、人生の時々でいたから、志美は生きている。

　気づけば志美の前を歩く大人より、後ろを歩く若者のほうが多くなった。

「……渡る蝶……か。久しぶりに聞いたな……誰から聞いたんだっけ」

昔、その蝶を見たことがある。紅藍の斑《まだら》模様の美しい黒蝶だった。捕まえようとしたら、誰かに止められた。渡る蝶を捕まえれば、死ぬだけだと。

北の万里大山脈《ばんりだいさんみゃく》から遥《はる》か南の藍州へ命がけで飛ぶ渡り蝶。その話には続きがある。南へたどりついた蝶たちは卵を産み、そこで孵《かえ》った蝶がまた北へ戻るもう一つの物語。

志美の心に残っているのは、そのもう一つの方だった。

南で生まれ、北へ行く渡り蝶。

「南を飛び立った蝶が、北のまだ見ぬ故郷にたどりつくことはない……」

北の蝶は僅《わず》かな数とはいえ南の大地にたどりつけるけれど、その逆はないのだと。

『南から北へは、渡れない。性質なのか風向きなのか、南生まれの蝶はこの中原をどうしても越えられない。北の故郷を見ることなく、途中で力尽きる。……そう聞いた』

じゃあ、今いるこの蝶はなんだと訊いたら、その誰かは答えた。子供たちだ、と。

『中原を越えられない南生まれの蝶たちは、途中で羽をたたみ、産卵して死ぬ。そうして生まれた蝶たちがかわりに北へ向かう。だからたどりつくのは別の蝶なんだ。南の蝶は帰れない。それでも北へと飛び立ち、命をつないでその先の世界を子供たちに託す』

――それでも飛び立ち、命をつないでその先の世界を子供たちに託す。

渡る蝶のように、志美もずっと昔に旅に出たのだった。二度と引き返さない旅に。いつか羽が落ちるまで。そのあとには若い蝶が続いていることを、志美は初めて意識した。自分たちを追い越し、その先へまっすぐ飛んでいく。

志美たちが見ることができなくても、確かにある、彼方《かなた》の地へ。

もっといい世界がこの先にあると、どうか信じてほしかった。

「……そのためには僕ら大人が、ぎりぎりまで体張って飛びつづけないと……」

止まってはいけない。引き返してはいけない。向かい風に羽がボロボロになっても、方角だけは間違えてはならない。できる限り先へ、先へ。渡る蝶のように遠い道を行く。

「そうして力尽きたら、君たちに託すよ。僕らがそうしてつないできたように」

――でも、それまでは志美たちで負わねばならない。

玻璃の窓の外。追い払ったバッタがまた押し寄せるのを見ながら、志美は呟いた。

「……さあ、僕も行こう。最悪よりマシなだけの世界さえ、守れなくてどうするよ」

＊　＊　＊

「ここで二刻《こく》ばかり休憩としよう。食事と睡眠を各自とるように」と旺季が言った。

皐韓升は馬から降りる、というより転がり落ちた。身を起こす気力もなく、仰向けになったまま喘鳴《ぜんめい》する。汗が滝のように流れた。

「……し、信じられない……ついていくのが精一杯なんて……」

一行が旺季を文官と侮っていたのは初日くらいなものだった。行軍速度に驚きはしたが、初日ということと、兵になめられないように後先見ずに飛ばしているのだろう、と武官たちは軽く見ていた。皐韓升も、昔取った杵柄《きねづか》としか思っていなかった。

だが、次の日からさらに速度が増した。いっこうに行軍速度が落ちないまま昼夜兼行でいるからとかそういう問題でないと気づき、鬼気迫る形相に一変した。もはや旺季が良馬に乗って三日目に突入した時点で、若手武官たちの顔色《がんしょく》がなくなった。まさか五十半ばの文官に振り切られましたなんて、精鋭武官の矜恃《きょうじ》にかけて認めるわけにはいかなかった。

(そ、そりゃ僕だって得意分野は弓術だけど……羽林軍所属なわけで……)

近衛《このえ》として馬術もそれなりだと自負していた。が、兵らの屍《しかばね》が累々《るいるい》と横たわる中、旺季が涼しい顔で馬の汗をぬぐってやっているのを見れば、今までの自信が音を立てて崩れ落ちていく。

(うう……ていうか輜重《しちょう》隊……ついてきてんのほんと……)

騎馬でこんな状態なのに、果たして荷馬車がついてこられているのだろうか。

隣で、静蘭が立ち上がる。よろけてはいるが、皐韓升のように瀕死《ひんし》ではない。選《え》りすぐりだけあって、旺季にぴたりとついていける者も少数ながら存在する。静蘭はその内の一人だった。静蘭がどこかへ行こうとしたので、皐韓升はとっさに飛びついた。べしゃっと音がした。双方ともに荷馬車にひかれたカエルの如き恰好《かっこう》で、地面に倒れ伏した。

殺気立った声で静蘭が訊いた。

「……皐武官……？　なんですか、今の」

「あ、あは。すみません。休憩に行くなら僕も一緒に行きますよ、茈武官」

「そんなていたらくで？　おとなしく無様に転がってたほうがいいんじゃないですか」

静蘭は皐韓升を押しのけて身を起こした。これまで静蘭は、笑顔でいい加減なことを言って人をあしらっていた。たまに辛辣《しんらつ》な嫌みを言うことはあってもこんなに直接的ではなかった。今の彼は自分で自分の感情をもてあましているように皐韓升には映る。

「茈武官、僕の下に配属されたんですから、僕に従ってください」

皐韓升は穏やかに、辛抱強く告げた。

静蘭は腹立たしげに睨《にら》んだが、それ以上は何も言わなかった。怒っているというより、ふてくされているようである。韓升が立ち上がるや、静蘭はサッサと歩き出した。まもなく旺季のあとを追っているらしいとわかった。

馬の世話を終えた旺季は隊から離れて一人でどこかへ向かった。兵らが煮炊きの支度にとりかかる中をすり抜けていく。

鬱蒼《うっそう》とした木々の合間から、途切れ途切れに旺季の姿が見え隠れする。離れていても、見失うことはなかった。えもいわれぬ美しい藤色の戦装束はどこでも目を惹《ひ》く。

旺季は丘陵をずんずん登って木立や灌木《かんぼく》の向こうに消えていく。韓升は回れ右したくなった。まさかてっぺんまで行くつもりだろうか。丘陵というよりほとんど小山に近い。間違いなく貴重な休憩時間が消える。静蘭は無言で追いかける。韓升は休息をあきらめた。悲鳴をあげて反対する足腰を死に物狂いで奮いたたせる。羽林軍の地獄のしごきに感謝する日がくるとは思わなかった。あれよりはマシ。その程度の慰めにはなる。

(ていうか、文官じゃなかったの旺季将軍!!)

いくら若い頃に戦の経験があるとはいえ、もう三十年以上も昔の話じゃ——。

静蘭の冷たい声が蘇《よみがえ》った。

『いつか、また「紫装束《それ》」が必要になる日がくると、思われていたわけですか』

青い刃文が見えそうな腰の剣は飾りでもなんでもない。馬の巧みさも、強行軍が可能な体力も、昔取った杵柄ではありえない。静蘭の言うとおりずっと怠っていなかったからだ。

(何に対してだ、問題なわけで)

静蘭の剣呑《けんのん》な様子を見ながら、皐韓升はあとをついていった。

……どれくらい登ったか、静蘭が足を止めた。一群れの灌木を挟んだ向こう側に旺季がいた。こちらに背を向けて何かを眺めている。

見計らったかのように、旺季が声をかけてきた。

「……そこの二人。用があるなら、出てきたらどうだ?」

別に気配も足音も殺していなかったので、旺季も途中から気づいてはいたらしい。静蘭が実に偉そうな態度で出ていく。どうやら旺季に無視されて意地になり、旺季から声をかけるまでじりじり待っていたようである。

（……？　なんか、茈武官の態度って……）

皐韓升も、静蘭の後を追って灌木の向こうへ出た。

視界一杯に景色が開けた。皐韓升は目を見開いた。

馬を駆るので精一杯で、いったい自分がどこをどう走っているのか、サッパリわかっていなかった。昼夜兼行とはいっても移動の大半はなぜか深夜な上、疲労困憊《こんぱい》で星や景色を見渡す元気もない。村や町に立ち寄ることもなかった。

今、眼下に美しい渓谷が広がっていた。一筋の銀の川が蛇のようにうねり、街道からつづく橋が蜘蛛《くも》の糸のように細長く渓谷に架かっている。銀色の川に沿って、茶色い城壁が延びている。目をこらせば、紅州の旗が揺れている。韓升は自分の目がどうかしたかと疑った。

「………あそこに見える旗って、まさか。いや、アリエナイ。気のせいですよね……」

「何が『アリエナイ』んだ。紅州の境の関塞《せきしょ》だ。あれを通り抜ければ紅州だ」

「――嘘でしょう⁉　だってまだ予定の半分の日数しか」

その予定表でさえ、精鋭軍でもきつい行程だった。ほんと行けるかなーコレ、と半信半疑で行程表を眺めた記憶がある。脳みそがとけるほどの強行軍だから行程を縮めたのは確かだろうが、明日紅州入りって。瞬間移動じゃあるまいし！

「百歩譲って騎馬隊のみならともかく――輜重隊だっているんですよ！　こんな速さで移動できるはずがないです!!」

「輜重隊？　輜重隊は切り離して置いていくと伝えたはずだが」

「はっ!?　エッ!?　聞いてないですよ!?」

「……いや、確かに伝えたが。どうだ？　茈武官」

黙りこくっていた静蘭が、ようやく口を開いて、素っ気なく答える。

「……ええ。聞きました。皐武官はコックリ舟をこいでましたから聞き逃したのでしょう」

「ちょ、ちょっと……事実ですか!?　そりゃ確かにうつらうつらしてましたが」

ここずっと半分寝ながら旺季の通達を聞いていた自覚はあるので聞き逃したのは事実かもしれない。静蘭は輜重隊の話など気にも留めていないようだ。

皐韓升は片手で顔を覆い、自分の表情を隠した。そうでなければ感情にまかせてわめきちらしてしまいそうだった。

「――茈武官」

「……なにか」

静蘭の無関心な声に、やはり――と確信する。

静蘭は蝗害《こうがい》のためについてきたのではないのだ。蝗害などどうでもいいと思っている。

皐韓升は改めて旺季に向き直った。

「……旺将軍、自分は確かに聞き逃してたようです。輜重隊を切り離したというのが事実なら、理由をお聞かせ願えますか。さしでがましいとは思いますが、自分たちは食糧を届けに紅州入りする予定だったはずです。輜重隊なしで、なんのために、紅州入りを？」

「勘ぐっていることを正直に訊《き》きたまえ。別に怒らん」

「――では遠慮なく。輜重《しちょう》隊を止めて紅州府や紅家に圧力をかけるおつもりですか」

静蘭の表情からすると、考えてもいなかったようだった。

旺季はしげしげ皐韓升を見て、「率直だな」と言った。

食糧を盾に紅家と紅州に何らかの脅しをかけるつもりか、と。

皐韓升は弓の名手であるものの旺季と同じくらいの中背で、体格は決して優れてはいない。が、優れた武人なら掃いて捨てるほどいる。必要とあらば臆せず上官に意見できる武官はそうそういない。

「……なるほど。孫陵王がいい武将になると珍しく名指しで褒めたわけだ」

「ご回答を、旺将軍。自分は今旺将軍麾下《きか》ですが、玉命に反することはできません」

きっぱりと告げる。隣の元公子より、よっぽど毅然《きぜん》としている、と旺季は思った。

「では答えよう。誰がそんなせこい真似をするか。私は紅藍一族が嫌いだが、私が助けにきたのは紅家ではなく、紅州の民だ。――が、紅州だけを助けるつもりもない」

「……どういうことです？」

「あの輜重隊はもともと、紅州に引っ張っていくつもりはなかった。碧州用に用意させていた。今頃とっくに方向転換して碧州への街道を突っ走ってるだろう」

「は⁉　いやでも、紅州の蝗害用にっていう名目で常平倉《じょうへいそう》を開けましたよね⁉」

「中央官はいまだに紅藍に恩を売りたがるからな。紅州には気前よく食糧を出しても、碧州の方は何だかんだとごたくを並べて少なくすまそうとするだろう。今すぐ食糧や物資が必要なのは碧州の方だ。正確には私は紅州用とはひと言も言ってない。蝗害用に倉開けろとしか言ってない」

　皐韓升は呆然《ぼうぜん》とした。碧州に支援物資を送れと言ってもケチるから、紅州に送るように見せかけて膨大な食糧を放出させ、碧州に輸送させた、ということらしい。

「…………エート……中央高官らをだまくらかしたってことですか？」

「巧みな話術と言え。碧州の臨時州牧に、なんとかすると約束したのでな。欧陽玉はうるさい。なるべく早く送ってやらねば山ほど文句がくる」

「いやいやいやちょっと待ってください。そりゃ碧州は左羽林《う　ち》軍の黒大将軍が直々に支援に向かったくらいですし、地震と蝗害で相当な被害とも聞いてます。支援物資を多少横流ししてもいいと思いますが、まさか一台残らずじゃないですよね？　ちょっとは残してあるんですよね⁉」

「ケチってどうする。残らず碧州だ。景気よくな。だから紅家に圧力なんぞかけられん。すごくやりたくても、できん」

「はいー⁉　残らず碧州ですと⁉」

　肝心の輜重隊が一台も――一つ残らず!!――ないなら確かに恩に着せられるモノはない。

　じゃあそもそも手ぶらで何しにきたのか自分たち。激怒した紅州の州牧と民に鍬《くわ》で追い立てられて叩《たた》き出されても文句は言えない。今すぐ卒倒したいと皐韓升は思った。さしもの静蘭もぽかんとしている。

「ケチるとかいう話じゃないでしょ!?　ここまできといて一台も支援物資なし!?　紅州どうするんです!?　赤っ恥かきにきたんじゃないんですよ」

「私たちは食糧を届けにきたんじゃない。逆だ。井戸の底から引きずり出しにきたんだ」

「は？？？　逆？　井戸の底？？？」

「今にわかる。とにかく支援物資を盾に紅州に何か要求するようなしみったれた真似はせん」

　旺季は眼下にある関塞《せきしょ》を見下ろした。

「……紅州州牧と州尹は無能ではない。ほとんど蝗害を知らぬ中で、よくやった。おかげで残らず食糧を碧州に回せた。今度は私たちの番だ」

　旺季は顎《あご》で関塞の城壁を示した。

「いいか、信じられなかろうが、ここはもう州境だ。あの向こう側が紅州東坡《とうば》郡になる。地図にない経路も選んで道を縮めたとはいえ、よくついてきた。私の腕がなまったかな……？」

　なまってません！　という反論を皐韓升は喉《のど》の奥に押しこめた。

切りたった渓谷に一筋の長い橋が架かっている。本当にここが州境ならば、橋を渡り切ったところにあるあれが東坡関塞ということになる。紅州は広大な沃野《よくや》と険峻《けんしゅん》な山岳地帯を併せもつ。紅州の関塞は、非常時には一つ残らず難攻不落の天然要害になりうるという。話通り、遠目からでも剣呑《けんのん》な、守りの固い関塞だった。

彼方《かなた》では、地獄の針山のようにそそりたつ大山脈が、かすんで見えた。その手前に抱かれるように紅州の大平原が広がる。

(……緑の平野じゃなくて、黒と茶色の大地だ……。……秋も終わりだからかな?)

皐韓升は首をかしげた。

「もうすぐ気温が上がる。そろそろだろう。——見ろ」

朝の冷気がやわらぎ、日射しで辺りがあたたかくなっていく。

皐韓升は訝《いぶか》しんだ。黒い大地が揺らいでいるように思われたので。次の瞬間、大地から真っ黒い巨大な影の塊が空へ舞い上がった。雲はでていないのに空が陰る。耳障りなうなりがここまで聞こえる。昆虫の羽音だ。異様な光景に皐韓升と静蘭は目を剝《む》いた。

「……あれが、バッタの群飛……!?」

空に蠢《うごめ》くひとかたまりの巨大な魔物のようだった。

皐韓升は身震いした。

「そうだ。バッタは太陽と共に活動し、日没は地上で休む。つまり夜なら食糧を襲われる危険が少ない。邪魔されずに行軍できる。だから昼でなく夜を選んで強行軍できた」

「……！」

考えてみればバッタはバッタでしかない。気温が下がれば動けない。それも何の慰めにもならないほど目の前の光景はおぞましいものだった。

「……昔も、ここから風景を眺めた。今の時季の紅州は綾錦《あやにしき》のようだった。どこもかしこも千の色で彩色されていた。とりどりの秋の花と紅葉、黄金色《こがねいろ》の稲穂、常緑樹の少し渋みをおびた枯れ色の緑。それが今は、無色だ。黒と茶に見えるのは、バッタに食い尽くされて木肌や地面が露出しているせいだ」

静蘭と皐韓升は声を失った。眼下の平原は黒と茶色だけで、どこまでもどこまでも、他の色がない。全部、バッタが貪《むさぼ》り尽くしたというのだった。

皐韓升の耳元で嫌な羽音がした。間近にぽっかりと不気味な虫の眼があった。真っ黒な穴めいていた。皐韓升は悲鳴をあげて叩き落とした。一匹の黒いバッタだった。脚をぴくぴくこすり合わせて動かなくなった。皐韓升は怖気《おぞけ》だった。

旺季は数匹の黒いバッタを踏みつぶした。

「……風に乗って、流れて飛んできたようだな。間に合いはしたが、もう時間がないな……」

一つの生き物のように空中で蠢く黒い魔物が、数千の虚《うつ》ろな眼をぞろりとこちらへ向けた気がして、皐韓升は我知らずあとじさった。黒い魔物は癇《かん》に障る羽音をたてて一斉に移動していく。

「半月で、風が変わる。あの群れが風に乗って今度は紫州に流れこむ」

「――あれが、紫州に⁉　まさか……」

「本当だ。だから夜を日に継いできた」

間に合った、と旺季はさっき呟《つぶや》いた。精鋭軍をぶっちぎる速度でひたすらに駆け抜け続けた。脱落した者は後から追ってこい、と言われていたが、理由は言わなかった。

食糧を届けるためにわざわざきたわけではない、と旺季は言った。

「まさか、紫州になだれ込む前に、紅州で蝗害《こうがい》を終息させるおつもりですか⁉」

「それが仕事だ」

皐韓升には本気か否か判別がつかなかった。平野では際限なく黒い魔物が空へ吐きだされている。

「無理ですよ‼　あんなのどうやって防ぐんですか。人間相手じゃないんですよ⁉」

「だからなんだ。ここで防がないと、民の半数が死ぬ」旺季が返事をする。

本気だと悟り、韓升は猛烈にさっきの自分を恥じた。食糧を盾に、紅州府を脅そうなんて、この人は欠片《かけら》も考えていなかった。

「やらない理由がほしいなら黙って帰れ。私は王族で、尚書令に次ぐ大官だ。この国を守ることが私のつとめだ。たとえすべてうまくいかなくても、何もしないより悪くはならん。私も、お前たち軍も、この国を守るために在る。その誇りがあるのなら、こい」

慈悲深さや清廉さとも違う、もっと激しく、飛蝗《バッタ》の大群すらその身にのみこむ猛々《たけだけ》しさを韓升は感じた。どういうわけか韓升の心には高貴、という言葉が浮かんだ。

「何もしなかったら、言い訳もできない事態になるぞ。それが恐ろしい罪になることもある」

旺季が静蘭に目を向け、ふん、と笑った。どこぞの王のように、と言いたげである。御《ぎょ》史《し》大夫《たいふ》葵皇毅の上申書を王がとりあわず、蝗害の防除が徹底されなかったことはすでに軍にも知れ渡っている。こうして不気味な群飛と荒野を目の当たりにした今、皐韓升も反駁《はんばく》できなかった。

『この国を守るために在る。その誇りがあるのなら、こい』

韓升の動揺と恐れは静まっていた。

「心配するな。無策でくるほどバカではない。無駄な誇りは多くを殺すことくらい知っている。用意はある。……きたようだな」

旺季は渓谷を見下ろした。馬が一頭、東坡関塞《かんさい》から出走して、橋を渡ってこちらにくる。しばらくして、その馬が丘を駆け上ってきた。旺季を見るなり馬上の人物は飛び降りた。

「——旺季様!!　お久しゅうございます。子蘭《しらん》にございます」

歳は四十の坂を越えたほど。貴族官吏のようだった。人生の根っこに苦労がある者特有の険のある顔の男だった。

静蘭が呟き声で韓升に教えた。

「……東坡の郡太守です。そこの関塞を含めた東坡郡一帯の指揮官です。紅州でも一、二を争う名太守で、中央赴任を再三求められる能吏です。本人はその気がないようですが」

　やりとりを聞いていると、旺季と子蘭の間には中央大官と地方太守という以上の、心の紐帯《ちゅうたい》があるように思われた。格式ばったところがなく、礼儀以上の親愛が見え隠れする。

「子蘭。どうだ。状況は」

「最悪よりはマシという程度ですな。準備は終えております。紅州の全太守のとりまとめもすんでおります」

「よし、よくやった。ところで子蘭、郡府は州府の派遣した使者を無視して、状況を教えようとしないと紅州府から文句がきてるぞ」

　子蘭は渋い顔をした。

「紅州府の高官ども、このクソ忙しい時に『蝗害ってなんだ』『状況を説明しろ』だのわめくだけなんですよ。群飛がくりゃ、縮みあがって『何とかしろ』だ。中央出世しか頭にないから火急時に何の役にも立ちゃしない。蠅みたいに目障りだったんでつい村八分《ハブ》ってたのは確かですけどね」

「指示しておいたものは見つけたか？」

「ええ。草ボウボウになって埋もれてたんでさがすのに苦労しましたけど、私のところは全部確認ずみです。一つ残らず無傷で、住民も奇跡だなんだと騒ぎまくってます。他郡もおそらく大丈夫だと思います」

　子蘭は静蘭と皐韓升を憚《はばか》るように口をつぐんだ。旺季は話を続けていい、という仕草をしたので、子蘭はそうした。

「監察御史の助けは大きかったですね。東坡郡《うち》だけじゃなく要所の郡府にいっせいにのりこんだそうじゃないですか。正直ニセ御史かと思いましたよ。御史ってあんなに数いましたか？」

「榛蘇芳《じぎよし》の早文が届いた時点で、葵皇毅が巡察《じゅんさつ》御史の大半を紅州に向かわせたんだ。おそらく侍御史も含まれてる。現在紅州には国でも選《え》りすぐりの御史が大集結だ。滅多にないぞ」

「侍御史まで⁉　中央監察官を回したんですか」

「紅州で止める、と葵皇毅が言ってな。あいつは自分の責任だと思ってる。バカ王の寝所に乗り込んで、むりやりハンコでも血判でも押させればよかったと。上がバカだと下に全部とばっちりがいく。皇毅は辞任する気でいる。あいつのことも守らねばならん。この国に必要な男だ。ここで止める」

　皐韓升は聞いていていて鳥肌が立った。

　韓升らが紅州入りするより早く御史らはとっくに先陣を切っていた。本来覆面が掟《おきて》の監察御史に身分を明かさせ、蝗害の対応に動かし、その一方で碧州が切実に待っている食糧と物資を送りこむ。肝心なところへ全力を叩《たた》きこむその手腕と判断力が桁外れのものであることは韓升にも知れた。——ここで止める。その言葉が彼の耳で響いていた。

　子蘭はぽつっと漏らした。

「旺季様は……変わってませんね。大事な官吏を切るのでなく、守ろうとする」

「ん？　聞き逃した。なんと言った？」

「いえ。巡察御史はすでに待機してます。お命じがあれば、動きます」

「よし」

旺季は落ちつき払っている。子蘭はほっと息を吐いた。

「……旺季様を見ていると、なんだか何もかもうまくいきそうな気がしてきましたよ」

「気のせいだ。この顔しかできんだけだ」

旺季が困ったような顔になる。

「やれるだけの手は打った。七日待つ。吉報がこなかったら、動く。子蘭、私の連れてきた軍をいったんお前に預ける。総勢千騎。百人ずつ十組に分けてある。被害の大きい郡に向かわせて、巡察御史と合流させろ。合流したら指揮官は御史だ。合流後の指示は御史に出してある。郡太守は御史に全面的に協力し、指示を仰げ」

「旺季様はどちらへ？」

「私は一手を率いて、州都梧桐へ向かう。道中バッタ退治しながら……そうだな五日で行く。五日目は州府から劉州牧を引きずり出す」

「五日!?」

素《す》っ頓狂《とんきょう》な悲鳴を上げたのは皐韓升だった。

「こっから梧桐まで、五日ですって!?　平地の直線距離でも厳しいのに途中峻険《しゅけん》な山岳地帯がえんえんと――」

「五日だ。それでも先ごろ紅邵可が馬を駆った日数より長い。馬術は紅州男子の得手だ。道々失笑を買いたくなければ梧桐までキッチリついてこい」

「ぐぐ。は、はぃ……。――？　梧桐まで？　それでは」

「私と一緒に梧桐に行くのはお前の隊だ。どこに行っても、私の後を背後霊のように憑《つ》いてきそうな男が一人いるからな。面倒だからお前の隊にする。なんだ、喜ばないのか、茈静蘭。私が王の近衛を護衛に選んで梧桐に乗り込むのが気にくわないのか？　私は兵馬の権を預かっている。文句を言われる筋合いはないな」

子蘭に初めて不審の色がよぎった。改めて皐韓升を、次いで静蘭を目で検分する。静蘭を見るや、子蘭がいよいよ剣呑《けんのん》になった。

「……旺季様、この者、門下省《もんかしょう》の護衛ではありませんね？　どこの馬の骨ですか」

「馬の骨なのは確かだが、護衛だ。選抜していないのに、自ら持ち場を勝手に離れて志願してくれた。朝から晩まで私を見守っている。今時珍しく感心な若者だ。私のためなら地の果てまで追っかけてくる気満々だ」

沈黙が落ちた。皐韓升は旺季が冗談を言っているのか皮肉を言っているのかわからなかった。もしかしたら単に事実を述べただけかもしれない。確かに皐韓升もどういう男だと問われたら、そう答えるしかない。羅列されてみれば、違和感は募るばかりだった。静蘭の旺季に対する奇妙な行動。口数の少なさ。何かある。だから目を離せない。

子蘭は皐韓升より遠慮がなかった。

「……旺季様を刺し殺しそうな目をしてますが。今すぐクビにして原野にでも放逐してください。東坡郡から私の信頼する武官を用意します」

「いらん。そんな余剰武官がいるなら地元に回せ。くだらんよそごとに使うな」

「旺季様。あなたは孫陵王様とは違うんですよ」

「当たり前だ。同じだったらいろいろ絶望してる。くるならこいとこいつに言ったのは私だ。放っておけ」

子蘭は苛立《いらだ》たしげだ。もっと苦言を呈したそうだったが、旺季は有無を言わせなかった。

「……こんなところであなたを失うわけにはいかないことだけは、忘れないでください」

子蘭は短く言い捨てて、サッと身を翻し、再び馬に乗って丘陵を駆け下りていった。

旺季はまるで、子蘭と出会わなかったような顔をして、宿営地のほうへ歩き出した。

「昼下がりには出立する。それまで体を休めておけ」

「――なぜ」

初めて、静蘭が旺季に対して口を開いた。昏《くら》く濁った低い声だった。

「私を一緒に連れて行くんですか」

旺季は足を止めた。肩越しに静蘭を振り返る。肩口の鎧《よろい》のために口元が隠れ、旺季が笑っているのか無表情なのかはわからない。

「理由があるのはお前の方だろう。私は今のお前に興味はない」

静蘭が気色ばむ。悔しさや、怒りや、鬱屈《うっくつ》がないまぜになって、白面に露《あら》わになる。旺季は相手にしなかった。

旺季はまた歩きだしながら、思い出したようにつけたした。

「だが、お前の選択には、興味がある」

静蘭の懐深くには一通の書状がしまわれていた。秀麗からの書状だった。いまだ未開封のまま。

＊　　＊　　＊

楸瑛が室《へや》の中に呼ばれたのは夜も更けてからだった。

珠翠はひどく疲れ切った顔をしていた。

「……もう、入って、いいわ。終わったわ」

縹家を出る前に秀麗は体を診《み》てもらうことになっていた。楸瑛は大人しく別室で待機していたものの、半日以上もこもりきりでさすがに心配していた頃だった。中に入れば、瑠花が秀麗の傍についていた。聞かされていた通り秀麗は深い眠りに入っているようだった。

「……術のかかり具合もよい。高位術者たちが戻っておれば、もっとうまく処置ができたが、仕方があるまい。これでしばらくは〝外〟でも体がもとう」

「どれくらい？」

と訊《き》いた楸瑛を、瑠花は冷たい目で眺め下ろした。

「……聞いてどうする？　知りたければ、珠翠の顔を見ればよかろう」

珠翠の顔は紙の如く青ざめていた。

「珠翠、今のそなたには手にとるようにわかろうて。この娘がどんな状態なのか」

珠翠は返事ができなかった。瑠花に近づく力をもって初めてわかった。珠翠でも縹家にさらえと命令したかもしれない。利用するためでなく、助けるために。

「……『お母様』……秀麗様は……」

「帰せ。〝外〟へ。この娘のあるべき場所へ。やるべきことがあると言いおった。それを知り得る者は少ない。幸運かどうかはともかくな」

話しながら、瑠花はそれを人は天命や宿命と呼ぶのであろう、と思った。かつて英姫《えいき》は瑠花のようになりたくないと縹家を捨て、瑠花は残った。

奇《く》しくも紅秀麗が言ったように、正しいか間違っているかではない。片方を選んだだけだ。それぞれ自らの心に従って。

「藍楸瑛、そろそろ理解したか？　おぬしや李《り》絳攸が無様に失脚し、この娘が残っておる理由を」

「え……？」

「どこにも隙がなかったからじゃ。官吏であることに一度も手を抜かなかった。全霊で国と王に尽くした。たった一年であの鄭《てい》悠舜に御史台に送りこまれるほどにの」

「……悠舜殿……？」

オウムのように返してくる楸瑛を、璃花は睨《ね》めつけた。

「うつけが。頭を使ってからモノを言え。それができぬなら黙っておれ。黙ってカラスを逐《お》うだけ案山子《かかし》のがマシじゃ。よいか、わたくしの前で、述べる価値のあると思った言葉以外吐くことは許さぬ。己を何様だと思うておる」

楸瑛はたじろいだ。璃花は気怠《けだる》げにつづけた。

「貴族派の牙城《がじょう》・御史台に紅秀麗が入れたのは、裏から手を回した者がおるからに決まっておろう。葵皇毅よりも上の地位で、王側の人間は鄭悠舜だけじゃ。やつは貴族派に堂々と喧嘩《けんか》を叩き売ったわけじゃ。選抜されたのは当然、もっとも優秀で手堅い駒。鄭悠舜に『王の官吏』たりうると認められた『官吏』。ふん、宰相が王のために動かした駒を、当の王と側近どもが自ら回収するとは、さぞ重臣たちの腹の中で冷笑を買ったろうて」

「…………」

「貴様らにとって紅秀麗は官吏でなく、ただの女だったわけじゃ。可愛い娘の願いを、ちょっとばかり叶《かな》えてやったと、思っておったのであろ。しまいには貴族派は後宮に押しこめるなどという情けない手しか打てなかった。貴様らはうかうかとその尻馬《しりうま》に乗って、つけこまれる前にとっとと後宮に放りこんで、最初からなかったことにしようとしたわけじゃ。紅秀麗をおのれらの弱みとしか思わずにの」

秀麗の努力も成果もまともに勘案しようとせず、自分たちの保身のために握りつぶした。絶望し、身も心もくたくたに疲れ果て、娘は縹家で虚《うつ》ろな涙を流した。

青ざめた月の晩、娘の心が砕けて粉々になる音を瑠花は聞いた。

「……この娘も、貴様らの『後ろめたさ』を感じておった。だから退官を受け入れた。今また、この娘はもう一度王のために出ていく。文字通り、命を賭《か》けてな。……久々に、このような官吏を見たわ。藍楸瑛、そのような顔をせずともよいわ。一つだけ確かなことがある。退官やら後宮入りやらの問題が再燃する前には、この娘の命は尽きていようて」

「な——」

「残り時間はその程度じゃ。だが幾つかの仕事は終えられる。娘にとっては充分な時間じゃ」

楸瑛は呆然《ぼうぜん》とした。今まで秀麗の体が弱っていると何度となく聞かされはしたものの、楸瑛には雲をつかむようで正直現実味がなかった。瑠花や珠翠が、なんとかしてくれるのではないかと楽観していたのも否めない。

秀麗は死ぬのだ。

楸瑛は動揺した。

「その……本当に方法はないのか？　リオウ君のお父さんからちょっと分けてもらうとか。顔からしてすごく長生きしそうじゃないか。数十年くらいもらっても別によかないか」

珠翠は凄《すさ》まじい衝撃を受けた。さしぐんでいた涙もひっこんだ。実は彼女も内心密《ひそ》かに同じことを思っていたが（喉《のど》まで出かかったことがある）、さすがに憚《はばか》られた。それを弟命な瑠花にこうも露骨に訊く男がいたとは。

瑠花はむっつりした。

「フン、それができればとっくに術者や巫女《みこ》たちにしておるわ。短命なのはその娘だけではない。どれほど多くの一族が、寿命をまっとうできず息絶えていったか……」

瑠花は物憂げに——それさえ人の目を釘付《くぎづ》けにする美貌《びぼう》——言った。

「……じゃが、無理じゃ。恐らくだが、璃桜の寿命は一五〇年ほどじゃ」

「えっ、お母様……そうなんですか？　じゃあ、お館《やかた》様の寿命は残り六〇年くらい……」

「おそらくな。過去にも何人か不老長命がいたが、その前後で命数が尽きておる。何らかの要因で老化が止まっただけで、本来の人たる肉の限界は超えられぬらしい。ああ見えても璃桜はただの人間なのじゃ。いや、無能という点で、むしろ我ら異能術者よりも遥《はる》かに人に近い」

「つまり……」

「璃桜は只人《ただびと》ということじゃ。ただの人間から寿命の貸し借りができれば、わたくしがわざわざ『娘たち』の体で命を繋《つな》ぐと思うか。〝外〟から与太者《よたもの》の男どもを百人ほどぞろっとさらってきて、首をカッ飛ばして存分に精気をしぼりとっておるわ」

楸瑛はぞぉっとした。できたら本当にやっていたろう。男限定なのが恐い。

「寿命というのは減らせはしても増やせはせぬ。貸し借りもできぬ。璃桜から奪えるのなら、とうにやっておったわ。実は昔、何度か試したが、どうにも無駄骨じゃった」

「たっ、試した……んですか『お母様』！」

珠翠も楸瑛もおののいた。愛する弟の寿命まで情け容赦なくしぼりとろうとたくらんでいたとは――。「嗚呼《ああ》、無情」とつい楸瑛はこぼし、珠翠にしばかれた。

「ふん、わたくしは死ぬわけにはいかなかったのでの。それに璃桜の不老長命は祝福ではない。呪いじゃ」

人の身にすぎた神力が瑠花を変えたように、璃桜の歪《ゆが》みは不老と長命。

今なら、赤子の璃桜が拒否していたのはその不老と長命だったのではないかと、瑠花は思う。それゆえ生きたがらなかった……。けれども瑠花は必死に璃桜を育て、やがて璃桜自身も生を選んだ。……そして、弟が他者を顧みることはなくなった。

歳を取らない璃桜には、今がいつで、時がどう流れているのか、本当にわからないのだ。なのに他は五感さえ普通の人間だ。外界に無関心でいなくては発狂する。それは人と共に生きる実感もないということだ。瑠花が〝薔薇姫《ばらひめ》〟への執着を見ぬ振りをしたのも、その時だけ璃桜が『生きて』いたからだ。〝薔薇姫〟は確かに璃桜と時を共有できた。変わることなく、そこにいてくれる唯一の存在。璃桜は感情を知り、空《から》の心を埋めた。同時にどんどん人間でなくなっていった。あらゆる人間を、人間として見なくなった。弟の世界は閉じ、その中には仙女しかいなかった。

羽羽がまだ縹家にいた時、瑠花は弟を普通の人間に戻せるか試みた。あわよくば目減りする自分の命に足してしまおう、と目論《もくろ》んだのは事実だが、弟の呪いを解いてやりたかったのは本当だ。だが――結果は、当たり前のことを知っただけだった。

「……璃桜の命は璃桜のもの。あらゆる人間と同じように、唯一にして不可侵の領域じゃ。わたくしの場合は肉体を換えてしのいだ。本来の寿命を延ばしたわけではない。わたくしの命数が尽きればわたくしは死ぬ。紅秀麗の命数を延ばすこともまたできぬ。縹家で安静にするか、体を換えれば幾ばくか保《も》つ。縹家が差し出せるのはその二つじゃ。だが、どちらも紅秀麗は拒否した」

紅秀麗のまま、やらねばならぬことがある――と言った。

かつては自らもまた同じ選択を前にした瑠花であった。

「この娘にとっての奇跡は遥か昔に一度起き、二度は起きぬ。それを誰よりこの娘が知っておる。その上で選んだのじゃ。――帰せ。〝外〟へ。娘の在るべきところ、そこでこそ魂が輝く場所へ。それを捨てた他のどんな人生も、意味がない。あらゆる瞬間が紅秀麗の生きた証《あかし》となろう」

まるで秀麗はその言葉を聞いたように、睫毛《まつげ》を揺らした。

珠翠はうなだれ、涙をひとつぶふたつぶこぼした。それから、そっと秀麗の手を握った。

瑠花は呆《あき》れた。これから先、ことあるごとにこうしてメソメソするのだろうか。何度も、何度も心を痛めながら歩いてゆく気だろうか。

（……まあよいわ）

珠翠は瑠花とは違う。違う大巫女になるのだろう。

「二日間、寝かせておけ。起きた時が、出立の時じゃ。束の間の休息じゃ……」

珠翠は秀麗の手を離し、天蓋《てんがい》の紗《うすぎぬ》を引きおろした。


瑠花は楸瑛に問いかけた。

「……で、そちはどうするつもりじゃ」

「行く先は決めてます。あとで珠翠殿に頼みます」

楸瑛の顔つきをじっと見たあと、瑠花は漏らした。

「……ま、藍家の男の取り柄といったら、それくらいよの」

「は？」

「藍家の男は〝風〟の性。天衣無縫に天空を翔《か》けめぐり、気ままに見えてその実、風の道から逃れられぬ。縛られるのが嫌いなくせに、決まった道から逃れられぬ葛藤《かっとう》と自己嫌悪で、藍家の男は斜《はす》に構えて性格がよくひん曲がる。そちの三人の兄も、弟も、結局誰も藍家を捨てておらぬであろ。ぶつぶつ言い訳して、家でとぐろを巻いておる」

「…………うちの兄と弟をそんな風に言えるのはあなたくらいです…………」

「――だが本物の藍家の男は、〝風の道を知る者〟。目の前に延びる永遠のような遠い道を、敷かれた道でなく、おのが道として歩いて行く者じゃ。その時こそ真の自由を知り、空と海の藍色《あいいろ》をまとって天空の道を先駆ける、といわれる。……ま、遠回りと空回りは藍家の男のお家芸じゃ。そちはマシな方じゃ。……空回りの方は百年先までしてそうじゃがの」

チラッと珠翠を見た後、楸瑛をばかにしくさった目つきで眺め回した。

「ちょっと待ってください瑠花姫。百年先って、死んでるじゃないですか!!」

「あきらめたほうが無難じゃと遠回しに言うておる。そも縹家の女と藍家の男は相性が悪いのじゃ。方角とか、風水とか、サンマ占いでも残念な結果が」

「今それデタラメ言ってるでしょ!?　サンマで恋愛運決められたかないですよ!!」

「はん。では当人に訊《き》いてみるか。珠翠、十三番目あたりの愛人に、この男を囲っておくのはどうじゃ。藍家直系ゆえ、何かの役にはたつであろ。金に困ったら貢がせればよいし、放し飼いにしておいても勝手にしげしげとマメに帰ってきそうゆえ、便利じゃぞ。ついでに縹家では女に選ばれたら、相手の男に拒否権はない」

「十三番目!?　十二人も愛人つくるってこと!?　それ何の序列!?　どこもかしこもおかし――」

珠翠はおずおずと瑠花に聞き返した。

「……『お母様』、それは、あのう、私が望めば、相手にその気がなくても結婚できるということですか？」

「可能じゃ。だが邵可を考えとるなら難しいな。縹家大巫女の正婿に不足はないが、飼い慣らすのは至難じゃぞ。この程度の男で妥協しといた方が楽じゃと思うがの」

もしかして瑠花なりに楸瑛の援護射撃をしているつもりなのだろうか。これで。楸瑛は珠翠にも腹を立てた。

「ちょっと珠翠殿も、何考えこんでるんですかっっっ!! 言っときますけどね、一生かかったって邵可殿は無理ですよ!! むり、絶対むり! ぐずぐずチラチラ時々溜息《ためいき》ついたりして結局遠目から見てるだけで終わるのは、別に未来予知の能力がなくたって私にはわかります。見えます」

見てるだけで初恋の終わった男、藍楸瑛は予言者よりも確信を持って断言した。

「なっ――な、なんでそんな……いっ、言い切れるのよ! ――くっ。お、『お母様』っ、のしつけられたってこんな男はごめんです!」

「えっ、な、なんでですか珠翠殿!!」

「あっそうだ、〝干将〟と〝莫邪〟は縹家で預かりますから!! さっ、よこしなさい」

楸瑛から対《つい》の宝剣をむしりとると、珠翠はとっとと室《へや》を出て行ってしまったのだった。プンスカ怒りながら。

「えぇー!? ちょっとなんで!? 剣返さないとならないんだけど!! 珠翠殿!!」

「あれは時がくれば勝手に王の許《もと》へ戻る。今少々神力が足りなくてな。縹家でしばし使わせてもらう」

瑠花が飄々《ひょうひょう》と答えた。

楸瑛は認めた。今の今まで目をそらしていた現実を。

実のところ楸瑛もいろいろとりまぎれて、肝心なことは何も言っていないことには気づいていた。好きだとか愛してるとか。いや、機会をうかがって何度も何度も言おうとしたのだが、珠翠の顔をまともに見ると、なぜか一つも出てこなくなるのだった。楸瑛はガックリと肩を落とした。迅の鼻で笑う声が聞こえてきそうだ。

「どうじゃ、身のほどがわかったか」

「……大巫女《みこ》が結婚できることがわかっただけでも安心しましたよ。大巫女の条件は一生独身とか言われたら、本当にどうしようかと思ってましたからね」

瑠花は懲りぬやつじゃ、と言わんばかりの顔をする。

「珠翠の寿命は？　と訊かぬのか」

「訊いても、どうせ彼女が決めることだと、おっしゃるんでしょう？　珠翠殿が大巫女になることを選んだとき、自らを自分の主《あるじ》に選んだように見えました」

楸瑛は帷《とばり》の中で昏々《こんこん》と眠る秀麗を思った。今、自分たちが秀麗に何をしたのか、なぜ瑠花や葵皇毅らが自分たちを侮蔑《ぶべつ》したのか、わかる。

「……できるならば珠翠殿のあらゆる願いを叶《かな》えてあげたい。でもどうしても譲れないものがある。私は王都へ戻るし、珠翠殿の一族でも王に弓ひくならば、手加減はしない。珠翠殿のために変わることができないことがある。なのに私だけ一方的に、珠翠殿の残りの寿命がどれくらいだとか、大巫女をやめて別な道を選んでくれとか、言えるわけがない」

それを、劉輝たちは平然と秀麗にしてしまったのだ。退官して後宮へ入るしかないよう道を塞《ふさ》いだ。逃げ場をなくし、追い込み、秀麗に頷《うなず》かせたのだった。

それゆえ十三姫は怒り狂った。

秀麗にした間違いと同じことを、珠翠にするわけにはいかなかった。

「……珠翠殿のためでも譲れないことはあるけれど、伝えたい言葉はたくさんあるんです。気持ちを知ってほしい。約束したいこともある。訊きたいことがあれば、あなたでなく珠翠殿に直接訊きます」

「……ふん。少しは、考えてものを言う、ということを覚えたようじゃ」

「あなたのおかげで。では、私も行きます」

その時、瑠花のほうから口を開いた。

「…………。……昔。同じように〝外〟へ出て行った男がおったわ」

それは今までの瑠花とは少し違うように思えた。話すのが本当に正しいのかあやふやなように。そこに漂う微《かす》かな、迷いめいた影に、楸瑛は驚いた。あきらめたような瑠花の表情《かお》は、百年考え抜いたのにいまだ結論がでず、だが今を逃せばもう二度とない機会を前にしぶしぶ伝える方を選択したという感じだった。それは結論があるものではなくただ話すため、ただ伝えるためだけに口を開いた、最初で最後の瑠花の言葉だった。

「いつか必ず帰ってくると言いながら、その男は二度と帰ってはこなかった」

楸瑛は向き直った。

「それは正確には、約束ではなかった。わたくしの命も時間も、わたくしのものではなく、わたくしの守るべき者のためにある。ただそやつが勝手に置いていった言葉だった」

『いつかきっと帰ってまいります。この美しき天空の城、あなたのお好きな夕暮れ時に。黄昏《ゆうぐれ》を再会の時にいたしましょう、と羽羽は言った。

それまで、しばしのお別れをお許しくださ い。いつの日か、わたくしが帰ってきたら――』

その言葉の何一つとして、守られたものはなかった。

「……時がたち、そやつはわたくしでなく別な主を選び、その男にひざまずき、わたくしに弓を引いた。それから数十年、ずっとそのままじゃ。……そういうこともある」

美しい少女姫の硬質さと、老いた貴婦人のような気怠《けだる》さの同居する瑠花の顔は、物憂げで、ずいぶん昔に沈めてしまったものを取り出し、時の中でいつのまにか他人事《ひとごと》になったその箱をしげしげと眺めているだけに見えた。その箱の中にはもはや何もなく、ただそれが置かれた理由だけが箱の存在理由となりはてているようだった。

「くだらん感傷に流されて、勝手な言葉を残してゆくな。違《たが》えぬ約束ができるのはお前の選んだ主君のみであろうに。……たとえその場限りの言葉と知っても、箱がカラッポと知った後も、箱は残る。何の感情もわかなくなっても、場所はとる。できない約束はせぬことじゃ。カラの箱を置いておく余地は大巫女にはない。なければもっと有意義にその場所を使えたのに」

「……違う」

楸瑛は言った。

「……あなたは、約束を違えたことも、あなたを裏切ったことも――怒ったかもしれないけれど――怒り続けてはいない。幾ばくかの感情が残っていても、しょせんその程度だ」

「…………」

「裏切った男を生涯憎み続けることもない。その男が選んだ人生だと割り切られて、あなたの中にあった自分の居場所は他の人間、他のするべきつとめにとってかわられる。そう、あなたの言うように、もっと有意義なことに。……そんなのは」

声がかすれた。その『誰か』の心を思い、楸瑛の胸が詰まった。

「……そんなのはたえられない。たとえカラ箱扱いされても、厄介に思われても、あなたの中から居場所がなくなるよりはいい。同じ時を、同じ世界で生きているのに、いないものみたいに思われて生きるなんて、そんなのは……忘れ去られるより、嫌だ」

瑠花の目が見開かれた。

「主君への約束ですって？　馬鹿馬鹿しい。いつか必ず帰ってくるなんて、男が女に言う言葉ですよ。愛する人と別れる時に」

「…………」

「守れない約束は主君にはできないけれど、愛する人のために、約束を置いておきたい。それの何がヘンなんです？」

非の打ち所のない美貌《びぼう》と、触れることさえためらわれる高貴な威厳。恋するような甘さなどなく、心にあるのは謀略と、自らのつとめ。決してただ一人に心を寄せることのない氷の女皇。

「あなたの愛も命も人生もあなたのものではなく、救済を求める人々と一族のためにある。小さな約束一つ、あなたは交《か》わせない。奇跡が起きない限り、あなたが自分だけを愛することはない。臣下の愛情を捧《ささ》げた方がずっと楽だ。報われないのに生涯一人を愛せるほど、普通の男は強くない――その男と違って」

　楸瑛は告げた。

「――帰ってきますよ、夕暮れ時に」

　瑠花は微かな驚きを浮かべた。

　なぜそのとき『夕暮れ時』という言葉が口をついて出たのか、楸瑛にもわからなかった。

「帰ってきますよ。もう少し待ったらどうです。どうせたいした時間じゃないはずだ」

　瑠花は。

　藍楸瑛の若い眼差《まなざ》しを見返した。本当に若い。瑠花は若い頃とて、あんな瞳はしなかった。幼くして多くを負った瑠花の掌《てのひら》には現実しかなく、夢を握る余地はなかった。だが、……羽羽は似たような瞳をしていたかもしれない。

　五十年以上も会っていない今、瑠花が覚えているのは黄昏色の声だけで。

「……そなたは、夢見がちじゃの。まさに藍家の男よの」

「どうせ見るならいい夢を見たい。あなたたち先を行く者の夢は、私たちにとっての未来だ。追いかける価値のあるものであってほしい。いつも。最後の最後まで」

「……言いよるわ」

瑠花は唇の端でチラリと笑った。傲然《ごうぜん》として鮮やか、凜然《りんぜん》たる微笑みの中に、楸瑛はなぜだか儚《はかな》いものを感じとった。

夜にかかる月の如き、孤高の美しさ。優しさはないが、以前の狂気じみた凄《すご》みもない。それが生来の姿ならば、彼女はまさに生まれながらの女皇だった。珠翠や秀麗と向かい合ったこの僅《わず》かのうちに、彼女はどんどん時を遡《さかのぼ》り、あるいは時を脱ぎ捨て、彼女が本当の彼女であった頃の姿に戻っていくようだった。歳月の中でまとってきた何重もの重い襲《かさね》を次々と振り捨て、澄んで透明になっていく。蜻蛉《カゲロウ》の羽のように軽く、……儚《はかな》く。

「『それこそ〝先を行く者〟の生涯果たすべきつとめであり、遺《のこ》す価値のある唯一の遺産であるが、千金を築くより難く、遺せる者は少ない』そう歌った貧乏詩人がおったわ。藍楸瑛、わたくしの愛も命も、わたくしのものではない。——最期まで。……だがそなたのその言葉は、覚えておこう」

最後のひと言が、瑠花の長い人生においても滅多に口にすることのなかった最大級の敬意であることを、楸瑛が知ることはなかった。

第三章　金糸雀《カナリア》の泪《なみだ》

足に揺れを感じた。

「おっと。……んだよ、また地震か……」

工部尚書管飛翔《しょうしょかんひしょう》は立ち止まった。貴陽にきてから長らく地震とは無縁だったので、当初は小さな揺れでも本当にびびった。それにしても無頓着《むとんちゃく》な管飛翔が眉をひそめるくらい近頃の地震の頻度は異常だった。

まるで大地の下から、誰かが気まぐれに叩《たた》いて悪ふざけしているようだと思う。

飛翔は尚書令室へ向かった。

「——悠舜、話がある。入るぞ」

とりつぎの衛士《えじ》は無視した。悠舜の応答を待たずに尚書令室へずかずか押し入るや、衛士の鼻先で扉をしめて鍵《かぎ》もかけた。扉の向こうから抗議する衛士に言い返した。

「うっせー!!　内密の相談があんだよ！　しばらくこっちくんな」

それから、悠舜のもとへ向かった。悠舜は床にうずくまっていた。

「……情けない姿を見られました。さっきの地震で杖《つえ》を落として——」

「ごたくはいい。俺が行くまでそのまま寝てろ」

悠舜は口を噤《つぐ》んで、頷《うなず》いた。

飛翔は室《へや》の端に転がっていた杖を拾いに行った。杖はさっきの揺れで落としたのかもしれない。けれどもあの程度の地震で悠舜が椅子から転げ落ち、床で動けなくなるとは思えない。

杖を拾い、今度は友人を拾いに行く。悠舜はおとなしくしていた。抱え上げれば、三十代の青年とは思えないほど軽く、枯れ木のようだった。朝議や重要会合の精力的な姿や存在感とはかけ離れた薄い体。もともと筋肉はなかったが、それ以上に、生命を構成する大事な何かがどんどん流れ出ているような気がする。中身はカラに近く、もはやか細い糸で魂を必死で繋《つな》ぎとめているだけのように思えた。

飛翔は室の隅にひっそりもうけられていた長椅子に気づいた。寝台にもなれるような大きさで、上等な毛布や枕が積み重なっている。いつからあったのだろう。春にはなかった。人目につかないようにか、衝立《ついたて》で仕切ってある。傍《かたわ》らの円い小卓には水差しと薬の包み紙が置かれていた。まるで誰かが悠舜と押し問答の末に妥協させて、強引にこの場所をつくったように見える。

（……誰だ？）

これ幸いと、悠舜をそこに寝かせて毛布を頭からかけた。

ややあって、悠舜が毛布から頭を出した。

「……何も、言わないんですね？」

「……。言いたかないんだよ。お前に倒れられちゃ困るなんて、口が裂けても言いたかねぇ。ゆっくり養生しろって言いたいんだよ。……でも、それも、言えねぇ」

旺季がいなくなった今、朝廷は悠舜によって支えられていた。

他の面々はかわらずにいる。要職の中で抜けたのは臨時の碧州牧に任命された欧陽玉と、旺季くらいだ。なのに——六部《りくぶ》尚書、門下省の凌《りょう》晏樹、御史大夫の葵皇毅がそれぞれの仕事をこなしても、悠舜のもとにもちこまれる仕事は増える一方だった。宰相の判が必要のない案件でも、悠舜の判断を仰ぎたがる官吏が激増した。不安を払拭《ふっしょく》したくて、まるで巫《み》女《こ》の託宣を仰ぐように尚書令室の扉を叩く。

いいから休めと飛翔は言いたかった。だが、言えなかった。薄い体、蒼白《そうはく》な顔色を前にしてもだ。そんな自分を飛翔は嫌った。黎深のようにむりやり辞めさせるのが正解だったのか。悠舜の負担を減らし、助けられると思っていた。自分たちで。だが、そんなのは傲《ごう》慢《まん》だった。

「……お前は……もう、とっくに宰相なんだな……」

状元でありながら、十年も茶州の一州尹ですごして、埋もれていた。春に突然宰相に抜《ばっ》擢《てき》された時は水面下で多くの誹《ひ》謗《ぼう》中傷をされ、高官の反発を買った。なのにその高官たちが今や不安げな顔で悠舜の許《もと》へ足繁《しげ》く通う。心のよりどころとして。

たった半年で、悠舜は代えのきかない宰相になっていた。

飛翔は悠舜の汗ばんだ額に手を当てた。飛翔の掌《てのひら》のぬくもりが悠舜へ移っていく。悠舜が手をそっとつかんだ。引きはがすのかと思ったら、そのままでいる。飛翔の熱をほしがるように。悠舜の指は冷たかった。

悠舜はそうですね、と呟《つぶや》いた。

「……私も……誤算でした。こんな風に、頼られることになるとは思っていなかった」

飛翔は悠舜を見下ろした。その言葉には、いつもとは違う小さな困惑があった。珍しい。疲れから気がゆるんだのかもしれないが、それだけに本音に思えた。

「……飛翔、良い香りがしますね。……懐かしいにおいがする。玄圃梨《げんぽなし》……？」

懐かしい――。飛翔が悠舜の口から過去を思わせる言葉を聞いたのは、この十年来のつきあいで初めてかもしれない。決して過去を明かすことのなかった悠舜。

飛翔は無言で、腰につけた巾着《きんちゃく》を外した。悠舜の顔のそばに中身をだした。甘酸っぱい梨の香《か》が濃厚に漂う。転がり出たのは、丸い梨ではなく、小枝にしか見えないものだった。

悠舜は嬉《うれ》しげに目を細めた。玄圃梨、と呟き、そっと一つつまんだ。

「知ってるのか？　香りは梨だが見た目小枝なのによ。俺はガキのころ梨のにおいのする枝だと思ってたわ。腹減って食ってみたらめちゃうまで、俺だけの秘密と思ってたのによ」

「玄圃梨の木は滅多にないですからね……。たくさん実が落ちるのに、なぜかほとんど芽吹かない。実がなるのも、樹齢四十年を過ぎてから……。梨の花も好きですが、この玄圃梨だけは、実の方が好きで……。秋にはよく、拾って食べました」

　悠舜は枝を口に入れた。かりこりと咀嚼《そしゃく》し、微笑む。

「……うん。ちゃんと甘い。一つ一つ、全部拾ってきたんですね」

「木にくっついてるのはなんかみんなマズくってよ……」

「当たりです。玄圃梨は木から落ちたのじゃないと、甘くないんですよ」

「もっと食え」

「バッタに食われる前にね」

　飛翔は嫌な顔をした。

　悠舜は横になったまま、玄圃梨を数本、食べた。ためらいがちに飛翔は訊《き》いた。

「……なんとか……なるのか？　陽玉と……紅州」

「最悪にはなりませんよ。そろそろアレが見つかってるはずです」

「アレ？」

「貯蔵庫ですよ。旺季殿が御史大夫の時に、指導してつくらせておいたんです。中身も何年かにいっぺん入れ替えてます。御史台の管轄下にある貯蔵庫なんで、州府も御史の許可がないと開けられない。藍州牧だった孫陵王殿が、旺季殿に言われてつくったと言ってたものです。碧州牧だった慧茄《けいな》殿もそうしていたはずです。ほら、どこかに慧茄殿も用意がある、と会議で言っていたでしょう？」

「でもさ、貯蔵庫ったって……。陽玉が言ってたろ。どんどん倉の隙間から侵入して、開けたらバッタしか出てこなかったってよ……」

「なにしょぼくれてんですか。つい先日、他ならぬあなたの工部のところの技術官と凜《りん》とで、突貫で特製荷馬車やその他モロモロをつくってもらったことを忘れたんですか」

「あの総南梅檀《ミナミセンダン》づくりの荷馬車か？」

「そう。バッタは絶対に南梅檀だけには近寄らない。バッタに食い尽くされて草一本ない荒野でも、南梅檀だけが青々と残ってたという記録があるんです。だからそれで馬車をつくれば、バッタは襲えないはず。では、南梅檀で前々から食糧物資の貯蔵庫をつくっていたら？」

「……あ!!　んじゃあその貯蔵庫ってのは」

「全部総南梅檀づくりです。手つかずの倉が碧州をはじめ、蝗害《こうがい》を逃れて各地に点在しているはずです。おそらくほぼ無傷で。もちろん、紅州にもある。碧州でも、今頃欧陽侍郎が貯蔵庫を見つけて一息ついてるはずです。碧州は、あとは余震さえおさまれば……というところですかね。それに蝗害は天変地異が起こると、急にやむ事例が多いんです。今回の大地震で、来年碧州での大発生はなくなるかもしれない。紅州は人海戦術と、ある筋から吉報が届くかが鍵ですね。……飛翔、そのあとにはきっと白州にも食糧を――」

「うるせぇ、そんなげすなさぐりをいれにきたんじゃねぇ。見損なうな」

飛翔は悠舜の口に梨をつっこんだ。悠舜は口をとじて、食べた。

「……旺季殿は、きっとうまくやりとげるんだろうな」

ええ、と悠舜が答える。

「……おそらく」

「じゃあ、王都はどうなる？　王と、お前の未来は？」

悠舜は玄圃梨にのばしかけていた手を、止めた。

「飛翔、何か聞いたんですね。……何を？」

飛翔の顔が歪《ゆが》んだ。梨を拾い集め、息抜きがてら悠舜を少しでも休ませるつもりできた。悠舜の顔を見るためだけに、訪ねることができた時があった。だが今はどうだろう。

悠舜の負担を増やすために通う官吏と、何が違う。手土産と気遣いを言い訳にして。妖星《ようせい》や凶兆やらバカな噂話をわざわざ尚書令の耳に入れて、なんになる。日に日に王の口数が減り、王を見る臣下の目が冷たくなっていく。旺季が朝廷を去ってから、抑えがきかなくなったようだった。不平不満やいかがわしい噂が蔓延《まんえん》し、隅でひそひそと囁《ささや》き交わす官吏が増えた。昏《くら》く濁った沼の中にいるようだった。

自分もその沼にのまれかけていたことを、飛翔は認めた。倒れた友人にすがるほど。

「……なんでもねぇ。忘れろ」と答えて、飛翔はまた悠舜の口に梨を放りこんだ。

悠舜はいつぶりか、安らいだ気持ちを味わった。このところまるで食欲がなかったが、懐かしい梨の香に誘われ、久しぶりにこんなに食べた。ひからびていた体に多少なり力が戻った気がして、ホッとした。悠舜は梨をかじりながら、不意に、時間の流れがゆったりになった気がした。燕青と一緒に、茶州にいた頃のことを思いださせた。もう百年前に思える。

巾着の梨をすっかり平らげると、飛翔は満足げに頷《うなず》いた。飛翔は一本も手をつけはしなかった。あの飛翔が。

「ありがとう……飛翔」

「ん？」

「あなたは、どうするつもりですか？」

何を問われているのか、飛翔はわかっているはずだった。

同期でも、考え方は違う。刑部《けいぶ》の来俊臣《らいしゅんしん》の考え方はもとから旺季に近いが、そもそも来俊臣の思考自体、独特なのだ。彼に信念を訊けば、こう答える。

『僕の求めるのは法治の世だ。生きてる内に法体系を完成させる。人治の世は信じてない』

戴《いただ》く王次第で世の有様が激変する『人治』ではなく、すべからく公平な法の下にあるべき『法治』。それが国試のときからの来俊臣の信念だった。王がいてもいい、だがその王も法に従わねばならない。どんな王のもとでも堅固な法体制で民草を救える最低限の安全網を確立するのが彼の願いだ。

ゆえに来俊臣にとって、王は誰でもいいのだ。地獄の裁判官のように、ただその是非を冷ややかに見極める。当たり前のこととして、よりよい王を選ぶ。

「……悠舜、俺は前に、最後までお前の味方でいてやるっつったよな。それは今も同じだ」

それから、飛翔は長い長い間、黙りこくった。

悠舜は待った。やがて、飛翔は口を開いた。

「……正直に言うぞ。俺は楊修《ようしゅう》や来俊臣みてーに、理論で全部ぶった切って残ったのを選ぶ真似はできねぇ。旺季の信者みてーに、他人を頭から信じきるのも柄じゃねぇ。俺は俺の信じるものを選ぶ。その時々でなるべく大事なもんを選ぼうとは思ってるが、根っこに気持ちとか情とかがあるのは変えられねぇ。たとえば黎深と楊修を選べって言われたら、俺は今でも黎深をとる。あいつはバカでろくでなしのお子様だが、死ぬまで俺のダチだ。あいつがどっかで野垂れ死にしかけてたら、飛んで助けにいく。たとえ仕事が山積みでも、別の奴に全部押しつけて——陽玉みてーなのに——その日の内にトンズラだ。それで失職しても、しょうがねぇ」

「…………」

「ダメだろそれ。無責任だろ。黎深のバカなんか見捨てて尚書してりゃ百倍甲斐《かい》のあることができる。ヤクザの親分よりずっと官吏になりたかった。でもやっぱ行くと思うわ。誰がなんと言おうと、俺は目の前で一番大事だと思ったのを選ぶ。それがどんなにバカな選択でも。悠舜、俺はお前の味方だけどな、官吏人生で一番マジな選択をダチがいるから、なんつってお前のせいにするほど腐っちゃいねぇ。——言うぞ。俺はあのバカ王がバカだと思ってるし、山ほどやっちまって、いま非難囂々《ひなんごうごう》の袋叩き《ふくろだた》きで氷の針山でも歩いてるほうがマシな状況で、始終ろくでもねぇ陰口叩かれても、甘んじて受けるべきだと思ってる。言い訳はできねぇ。けど」

飛翔はもう一度、けど、と繰り返した。

「けど、あいつはうつむいてても、真っ青な顔でマシなことひとっことも言えなくても、そんでもあいつは全部の朝議に出続けてる。お前の横に、ちゃんといる。もう藍楸瑛も李絳攸も嬢ちゃんもいねぇ。誰もいなくなっても、あいつは玉座に毎日座り続けてる。半べそでも、逃げねぇで、たった一人であの椅子に座りにくる。毎日、毎日」

飛翔は、初めて剝《む》きだしの、ただの一個の『紫劉輝』を見ている気がした。

そのうちに飛翔の気持ちが変化してきた。判を押したような王の行為の、もっとその奥に、大事なものがあると思った。

そう――紫劉輝があの玉座に座っている限り、王は悠舜の盾になってやれる。

批判がすべて劉輝に向くことで、今の悠舜は自由に動けていた。以前は悠舜にかばわれるばかりだったが、今は違った。もし紫劉輝が雲隠れすれば、非難の矢面に立つのは悠舜になる。王が知っていてやっているにせよ、違うにせよ、できるただ一つのことを黙々とこなしているのは確かだ。

旺季がいなくなってから、朝議では残酷なほど劉輝の存在は無視されている。意見を求められることも最小限で、幽霊のように扱われ、頭ごしに議論される。百官の形ばかり礼をとって出迎える中、一人でやってきて、一人きりで帰る。一日たりとも欠かさず、針の如き玉座に腰をおろす。それは三年前の王とは違う。

「後宮に逃げた三年前のあいつは昏君《こんくん》だった。だが今は違う。俺は……お前の横にうつむきながら毎日ぽつんと座り続けてるあいつを見て、ふっとな、仕方ねぇ、と思ったんだ。

仕方ねぇやつ、でも、俺は最後まで付き合うなら旺季殿よりこいつにする、ってよ」

開いていた窓から秋の風が舞いこんだ。室《へや》にたまっていた甘酸っぱい梨の香が、舞い上がる。

「……何もかも、あいつになすりつけたくもねぇ。三年前、俺はもう尚書だった。あんとき、俺は引きこもりの昏君に見切りつけて、ずっと放置してた。知ったことかと思ってたわ。あいつだけの責任じゃねぇ。李絳攸をどうこう言えねぇよ。今度の一連の件は、王の怠慢を見ねぇふりしてた、過去の俺ら朝廷百官のツケでもある。今さら、あのバカ王一人に全部おっかぶせて、口ぬぐえっかよ。けど罪悪感からじゃねぇ。今のあいつを見て、俺が決めたことだ。バカでアホで情けなくて間違いばっかで頼りねぇ。それでも逃げねぇで千の非難の中、あの玉座に座り続けてる限り、——俺はあの洟垂《はなた》れに、最後まで付き合ってやる」

未来のために選択する楊修や来俊臣と違って、飛翔は今をいちばん大事にする。目の前の人間を、決して見捨てない。ゆえに情の大官といわれる。

悠舜は微笑んだ。

「……あなたらしいですね、飛翔」

「今さら楊修みてぇにはなれねぇしよ。……お前はバカ王のボロが出る前から、揺るぎないな。だからお前はあの王のために宰相やってるわけじゃねぇのかもしんねぇと思う」

悠舜は答えなかった。……答えなかった。

「なんのためでもいい。俺はな、ここ半年のお前を見てるのが、イヤで、……嬉《うれ》しかった」

「……え？」

「ボロボロになる前に辞職しろやって、いつもの俺なら言ってる。黎深みてぇにな。大事なダチなんだ。でもお前、初めて死ぬほど生きてるように見えた。女々しく黎深みてぇにイヤヨヤメテって暴れられたら楽だが、……俺にはできねぇ。大事な、ダチだからだ」

飛翔は「そろそろ行くわ」と言いかけて、驚いた。悠舜が引き留めるように飛翔の袖《そで》をつかんだのだ。

悠舜自身も驚いたように目を丸くし、そんな自分に戸惑ったように指を外した。自分の両目を左手で覆った。長い長い空白のあと、悠舜が呟《つぶや》いた。

「……飛翔、私は、……私はもう戻らない。やることがあって、戻ってきたんです」

「……おう」

「それは、やりとげます。何があっても。冷徹に、非情に。私が望むものを賭《か》けて。でも……でもね、飛翔、不思議ですね。本気になったら、人の心がどっとおしよせてきた。今までの私は世界に降る雨を窓辺でぼんやり眺めているようなものでした。けれどこうして打ちつける雨の中に出ると、明確だった世界の輪郭がかすんでいく。雨だれが私の冷たい心まで揺り動かす……」

何が悠舜の堅固な錠をゆるめたのだろう、悠舜の口からおそらくはもらすつもりがなかったであろう心の内がこぼれおちていった。

「私は……自分がこんなふうになるとは、思っていなかった。何をするべきかはわかっています。そのためになら、いつでも私は、にっこり笑って裏切ることができると思っていたのに」

飛翔は問い返さなかった。悠舜が迷っているわけではないことは、その静かな言葉から知れた。悠舜はもう決めている。なんであれ、二度と引き返さない。

「なら、せめて泣いて裏切ってやれ。そこまでお前の心を動かした奴のために」

悠舜は身じろぎした。

「……裏切るなとは、言わないんですね」

「大事なもんを裏切るのは、心をひどく削る。それでも、それより大事なもんがあるんだろ。俺たち官吏はみんな大なり小なりそうだ。本当は仕方ねえなんてもんはねぇのに、なんかを見捨てたり、ぶった切って政事をやってる。そんでもやんなきゃなんないことなら、せめて鼻水垂らして泣くくらい考えて決断して、裏切れ。お前が、この国の宰相だ」

悠舜の目を隠している手に、飛翔は自分の手を重ねた。氷のような悠舜の手だった。しばらくしてその頰を涙がひとすじ伝い落ちた。ひととき、冷たい人形が鼓動を打つ人間になるのを許されたとしたら、こんな風かもしれなかった。

また揺れが襲った。さっきより大きい。どこかから、悲鳴が聞こえてくる。

悠舜は飛翔の手を外し、身を起こした。宰相の顔で。

……飛翔が悠舜の涙を見たのは、それが最初で、最後になった。

＊　＊　＊

「劉州牧、旺季殿の動きですが、一軍を十にわけて、各郡に派遣したそうです」

志美は副官に答える代わりに紫煙を吐き出した。

志美が煙草の材料にしていた木が、南栴檀《ミナミセンダン》という藍州原産の木であることは即座に調べあげられた。そこでこの木を見つけ次第確保し、防除に使うよう広く布令《ふれ》をだした。州府でも食糧や物資の被害を減らすため、南栴檀の葉や木片が香炉や火鉢に投げ入れられた。重要な倉の周囲では南栴檀の薪《まき》でたき火が焚《た》かれた。そういった箇所ではバッタが寄ってこなくはなったが、他は相変わらず黒い不気味なバッタが群れをなして襲っている。ちなみに州牧室はバッタの死骸《しがい》が山積みである。志美が忍びがたきオッサン臭を忍び、モクモク煙草をふかすのも州牧たるつとめだからで、仕事のイライラのせいではない。そうとも。

「旺季殿の部隊がくると、バッタの群れが道をあけるんだそうですよ。旺季殿の軍には彩八仙の加護があるんじゃないかと、紅州中に噂が広まってます」

「で、からくりは？」

「やはり、南栴檀です。工部の技術者が南栴檀を煮詰めた抽出液を、鎧《よろい》から馬具から、露出するところ全部にぬりたくってきているそうです。だからバッタが避けて通る」

「なるほどな。んで、食糧は？」

「一台の荷駄もひいてません。途中で碧州に全部回したそうで」

志美は考えこんだ。碧州？　輜重《しちょう》隊を切り離したという話は浪燕青から聞いたが、碧州に回したのか。志美は眉《まゆ》をひそめた。旺季のことは頼みにしていたし、打っている手も完《かん》璧《ぺき》だ。だが初めて、完璧すぎることに苛《いら》立ちを覚えた。この機に乗じて紅州だけでなく、一挙に碧州の民心も、旺季は手に入れることができる。こっちが蝗害に必死で対応している時に、さらに先を見越して動いている。そのことにモヤモヤした。

（ゲスな勘ぐりしちゃうわぁ……。もっと早く、なんとかできたのを、しなかったんじゃないか——とかさ）

「それと、御史たちが特別倉を一斉に開放しました。総南栴檀造りの倉です。十年以上前、旺季殿が御史大夫だった時から、各所に設置させていたということです。被害はほぼ皆無。中からは貯蔵食糧の他、燃料、そして南栴檀の蓄えが出てきました」

「……当座必要なのは全部ボクが用意してありますって？……完璧な演出だね」

「演出」

荀彧は山彦《やまびこ》のように志美に投げ返した。

「僕はね、荀彧。できすぎた台本は信じない。御史や旺季殿が到着するまで、無傷の総南栴檀造りの特別倉が一つも——ただの一つも——報告にあがらなかった、って？」

「どういう意味ですか、ときくのはあとにしましょう。たとえできすぎた台本でも、まさかこの状況でないほうがマシだったとは言わないでしょう？」

真っ向から志美と荀彧の視線がぶつかる。志美は煙管《キセル》の灰を灰入れに落とした。

「……言わんよ。十年前から今まで、地道に根気よく用意してなきゃ、書けない台本だ。最大の敬意を払う。使い方は、腹がたつがね。で、各地のその倉を開放して民に回したとして、どれだけもつ？　食糧と南栴檀は」

「食糧はひと月からふた月はもつという話です。ですが南栴檀は半月といったところかと」

半月、と志美は繰り返した。

「……じゃあ、七日かな。今日で五日がすぎたから、あと二日くらいかな……」

「……いま、なんと？」

「おや、旺季殿から伝言でもあったかい？　七日待て、とか」

「…………」

「そんだけの演出しといて、それだけってことは今の旺季殿に限ってないだろうさ。次の手を考えているのなら、南栴檀の底が尽きる前に動くだろう。だからそれくらいがメドかなって思ってさ」

荀彧は答えない。

それが答えだと志美は受けとった。

「旺季殿はいつ梧桐にくる？」

「午前《ひるまえ》に燎安《りょうあん》関塞を通過したとのことです。まもなくここ梧桐に到着するはずです」

志美は即座に立ち上がった。

「それじゃあ、今すぐ城門へお出迎えに向かおうか。荀彧、行くぞ。他に割ける暇な人手なんざない。僕とお前の二人で我慢してもらおうかい。……さぁて、旺季殿はこの州府にどんな手土産をくれるのかな。——見返りなしじゃ、井戸の底は、開かんよ」

志美と荀彧がおのおの馬を駆って城壁まで向かう。

やっきになってバッタを追い払っていた梧桐の人々も二人に気づいた。よく視察を行う州牧と州尹の顔を知らない州民はいない。

「あれ、劉州牧様と荀州尹様じゃないか」

鳳凰《ほうおう》の宿り木の名を冠された美しい古都は今は見る影もなかった。どこもかしこも這《は》いずる黒いバッタで埋め尽くされていた。際限なくわく黒い雲みたいだった。追い払って散り散りになったそばからまた集まって黒い雲と化す。口を開けばバッタが飛び込んでくる。武官は兜《かぶと》をおろし、多くの民は布で口を覆っていた。

そのど真ん中を、素顔をさらして馬を駆る州牧と州尹の姿はひときわ人目を惹《ひ》いた。

「なんだ、なんだ、何かあんのかな」と、バッタ退治をやめて、わらわら馬の後を追いはじめた。バッタを払うための鍬《くわ》やら鋤《すき》やら籠《かご》やらをかついだまんま。

「……なんかみんなついてきちゃってるよ……バッタ追ってろっての！」

「バッタ退治に飽きたみたいですね。紅州男児は飽きっぽいし、好きなことしかしませんからね。普段なら今の時季は秋の収穫祭で、祭りをして飲んで食って歌ってハラ踊りのどんちゃん騒ぎをしてたころですし。いい加減鬱憤《うっぷん》たまって何でもいいから騒ぎたいんじゃないですか」

我も我もと鍋《なべ》やらお玉やら叩《たた》いて続々とくっついてきはじめた。まるで縁日にでも行くみたいに興奮している。どうもバッタに怯《おび》えるのも面倒くさい感じになったらしい。

（適応早すぎるだろ……）

バッタの被害より、自分の好きなこと優先。底なしのいい加減さ。むしろ笑うしかない。

「……僕、黎深のあの性格は自前かと思ったけど、紅州気質も入ってたんだねェ……」

そんないい加減さに志美は救われていた。飛蝗《バッタ》の襲来も、最初の恐慌が収まると、人々は『飛蝗が相手なら仕方ない』と、退治をしはじめた。たとえ一年かけて育てた作物が一晩の嵐で全滅しても、紅州の民は何度でも土を直す。自然の掟《おきて》に人間も従わねばならないことを知っている。高飛車で身内意識も我も強いが、大地に生かされていることを忘れることはない。

笛や太鼓の音まで聞こえてきた。志美は馬上でがくっとした。

「……オイ。とりあえずなんか騒いで憂さ晴らししたいだけっしょ、コレ……」

どんな噂がとんだのやら、城門はすでに黒山の人だかりだった。バッタの群れは相変わらず至るところを飛び回り、真面目な役人らだけが孤軍奮闘している。普段は歩哨《ほしょう》が闊歩《かっぽ》する城壁の上の通路まで、若者やら老人やらが占拠して、おしあいへしあいしている。むしろ歩哨が交じっている。ここらへんの傍若無人さも紅州気質だ。めちゃくちゃなことになってきた、と志美は思った。

州牧と州尹の騎影を認めた城門兵が、大門を開けはじめた。

城壁の上の通路にいた若者が歩哨のかわりに叫んだ。

「……あ!!　街道の向こうからなんかが……こっちにくる」

志美と荀彧は城門の外へ出て、並んで、馬を止める。街道を、まだ羽のないバッタの幼生がゾロゾロ行進している。そのうしろ、黒い群飛のなかに土埃《つちぼこり》が見えた。それから起こったことは、州都梧桐の民が驚くのに充分な威力があった。

払っても潰《つぶ》しても無限にわいて、草木も穀物も茅葺《かやぶ》き屋根にも手当たりしだい貪るバッタの群れが、ザァッと、散った。道をつくるように眼前で真っ二つに割れていく。

事前の情報でからくりを知っていた志美さえ、その光景には不覚にも圧倒された。志美は帯にさしていた煙管をとりだした。指先が微《かす》かに震えていた。葉をつめ、そばの兵からもらい火して、火をつける。

――風にひるがえるのは近衛《このえ》羽林軍旗と、禁色《きんじき》の紫雲《しうん》旗。

先頭の将が装う藤色の戦装束は見たこともないほど美しかった。

「王都からの救援だ……!!」

誰かが叫んだ。一拍おいて、悲鳴に似た歓喜の声が上がった。

紅州の民がそれをどれほど待ちわびていたのか、志美は思い知らされる。

それは一縷《いちる》の明るい光であり、『希望』だった。

国の扶《たす》け。


百騎が城門の前で次々と整列していく。旺季は志美と荀彧の前まで馬を進めると、慣れた仕草で手綱を引いた。双方馬上にて、顔を合わせた。

志美は煙管を口から外して、微笑んだ。

「ようこそ紅州へ、旺季将軍。紅州州牧劉志美です。州尹の荀彧……はもうご存じですね」

旺季が答礼しかけたとき、城壁の上から何かが降ってきた。

カコーンと間の抜けた音がした。志美と旺季が音のほうを見やれば、武官の一人が兜《かぶと》をさすりながらなぜかお玉をもっていた。それを皮切りに梧桐の民が歓声を上げてもっているものをいっせいに上に放り投げ、それが次々落下してきた。ひしゃくや鍋のふたや太鼓、なぜかニンジンまで降ってきて、馬たちが争ってニンジンに突進して隊列がめちゃくちゃになった。旺季の手元にはうまい具合に大根が収まった。収拾がつかない事態となった。

志美は自分の手には負えないと判断し、助けを求めて荀彧を振り返った。が、荀彧は現実に耐えきれず、馬と抱き合わせの置物みたいに固まっていた。志美は仕方なく自分で取り繕った。確かに歓迎してはいるが、道ばたの地蔵に賽銭《さいせん》を投げるような歓迎の仕方は誤解を招く。

「…………えーっと。いや、旺季将軍、コレは違うんです野次とか帰れテメー的な否定的なものではなく、笠子《かさこ》地蔵の例《タメシ》のごとく、道ばたのお地蔵さんには笠や賽銭を投げましょうみたいな紅州独特の高尚な歓迎式典で今日はちょっと興奮しすぎて鍋も飛んでるだけというか」

大根をこねくりまわしながら、旺季が遮った。

「……劉州牧」

「……はい」

にやりと、旺季が笑った。

「よく士気をさげなかったな。ここまで元気が残ってるとは思ってなかった。貴公の手柄だ。布令《ふれ》も見た。この短期間で独自に南栴檀《ミナミセンダン》の効能を見つけだすとはな。どうやった？」

志美は煙草をふかして、なるべくバッタに会合を邪魔されないようにした。

「たまたま、僕の好きな煙草の葉が南栴檀でしてね」

「奇遇だな。私の友人もそうだ」

「…………」志美は微笑した。

「薬効に気がついたのは荀彧です。紅州の山岳地帯では、女性もシバマキという虫除けの煙草をふかしながら山仕事をする、と」

周囲の馬鹿騒ぎはつづいていたし、バッタの耳障りな羽音と相まって、会話を聞かれる心配はなかった。荀彧は騒動を静めてくると言い置いて州兵の方へ立ち去った。

「御史らが特別倉を開放してくださってるとのこと。お礼を申し上げます。――が、梧桐へは自軍の補給以外は完全な手ぶらでおいでになったようですね」

志美は笑みを消して旺季を見据えた。

「腹づもりをお聞かせ願えますかね。なるべく手短に。あるのなら、ですが」

「梧桐には食糧輸送なんぞ、必要あるまい。蓄えならたんと確保してる。おそらく無傷」

志美がとぼけた。

「さて、なんのことをおっしゃっているのやら」

「わからんわけがあるまい。手勢を動かしているようだが、あと二日だけ、待て。それでもこなかったら、私が乗りこむ」

志美の顔つきが一変した。声を低くした。

「……そっち、の件ですか。なぜわかりました」

「ないところからとるより、山ほどあるところからむしりとる。私が貴公なら同じことを考えると思ってな。……この件は州尹の荀彧にも、告げてないな。違うか」

「……言う必要はないかと」

「ばかめ。だが貴公、よくそこにあると知っていたな。単なる当てずっぽうなのか？　それとも……どこかから情報がきたのか？」

志美は少しだけ躊躇《ためら》い、肩をすくめた。ここまできて腹を割って話せずに、何を守る。

「……紅州府常任の、仙洞官がね。真っ青な顔で夜に州牧室にきたんですよ。それで、打ち明けてくれましてね。他にも幾つもの道寺《てら》から、似たようなタレコミが。……上の坊さんを裏切っても、手引きすると」

そうか、と旺季は呟《つぶや》いた。もう一度、そうかと繰り返した。

「手引きなんかさせるわけにはいかない。私の一存で、治外法権を犯すことに決めました」

旺季がきっとなって、押し殺した声で言った。

「どれだけの罪状を一人で積みあげれば気が済むんだ？　副官にも言わず。もう二日待て。それまでは人海戦術でバッタを一匹でも減らすのに協力しろ」

バッタが一匹志美の腕にとまった。志美はそれを叩きつぶした。初めて志美は苛立《いらだ》ちを露《あら》わにした。焦燥、もどかしさ、やるかたない憤懣《ふんまん》――。

誰よりも志美こそが、無力な州牧であることに、怒りを感じていたのだ。

「――根拠は」

「私と鄭尚書令が、内部に手の者を送ってある。その結果がもうすぐ出る。貴公の一存で勝手に突入されて、うまくいく可能性をめちゃめちゃにされたらかなわん。頼む、逸《はや》るな。あと二日でいい。耐えてくれ」

悠舜の名は、志美の頭を冷やすのに充分だった。悠舜が根回しをしたことを、自分がぶち壊すわけにはいかない。どんなに焦っていても、もう待てないと思っていても。

志美はなんとか、その言葉を口にした。

「……わかりました……二日だけ、なら」

秀麗を眠らせてから、二日目に入った。

＊　＊　＊

瑠花は表の高御座《たかみくら》からさらに奥まった蒼《あお》い月の庭にいた。白い棺《ひつぎ》の列するこの場所は、始終静謐《せいひつ》で、どんな喧噪《けんそう》も届きはしない。

（……出立は夜明けか……何の夢を見ておることか……）

昏々《こんこん》と眠り続ける紅秀麗を思う。あのとき瑠花は他にもいくつかある仕掛けを施していた。命を延ばすことはできないが、何もできないわけではない。だがあれが最後であろう。

真っ青な月の光。何十も並んだ、カラッポの白い棺の葬列。最奥にぽつりと佇《たたず》む白木の椅子に座っていると、ざわざわと風が梢《こずえ》を揺らす深い音の底へ沈んでゆくよう。

瑠花はこうして一人でこの椅子に座り、その音を聞くのが、嫌いではなかった。

『姫様、姫様。海というものは、やっぱりこんなふうにざわりざわりと鳴るのだそうですよ。潮騒《しおさい》、というのだそうです。僕はいつか、海をこの目で見てみたいと思います』

瑠花の神力は図抜けていて、〝目〟も〝耳〟も使える。北の海も、南の海も、縹家にいながらにして見ることも聞くこともできる。だが羽羽の言いたかったのは、そういうことではなかったらしい。ある日、羽羽は不思議なことを言った。

『この天空の宮を出ることのかなわぬ、僕の姫様。僕は姫様に本物の〝世界〟を見せたい。

いつか姫様に、海の音を届けましょう』

瑠花は答えなかった。自分が縹家を出ることはないと、知っていたから。

結局、今に至るまで、瑠花は海の音を聞いたことがない。何となく聞かずに過ごしてきた。かわりによくここの椅子に座り、梢の鳴る音に耳を傾けるのが癖になった。泡立つ海の、波濤《はとう》の音に似ているという、ざわめきに。

不意に瑠花は、つむっていた双眸《そうぼう》を開いた。白い棺のあいだに娘が一人、たよりなげに立ち現れた。はだしで。

「……よく、ここがわかったものじゃな、紅秀麗」

「……夢？　いろんな夢を見てて……あなたの夢を見たら、いつのまにか、ここに……」

秀麗は自分でもちんぷんかんぷんといったふうに首をかしげ、もごもごと呟いた。

ここは生身の人間がこられる場所ではない。一度瑠花が憑依《ひょうい》したせいか、……それとも血が近いせいか、瑠花と秀麗との同調率がきわめて高くなっているらしい。前にこの場所へ連れてきたせいもあろう。だがとどのつまりは、この娘の体がいくらごまかしてもガタガタで、もはや人より人でないものに近づいているからに他ならない。

思うだけで瑠花の許《もと》に翔んでくることができるなど、もはや人間とは呼べない。だが人間と呼べないのは、瑠花も同じだ。言えた義理ではない。

「そうか。夢もうつつも、どちらもたいした違いはない。わたくしに何か訊《き》きたいことがあるのか」

秀麗はこっくり頷《うなず》いた。それから、たどたどしい足取りで瑠花の座する白木の椅子まで寄ってきた。

「……私が、あなたと珠翠と藍将軍の話をすべて聞いていたことを知っているのは、あなただけですか？」

瑠花は頷いた。

「そうじゃ。わたくしにもそれくらいの小細工はまだできる。どうせ今までと同じように、ぐずぐずと誰も言わずにすませるだろうと思うてな。知らないほうがよかったか？」

「いえ」

秀麗はそう呟いた。

瑠花はその顔を見ながら、もう一度、その言葉を告げた。

「どうする。まだ縹家に留《とど》まる選択肢は残っておるぞ」

問われた秀麗は。

言葉がでなかった。

おそらく瑠花は、秀麗が楸瑛と同じく曖昧《あいまい》で夢のような生への希望を残していることに気づいていたに違いない。秀麗の決意が、真実ではあれ、同時に無知な子供の無鉄砲さとたいして変わらないものであることも。

秀麗が一度も『死ぬ』ということと向き合っていないことも。

だからこそ、瑠花は混じりっけない真実を聞かせたのだろう。そして一度旅立ちの言葉を言ってくれたにもかかわらず、最後の最後、もう一度本当に行くのかと訊いてくれた。秀麗が思うより瑠花は秀麗の命を惜しんでくれているのかもしれなかった。

「──……っ」

こらえきれず、秀麗は落涙した。

嗚咽《おえつ》を漏らし、堰《せき》を切ったようにしゃくりあげて泣いた。袖《そで》で涙をぬぐっても、涙がとめどなくあふれた。視界が歪《ゆが》んでぐちゃぐちゃになり、そのうち自分でも手に負えなくなった。赤ん坊が理由もわからず泣くようにただ泣いた。火のついたようという形容詞そのままに全身が熱かった。

もう少しでいい、生きたかった。縹家の当主に会った時もそう思ったけど、その『もう少し』は、本当は『もっと』と同じだった。もっと生きたい。いつか死ぬとしても、それは指で数えられるくらいの近い未来でなく、あやふやな『いつか』であってほしかった。曖昧なままでよかった。残酷な現実を知りたくなかった。知って立ち竦《すく》んでしまうことが怖かった。

今まで、秀麗が泣くときはたいがい何かのやせ我慢をしていて、しきれずあふれたものだった。

でも瑠花の前では、秀麗はやせ我慢をしなくてすんだ。

瑠花は優しくない。今だって手をさしのべることも、声をかけることもない。眉《まゆ》一つ動かしもしない。瑠花の前では、弱さを残らずさらけだしても許される気がした。瑠花は秀麗の弱さや愚かさの何もかもを知っていて、知っていることを隠そうとしない。

母親を前にした子供のように、秀麗は大粒の涙を流してしゃくりあげた。

「私……っ、あなたの、前で、泣いて、ばっかり」

「よい。……わたくしはもう、とうの昔に、泣き方を忘れたな……」

「あ、あなたも、泣く、ことが、あっだんですか？」

瑠花はつくづくと秀麗を見やった。

瑠花は記憶をさぐり、頷いた。灯火の明かりに照らされた、何十ものカラの白い棺に顔を向けた。

「……そうじゃな。『白い子供たち』の前でだけは、泣いた。じゃが不思議とわたくしが成長し、泣くこともなくなると、順ぐりに目覚めない眠りについていった」

瑠花が泣いていると、彼女たちは心配そうにそばを離れず、瑠花を撫で、慰めてくれたものだった。

まるで瑠花が独り立ちできるのを見計らったように、次々と目覚めぬ眠りについていった。いや、眠ってのちまで、瑠花のために在ってくれた。心身ともに薄弱と言われた『白い子供たち』。

瑠花より年上なのに幼い瑠花にすがり、月の歌や夕暮れの物語をねだり、瑠花が守ってやらねば生きていけない。だが棺に眠る彼女たちの肉体を一つ一つ使うたびに瑠花は考えた。一人では生きていけなかったのは、本当はどちらの側だったのか。弱いとは、一体どういうことか。

弱者救済をうたった瑠花の心の片隅には常に『白い子供たち』があった。

虹《にじ》の向こうの安息の地。〝外〟では縹家の領はそう呼ばれているらしかった。惨《むご》い扱いに苦しみ抜いた末に縹家を頼り、多くが着の身着のまま逃げ、死ぬ思いでここへたどりつく。そうして瑠花の前で、数え切れない者が今の秀麗のように泣いた。

瑠花にも、見ないふりをして逃げた頃があった。山の彼方《かなた》、虹の向こう。ここにはないどこかに『幸い』があると思っていた。

瑠花の頭上でざわりざわりと、槐《えんじゅ》の大木が海のように鳴る。白木の椅子は槐の根方に据えてあるのだった。

瑠花は紅《あか》い唇を開いた。

『白い子供たち』に繰り返し歌ってきかせた月の歌。赤子の璃桜に口ずさんだ夕焼けの子守歌。口をついてよどみなく歌えることが不思議だった。一切合切が一瞬の空白のなかにまぎれてかき消えてゆくようになった今、こんなどうでもいい端歌《はうた》を覚えているとは。

もう七十年近く歌っていない――そう思い、いや、と思い直した。立香を縹家へ迎えた初めの一日、泣き続けるあの娘にこうして歌ってやったかもしれない。多分、それが最後だ。リオウが生まれた時は、女児でなかったことに怒り、会いにいきもしなかった。

秀麗は幼子のように瑠花の足許にぺたりとしゃがみこみ、鼻をぐずぐずすすりながら、瑠花の歌に耳を澄ました。瑠花が歌をやめると、意外なことを言った。

「その歌……私、昔々に、聞いたことがあります」

「……聞いたことがある？」

瑠花は眉を寄せた。瑠花が歌ったのは、自分で勝手につくったものだ。母親は瑠花を生み落とす時に発狂し、璃桜を生んで死んだ。優秀な巫女《みこ》だったというが、瑠花と引き替えに心を失い、璃桜と引き替えに命を失った。父親にも憎まれた瑠花に、子守歌や童謡を歌う者はいなかった。『白い子供たち』がたまに歌う支離滅裂な歌を、瑠花が自分で適当に手直ししてたくさんの歌をつくった。

旋律も、歌も、瑠花と璃桜と『白い子供たち』しか知らない。ましてや〝外〟の人間が知るはずがない。

秀麗は涙をぬぐいながら、呟《つぶや》いた。

「母が歌ってくれました。他の子は誰も知らない歌だったから……ずっと不思議でした」

瑠花は目を瞠《みは》った。思いがけぬことだった。

八仙でも強大な力を有した〝薔薇姫〟なら、幽閉されていても、瑠花の歌声を聞き留められたかもしれない。瑠花が幼い弟や『白い子供たち』にとつとつときかせた端歌に、〝薔薇姫〟は耳を澄ましていたのだろうか。聞き覚え、やがてそれを生まれた娘に歌いきかせてあやしていたというのだろうか？

璃桜の二胡《にこ》の音色と、瑠花の子守歌を縹家からもち去った仙女。

まるで、それだけは縹家からもらっていってもよいとでもいうように。

「……母は……」

秀麗は泣いた後特有の熱い吐息をほぅと吐き出した。

「母は、この縹家に、いたんですね……」

「……そうじゃ。いた。いて、ある日出て行った。そなたの父親と一緒にな」

瑠花の唇からぽつりと言葉が漏れた。

「……あんなにすぐに逝《ゆ》くとは、思わなんだわ……」

それにどんな思いがこめられているのか、秀麗にはわからなかった。

朝廷で縹璃桜と会った時、割って入った父の厳しい顔が思いだされた。母と縹家の間に何があったかは、瑠花に訊《き》く気にはなれなかった。

「…………」

秀麗は瑠花の膝《ひざ》に頭を預けて、深く深く休息したいと思った。不思議だった。両親以外の誰にも、そんな風に思ったことはないのに。

秀麗は泣き疲れて眠気を催し、うつらうつらしはじめた。泣きすぎて目が腫《は》れぼったい。

瑠花の足もとで、秀麗は幼子みたいに丸くなった。

「……わかってます。私が戻らなくたって、たいしてかわりがないこと……。でも……瑠花姫、私も一つだけは、知ってるんです……」

つと瑠花は白木の椅子から立ち上がった。ダンゴ虫のように丸まる幼い秀麗のそばに膝をつく。

秀麗は呟いた。

『それを捨てた他のどんな人生も、意味がない』」

かたわらにいる瑠花をひたむきに見つめる。

「私も、そういう風に、生きたい」

かすれた声で、秀麗はひと言ひと言自分に言い聞かせるように囁《ささや》いた。

「……ここで行かなかったら、この先ずっと後悔する……。それだけは……知ってるから……やっぱり、残れません……。あと、もう一つ伝えたいことが……」

秀麗は夢うつつにあることを呟き、とろとろ目を閉じた。最後の言葉は声にはならなかったが、瑠花の〝耳〟には確かに届いた。

瑠花は、その小さな体を抱き上げた。最初は十八歳の少女の姿だった紅秀麗は、話す内に歳を遡《さかのぼ》り、三つほどの幼児になっていた。瑠花が幼くなった秀麗を自分の膝にのせると、餅《もち》のようなほっぺたをてれっと笑ませ、安心したようにすやすやと寝息を立てはじめた。

瑠花はその黒い髪を梳《す》きなでてやり、しばらくしてあきれた溜息《ためいき》をついた。

「……自分が離魂しておることも、最後まで気づいておらなんだな……」

魂を飛ばしてまで最後に願ったのは、瑠花に会うこと。そして……。

ざわざわと、槐の木が海鳴りの音を伝える。

膝の上の秀麗をなでながら、瑠花はその遥《はる》かな海の音を聞いた。

真っ青な月の光が、白い棺《ひつぎ》たちをゆらゆらと照らす。まるで波間の陰影のようにゆらゆらと。だが瑠花は一度も自分の目で海を見たことはない。天空の宮から離れずに、すべての人生を生きた。

それを後悔したことはない。黄昏《たそがれ》の門をくぐらず、縹家に戻るのを決めたのは自分自身。

（皮肉なものじゃ）

両親に望まれ奇跡のように生まれ、誰からも愛されて育った紅秀麗。そんな娘の命は儚《はかな》く、両親に忌まれて生まれ、誰にも愛されなかった瑠花が八十年以上もしぶとく生きた。

月の波の寄せては返す青ざめた白い棺の葬列へ向けて瑠花は微笑んだ。

「……そなたらのおかげで、ここまで生きたわ……」

この大いなる場所は、瑠花の心そのものだ。一つ一つ眠る娘たちの肉体を使い、虚《うつ》ろな棺が増えていくたびに、瑠花の心もカラッポになっていったのかもしれなかった。

幼い秀麗のふっくらした頬をつつけば、紅葉のような手が瑠花の指をきゅっとつかんだ。

離魂はその者の望みの姿をとることが多い。そして望みの場所にとどまる。秀麗はこの最後の時、瑠花の腕の中で幼子のように休息することを望んだらしかった。

瑠花は幼い秀麗を抱いて白木の椅子に戻り、囁き声で子守歌を歌ってやった。

……そうしてどのくらいの時が過ぎたか、秀麗は目を覚ました。

秀麗の体が微《かす》かに輝き、ゆらめいて、透明に薄れはじめる。

瑠花は歌うのをやめた。

秀麗が渋々瑠花の膝から下りた。向き合えば、三歳から七歳ほどの娘になっていた。

何かを期待するように瑠花を見上げる娘に、瑠花は言葉をかけた。

「……行ってまいれ」

すると、七つの娘は嬉《うれ》しそうに微笑んだ。実の母親に言われたように。

「……はい。行ってまいります」

瑠花に背中を向ける。その姿は刹那《せつな》、十八の少女のものになり、音もなくかき消えた。

……再び、瑠花は白木の椅子に一人となった。

あの娘が自分と同じ道を歩むことを、果たして自分がどう思っているのか、瑠花にもわからなかった。瑠花とは違う未来を選べるのに、自分と同じ道をゆきたいという。愚かなことだ。だが、なぜだろう。微笑みたくなった。瑠花はそうした。

耳を傾ければ、ざわりざわりと、果てない海鳴りの音が、聞こえた。


……秀麗はぽっかりと目を開けた。室《へや》は夜明け前の、白々とした空気に包まれていた。

起きて、用意されていた手水《ちょうず》で顔を洗う。澱《おり》を残らず洗い流したように、秀麗の心はすっきりと落ち着いていた。

手巾《てぬぐい》で顔をぬぐうと、身支度をした。お腹がぺこぺこだったので、盆にあった食べものを食べ、水をすっかり飲み干した。それから、用意しておいた背嚢《はいのう》をつかんだ。

秀麗は〝静寂の間〟を後にした。

次の間《ま》に、待ちうけていたように珠翠と楸瑛がいた。リオウはいない。

珠翠はもどかしげな表情を浮かべていた。

「秀麗様……私、私は、あなたと、主上の――……」

言葉が途切れる。それ以上はどうしても口からでないといった風に。

「いいのよ、珠翠。縹家は中立と救済の家。味方になるなんて、軽々しく言っちゃ駄目」

縹家の存在意義である政事的中立を貫くためには、大事な人だけを守り、味方することは許されない。

「それでいいの。中立だからこそ、できることがあるわ。私たちがその力を必要とするときもある。だから、いいの。珠翠は、珠翠にとっての最善を選んで」

珠翠は息をのんだ。

それから、頷いた。秀麗が常に探し続けたように、珠翠も自分の答えを探さなければならない。見つけるまで。

珠翠は秀麗を抱きしめ、別れの挨拶《あいさつ》をした。

「行ってらっしゃいませ、秀麗様。どうか、お気をつけて」

瑠花の声が、重なり合って聞こえた。

――行ってまいれ。

秀麗は珠翠を抱き返した。

外から夜明けの光が射しはじめた。

「──行ってきます」

秀麗は、自分に深い深い休息の時をくれた場所を立ち去った。

＊　＊　＊

〝通路〟に消えゆく秀麗に、珠翠は思わず手を伸ばそうとした。

脳裏に、秀麗と瑠花の顔が浮かんだ。

瑠花は愛人を山ほどつくったけれど、ついに子供は一人もできなかった。血が濃くなりすぎたせいだと、聞いたことがある。

父親『奇跡の子』が仙女を天から射落とした代償は、様々な形で子供たちにあらわれた。心身が薄弱であること、短命であること、何かしら歪《ゆが》みをもつこと、一代限りの命であること……。

瑠花も──秀麗も。

掛け合わせた桜の如く、狂い咲くように命を生きる。自分以外の誰かのために、それでいて、すべては自分のため。決して自己犠牲ではない。

なのに、どうしてだろう。

珠翠は納得できなかった。目の奥が、じわりと熱くなる。

(……早すぎるわ……)

〝通路〟の方陣の中に秀麗の姿はもうない。方陣の光がうすれていく。珠翠の頰を涙が流れた。楸瑛が気遣わしげに珠翠に寄り添う。

（あんまりにも、早すぎる……）

珠翠はかつて邵可と〝薔薇姫〟とともに縹家から逃亡した。それから秀麗が生まれた。邵可と〝薔薇姫〟が紅州へ帰るまでの間、珠翠はいとけない秀麗のお世話をしながら共に過ごした。

この子を守ってあげようと、揺りかごを揺らし心の中で決めていた。

珠翠には何もできなかった。秀麗のためにも、王のためにも。

珠翠は両手に顔を埋《うず》めて、すすり泣いた。

楸瑛が珠翠に触れることはなかった。思いやりのある距離を置いてかたわらにいた。楸瑛の無言の優しさは、珠翠にとっての僅《わず》かな慰めとなった。

第四章　泪《なみだ》を流す人形と、終わりの歌

「珠翠殿……」

珠翠の気持ちが少し落ちついた頃、楸瑛が躊躇《ためら》いがちに声をかけてきた。珠翠は急いで顔を直した。楸瑛も帰るのだ。そのために〝通路〟の間にきているのだから。

（おかしなものだわ……女官時代はこのボウフラと出くわすたびぶん殴りたくなったけど、今はこうしてそばにいても蹴《け》っ飛ばしてズラかろうとは思わないわ）

珠翠は不思議がりつつ楸瑛へ向き直った。

「……秀麗様にもあなたにも、縹家のいいところ、全然見せてあげられなかったわね……」

いいところもある。それを楸瑛が知らずに去ることを、珠翠は残念に思った。

楸瑛は首を横にふった。

「そんなことないですよ。ここへきて、瑠花姫に会えてよかったと思ってます」

「『お母様』？」

「王だな、と。認められない言動もあるけど、どれをとっても考え抜かれて、注意深く、それを自分にも人にも求める。価値のない言葉を吐くなといわれた時……ぎくりとしました。朝廷でちゃんとやっていたつもりでしたが、つもりだった。深く考えずにものを言っていた。常にそうではなかったけれど、ずっと気を払っていたわけじゃなかった。王を左右するかもしれないのに、何様だと言われても反論できない。それらの小さな穴から、だんだんと水が漏れていった……」

珠翠に話しながら、楸瑛の胸に帰らなくてはという思いが強くこみあげた。

帰らなくては。

王も自分たちも多くを間違えたかもしれない。それでも楸瑛の忠義は固く揺らぐことがなかった。

藍州で王にひざまずいた時、半分は好意だった。だが半分は違った。その好意ではないもう半分のために楸瑛は自分を差し出したのだと、ここにおいてはっきり悟った。

劉輝《かき》のそば近くに仕え、楸瑛は確かに王の中に小さな種を感じていた。それこそ楸瑛が己を賭けて守るべきもの。

『好きと忠誠を誓うっていうのは、全然別物なんだぜ』

迅の言う通りだった。好意ではないもののために、楸瑛は忠誠を捧《ささ》げるのだ。

珠翠に強く腕をつかまれた。珠翠はかつてなく険しい面持ちだった。

「聞いて。もしも主上がこの先、縹家の保護を選んだなら、古《いにしえ》の槐《えんじゅ》の誓約によって私が守ることができます。……継承権と玉座の放棄とひきかえに。恥ではないわ」

――亡命。

どんな形でもいい。生きてほしいと、珠翠の目が訴えていた。それは王だけでなく、楸瑛に向けても。事あらば王より先に楸瑛が死ぬことを、彼女は見通している。

楸瑛は微笑んで、彼の腕をつかむ指を見た。珠翠と初めて会った雪の日が思い出された。あれ以来かも知れない。彼女のほうから楸瑛にふれてくれたのは。楸瑛は頭《かぶり》を振った。

「……約束は、できません。あなたができないように」

珠翠の顔が小さくゆがんだ。

「……私も、死なないでほしいと願ってるんですよ。珠翠殿、あなたに。あなたや瑠花姫も、言わずに黙っていることがまだありそうだから」

珠翠は答えなかった。ややあって楸瑛の腕にかけていた手をひっこめた。楸瑛はその手にごく軽くふれ、引き止めた。

「珠翠殿の言葉は覚えておきます。あなたが生きてほしいと私に願ってくれたこと」

楸瑛はにやっといたずらっぽく笑った。

「珠翠殿の敬語がとれただけでも、収穫でしたよ。まあ、今はね」

そう言われて珠翠は驚いた。……その通りだった。ずっと敬語で話していたのに。

だしぬけに、ある情景が蘇《よみがえ》った。しんしんと雪が降っている。後宮のうら寂しい一角の、庭先で、珠翠は舞を踊っていたように思う。

『……どうしたの？　何か、悲しいことでもあったの？』

『……死ぬほど好きなのに、幸せな顔を見るのが、辛《つら》くて苦しくて胸が痛い』

答える少年の顔は、よく思い出せない。珠翠の扇で顔を隠して、すすり泣いていたから。もうずいぶん昔のことだ。

少年はべそをかいてはいたが、温石《おんじゃく》のようにホカホカとあたたかい幸福の気配をまとっていた。百の幸せを当然のように思い、一つの失恋にめそめそ泣く。真逆に育った珠翠はこんな幸せな少年がいるのかと驚いたものだ。珠翠は幸せを一つしか知らずに育った。恋が叶《かな》わなくても、それが自分の幸せだと思っていた。欲張るとすべてを失いそうで怖かった。だから失恋して盛大にふてくされ、この世の終わりのように延々と嘆く少年に、笑ってしまった。

雪の夜は、縹家のことを思い出して眠れないことが多かった。だがその晩は、少年のノンキでぬくぬくと幸せな気分が移ったものか、珠翠は夢も見ずにぐっすり眠った。

（あの男の子……？　……まさか……ね）

「全部が終わったら、帰ってきますよ」

「？　どこに？」

「縹家にです！　すっっっごく大事な用件が、残ってるので！」

「大事な用件？」

「そうです」

「何、まさか『お母様』を口説くつもり？　会えてよかっただのなんだの……」

「…………いくら私でもあの方は口説けませんよ!!」

「後宮でも難攻不落の女官ばっかり狙ってたじゃないの。面白半分に」と珠翠に白い目で見られた。楸瑛はなんの申し開きもできなかった。

珠翠にはバレたくない過去が残らずバレている。今さらかっこつける余地が全然残っていないのが楸瑛にとって一番の痛手だ。

なので楸瑛は、我ながら何の芸も色気もないつまらない要求しかできなかった。

「……す、素直に、無事に帰ってきて、とお見送りの言葉をかけてくださったらいいじゃないですか」

珠翠は楸瑛をまじまじと見返した。

「無事に戻れると思ってるようね。あなたは、どうしてそう楽天家なの？」

「珠翠殿がくよくよと悲観的なので、これくらいでちょうどいいんですよ」

しばらくして、珠翠は「そうかもしれないわ」と答えた。楸瑛は珠翠の笑顔にどきっとした。

「あなたの向かいたい場所へ送るわ。行き先は？　ただし王都にじかに繋《つな》ぐことはできない。仙洞省にある〝避難路〟は非常時しか繋げない決まりなの。もし王都に行きたいなら、王都近くの道寺《てら》へ――」

そのとき、誰かが〝通路〟の間へ入ってきた。珠翠と楸瑛が顔を向けると、ここしばらく見ていない、リオウがぽつりと立っていた。

＊　＊　＊

燕青は、眼前の道寺を見上げた。

「煩悩寺《ボンノウじ》……ここだな」

燕青は傾いた扁額《へんがく》の名前を読みとった。横長の扁額は傾きすぎて縦長になっている。なぜこれで落ちないのかと疑問に思うほどだ。境内は荒れ果て、草ボウボウで屋根の瓦《かわら》はほぼ落ちている。蝶番《ちょうつがい》の外れた扉がきしむのや、堂を渡るおどろおどろしい風の音まで、見事に幽霊寺だ。しかし廃寺の理由はわかる気がする。だめだろ、この名前。俺でもわかるぜ。

「一人だと誰もつっこんでくれねぇのが悲しいよなーもう。バッタの好きな草だらけやんけ。蝗害がここまできたら、礎石しか残んねーんじゃねぇの。ええっと、おじゃましまーす」

煩悩寺はなかなか立派な寺だった。敷地は広く、荒れる前はさぞや派手派手しい金をかけた寺であったろう、と燕青は思った。一見、崩落しかけているような有様の道寺をくまなく見て回るうち、薄気味悪い感じが遠のいて、空気がいやに浄《きよ》くすがすがしくなったと思った。空中に光の粉みたいなのが散っている。見えない波が燕青に寄せて肌を洗っていくのを感じた。

銀狼山《ぎんろうやま》以来、久しぶりの感覚だった。燕青は直感に従って庭に降りた。広々とした庭の片隅に、草に埋もれるようにひっそりと小さなお堂があった。人が二人入れば窮屈なくらいのお堂だ。小さな木戸はぴったり閉じていた。燕青は押し開けようとして、手を止めた。

燕青を、呼ぶ声がする。

燕青は耳を澄ました。

「……姫さん？」

古ぼけたお堂の、木戸の隙間から、不思議な光が漏れはじめる。燕青はお堂の屋根のあたりを見上げていた。理由はない。単なる勘だ。なんとなく、うやうやしく扉から出てくるのは似合わない、というのが理由と言えば理由かもしれない。

木戸の中の輝きがいよいよ強くなる。

声が、燕青を呼んだ。

「──燕青!!」

お堂の屋根の上から秀麗が忽然《こつぜん》と出現し、落下した。

＊　＊　＊

縹家の〝通路〟の方陣に立ったとき、燕青を思いだしたのは確かだ。別れ際、秀麗はいくつか文を書き残した。そのうちの一通は燕青に宛てて書いた。もし燕青がそれに従ってくれているのなら燕青は紅州にいるはずだった。

方陣の中で目をつむりながら、そんなことを考えていたら、やにわに燕青が『視《み》え』た。旅装束で、片手に見慣れた棍《こん》を持参している。少し伸びた無精髭《ぶしょうひげ》、左頬の十字傷、黒檀《こくたん》の双眸《そうぼう》。つい、燕青と呼びかけた。すると燕青が秀麗のほうに顔を向けた。

『……姫さん？』

たとえるなら〝通路〟がぐねぐねと燕青に向かって延びるようだった。それからはよくわからない。竜巻に巻きこまれたように上下左右がめちゃくちゃになった。瑠花の白い棺《ひつぎ》の間に運ばれた時のように、巨大な手でぶん投げられたような感覚がしたあと――視界が急に明るくなって、燕青の顔が見えた。

「――燕青!!　って……――っ!!　うひゃぁああ――――っ!!」

秀麗はどこかに尻《しり》からボテボテッと落ちた。そのまま転がり、逆さまに落下した。

燕青の腕に抱き留められた。

「文字通り降ってわいてくるたぁ、相変わらずぶっ飛んだ方法で帰ってくるな」と燕青が笑う。

秀麗の胸が詰まった。燕青はいつも乾いた干し草と日向《ひなた》のにおいがする。

それは秀麗が愛する世界のにおいと同じで。秀麗は万感迫り、唇をへの字に結んだ。

――帰ってきた。

その思いがこみあげる。帰ってきた。

燕青は右腕で秀麗を支えなおすと、左腕で秀麗の額髪を払った。本物か確認するというよりは、体温を気にしているように思えた。秀麗は燕青と蘇芳との別れ際を思い出した。貴陽を出てから具合は悪くなる一方で、やがて歩くのもままならなくなった。ものも食べられなくなり、一日の多くを馬車で寝て過ごした。しまいに鉛のような身と心を抱えているのに耐えきれなくなり、もういいやと思って目を閉じた。それが燕青が知っている最後の『紅秀麗』のはずだった。

どんなにか心配をかけたか。なのに秀麗はもう大丈夫とは言えなかった。……言えなかった。

燕青は秀麗に何も訊《き》かなかった。体調はどうだとも、治ったのかとも、訊かなかった。訊かなかったから、秀麗は答えなくてすんだ。秀麗はすごくヘンテコな顔をしていたかもしれない。

ごつごつしたあったかい掌《てのひら》が耳の下にさしこまれ、ぬくもりを伝えて離れていった。

「お帰り、姫さん」

風と、大地と、日向と、干し草のにおい。うるさいくらいの虫の音。犬の遠吠《とおぼ》え、鴉《からす》の声。縹家の静謐《せいひつ》さなどどこにもない、何もかもしっちゃかめっちゃかに生きている。全部が秀麗の体に流れこんでくる。

(ここが好きだわ)

何より好き。大好き。

自分がいるべき場所。あるべきところ。

——ここが秀麗の生きる世界。

「ただいま、燕青。さあ、仕事よ」

燕青は破顔した。秀麗を幼い子供のようにぶんぶん振り回して、「おう」と答えて、豪快に秀麗を抱きしめた。


「で、ここ、どこ？　なにこの薄気味悪い幽霊寺は。江青寺《こうせいじ》じゃないわよね、どうみても」

秀麗は尻をさすりつつ周りを見た。尻から藁《わら》が落ちる。小さなお堂の藁葺《わらぶ》き屋根が尻の形にへこんでいた。このお堂の屋根に尻から転げ落ちたらしい。おかげで怪我はないが、ぼろいお堂がますますぼろくなった。問題ない。十年後の未来がちょっと早く到来しただけ。修繕費は出さないわ。

燕青はいきなり紅州で一、二を争う古刹《こさつ》の名前が出て、面食らった。

「江青寺って、梧桐近くの山にあるでけー道寺？　んなわけナイだろ。ここは煩悩寺だって」

「…………なに？　いまなんつったの燕青。なんてお寺さんですって？」

「だから、煩悩寺。正式名称『煩悩寺一〇九《イチマルキユウ》』。全国に煩悩寺〇〇一から一〇八まであって、全国行脚してお布施を喜捨してご朱印をもらい、一〇八個のご朱印を制覇し、最後この通称〇九《マルキユウ》でたんと喜捨するといかなるボンノウも昇華される」

「……ワケないでしょ!! お布施をぼったくるエセ道寺《でら》じゃないのよ!! なに、煩悩寺ってドコよ!? ふざけてるわ。ここ紅州のどこなわけ!?」

カンカンに怒る秀麗に、燕青は困り顔になった。

「えぇっとなぁ……。江青寺ったよな。もしかして姫さん、江青寺に用事があった?」

「そう。蝗害《こうがい》の件で私にできることがあればやりたいと思って」

「……。……姫さん、縹家でまたなんか勝手にデカイ仕事やってきたろ……蝗害のことは姫さんは知らなかったはずだぞ……」

「色々あったのよ」の一言で秀麗はザックリまとめた。

燕青は無精髭を引っ張り、珍しく渋い顔になった。

「……江青寺、ねぇ……またどんぴしゃりで突いてくるなぁ姫さんは……」

「……なに? どういうこと」

「……ここにくる途中に、ちょうど江青寺のある鹿鳴山《ろくめいざん》を抜けてきたんだけどな。……江青寺を取り囲むように、山のあちこちに兵がひそんでた。多分、梧桐の州兵だ。兵数は百をゆうに超えてると思う。まだ江青寺のほうは気づいてない」

秀麗の顔が一変した。

「……州都の兵ですって? てことは、州牧の許可が下りてるってこと? 蝗害のまっただ中に、わざわざ兵を百も割いて江青寺を取り囲むとすれば……」

「ああ。あるとこからとる、って判断だろ。ここはまだ飛蝗《バッタ》がきてないが、他の被害はマジで甚大だ。えんえん草一本ない荒野になってるからな……」

あるところからとる。

縹家系社寺は税の優遇を受け、もっている畑も山も数千にのぼる。食糧や物資を山ほどためこんでいる。それを力ずくで収奪することを紅州州牧は決めたらしい。

「——でも！　縹家系社寺は治外法権なのよ。州牧一人の判断でできることじゃないわ」

「そうだな。罷免ならマシで、おそらく牢城《ろうじょう》行きだ。今は葵長官の手配で御史がウョウョしてる。紅州州牧の首は大手柄だし、見逃すわけがない。それを承知で、州牧は自分一人で全部おっかぶろうって腹なんだろ。中央の判断を仰いで、返事を待ってられる時間もない。江青寺や、他の縹家系社寺と話し合おうにも、門を開けもしなかったらしいからな」

おそらく社寺は社寺で、まったく動向のわからぬ瑠花と縹本家のことで内憂し、使者を後回しにした可能性が高い。それを紅州州牧のほうでは話し合いは不可能と判断したのだろう。

「俺が見ないふりして山を素通りしたのは、俺もそれしかねぇと思ったからだ。あの時点ではな。けど、姫さんのその顔じゃ、別の情報があるんだろ？」

秀麗は頭の右半分でぐるぐる考えながら、左半分で答える。

「あるわ。蝗害で縹家の全面協力をとりつけたの。もうすぐ全縹家系社寺の門が開いて、蝗害に対処してくれる手はずになってる。食糧も医薬も駆虫薬《くちゅう》も、無条件開放よ。兵が乗り込まなくてもね。でも、もしその前に州軍が武力でなだれこんだら――」

「……めちゃくちゃだな。無条件開放どころじゃねぇ。もうすぐってどれくらい？」

「わからない。救済に動いてくれるまで数日かかるかも。他の道寺《てら》の始動は早いかも知れないけど、鹿鳴山江青寺は動くまで時間がかかるはずよ。江青寺には駆虫薬づくりを最優先で頼んできたの。お寺の人はみんなそれにかかりきりで外の様子はわかってないのかも。江青寺の周辺の村落や街で食糧援助が至急必要なようなら、私が江青寺の代理で州府との折衝に入ろうと思ってたのよ」

「つまり、州府側にも江青寺にも、状況がわかってるのが誰もいないってことか。まずいな。姫さん、山の兵の様子だと本当に今夜か明日突入って感じだったぞ」

「――燕青、こっから江青寺までどれくらいなの」

「飲まず食わずひたすら馬を飛ばして、一日」

燕青の馬術の腕は滅多に人を褒めない静蘭が嫌々でも認めるほどのものだ。その燕青が飲まず食わずで一日かかるというのだから、この煩悩寺は梧桐から相当距離があるらしい。燕青のいるここへ飛んだのは痛し痒《かゆ》しだった。直接江青寺に行っていたら燕青の情報はわからなかったが、わかってもここからだと間に合うかは賭《か》けに近い。それでも賭けるしかない。

「わかった。行ってちょうだい」

「……俺一人で？　そりゃ一人のが速いけど――」

「私コミに決まってるじゃないの。移動する間に私が不在中のことを洗いざらい話してちょうだい。飲まず食わずひたすら馬を飛ばして一日でしょ。時間だけはたっぷりあるわ」

燕青はにやにや笑った。茶州でも秀麗を乗せてさんざん馬で強行軍をしたものだったが、そのせいで秀麗がひそかに馬での移動が嫌いになったのを知っていた。大の男でも気絶しながら吐瀉《としゃ》するであろうしんどさだったので無理からぬことではある。秀麗は苦虫をかみつぶしたようなヤケ顔である。

「で、燕青は、いいわけ？　ここで何か用があったんじゃないの」

「ああ、姫さんの宿題やってた。鉄炭と技術者の行方捜索」

秀麗ははじかれるように煩悩寺を見回した。

「燕青――じゃあ、ここ――」

「や。まだわかんねー。とりあえず、今は江青寺が先だ。だろ？」

「……そうね。その件はあとで。行くわよ、燕青。江青寺で州軍を止めないと」

燕青と秀麗は煩悩寺を出て馬のもとに向かった。燕青は人の気配を感じた。崩れかけた廃寺の塀越しに人影があった。と、気配が綺麗《きれい》にかき消える。狐の面が、見えた気がした。

（……ふーん？）

燕青は目を細めた。

つるべ落としのように秋の日は暮れる。晩鐘は、鐘楼の鐘《かね》つき棒がバッタどもの腹に消えてから鳴らなくなった。州都梧桐の外の空き地には松明《たいまつ》が無数に立てられ、盛んに燃えている。近隣から集めたありったけの数の大鍋《おおなべ》や大釜《おおがま》が所狭しと並び、この二日というもの朝から晩までグラグラ煮えたぎっている。その周りを何百人もが慌ただしく駆けずり回る。旺季もその中にいた。

＊　＊　＊

辺りが暗くなる頃、旺季は他の者にあとを任せ、一人で馬を走らせた。山の方面へ。それから少し後、旺季は鹿鳴山に面した小山にいた。紅州の名だたる古刹・江青寺は向かいの山の中――というより、この辺の山一帯が丸ごと江青寺の所有だった。ゆえに正式には鹿鳴山江青寺といわれる。

旺季は晩飯に持参した焼き串《ぐし》をかじった。

「お前も、ご苦労なことだな。食うか？」

一本を、後ろにつきだした。山とはいえども蝗害によってハゲ山だ。お陰で星灯《あか》りがよく届く。辺りは数本の立ち枯れた木がかろうじて残っているくらいだ。その木のうしろから、静蘭が黙って進み出た。旺季に近づいて、串をとった。

静蘭は串にさした焼きバッタを一匹無造作に食べた。嫌な顔一つしなかった。半分くらいは旺季の嫌みだったのに、しゃくしゃくと、静蘭は頓着《とんちゃく》せずに頭からバッタを食べている。慣れた仕草で。

「……食べたことがあるようだな。どこでだ？」

答えを期待してはいなかったが、ぽつりと返ってきた。

「どこでも。十年前の王位争いのときは何でも食べました。毎日お嬢様と一緒にバッタを捕まえに出ました。こんな風に牛酪《ぎゅうらく》をぬって醬油《しょうゆ》やら塩やら味付けはできませんでしたが、ご馳走《ちそう》でした」

時は流れるのだ。

誰より高慢で頑《かたく》なだった第二公子が、バッタをご馳走というだけの時が。

旺季はそうか、と言って、自分も串焼きバッタをかじった。静蘭が見つめてくる気配がした。そして初めて旺季自身のことをきいてきた。硬く小さな声で。

「……あなた、は？」

「若い頃は、毎日が十年前よりずっとひどかった。それだけだ」

焼いたバッタは、旺季が久しく忘れていた、懐かしい味だった。見栄えは悪いが、旺季にとってもご馳走だった。

「塩もいいが、牛酪醬油味がトロリとして一番好きだ。滅多に食べられない贅沢《ぜいたく》でな」

知らぬ間に二本三本と平らげてしまったことに気付き、旺季はおかしくなった。

貴陽にいる間は、食欲が落ちる一方だった。どんな贅沢な食事も箸《はし》をつける気にならず、心配した葵皇毅が藍州珍味の双黄鴨卵《そうこうおうらん》の漬物までもってきたくらいだ。なのにバッタだらけのハゲ山で、焼いて味付けしただけの串バッタを、ぺろりと平らげている。竹筒の水をがぶりと飲めば、澱《よど》んでいた血が音を立てて体の中を流れる。老いたのではなく、老いのせいにしていただけだったのか。降りつもった歳月で錆《さび》ついていたものを、骨の大地とバッタの味が吹き飛ばして、元の輝きを剝《む》き出しにしたようだった。やりたいことがあった。忘れてはいなかったが、どんなにやりたかったかが強烈に蘇《よみがえ》る。それこそが、旺季の心身に火をつけた。そう——こんな風に、生きたかった。

こうしたかったのだ。もう長いこと。こうしてもう一度、若い頃のように国中を巡り、限界まで知力と体力をつくし、引き絞った弓のように大地を駆けて、夢を見る。

現実と夢を両方追えると、信じていた頃のように。

「——今夜、行くんですか」

旺季は静蘭を見返した。鹿鳴山は静まり返っている。

「……そうだな。朝になったら、飛蝗《バッタ》が目覚める。やるならその前だ。夜明け前まで待っても、連絡がこなかったなら、合図の火箭《ひや》をあげる」

静蘭は串に三匹ついていたバッタの、最後の一匹を食べた。牛酪醬油がうまくからんで、かむほど滋味《じみ》が出る。だがどんなにうまくても、公子の静蘭ならどぶに捨てていたろう。そして公子の静蘭なら、旺季にこんな風に近づくこともできなかった。零落した敗戦武将にすぎないのに、旺季には身分が上の公子さえ寄せつけない犯しがたい風格があった。

なのに静蘭が一兵卒になったら、串バッタをわけあって、ほんの数歩の距離で会話をしている。静蘭はやり場のない腹立たしさに襲われた。これ以上旺季を理解したくはなかった。話をしたい、いや、話なんかしたくない。凄《すさ》まじい葛藤《かっとう》が胸を渦巻く。貴陽を飛び出してから、ずっとだ。こうして静蘭を簡単に近づけるのも癇《かん》に障る。彼と接すれば接するほど彼を認めたくなかった。旺季のやることなすことにケチをつけたかった。それができるものならば。

梧桐に入るやいなや、旺季は精力的に動きまわった。

到着してから一日、旺季は人海戦術で飛蝗を減らすことに着手した。職人総掛かりで南《ミナミ》栴檀《センダン》づくりの大倉をいくつもつくらせ、無事な食糧はそこに運びこんだ。州官と協議し、飛蝗が眠る夜中に食糧や物資を民へ配給する手はずを整えた。並行して大鍋や大釜を集めさせた。南栴檀を大量に煮出すためだ。

南栴檀を惜しげなく消費し、切り刻み、煮出し、高濃度の抽出液をつくって、官民問わず老若男女総出で駆除団子をひたすらつくり、真夜中のうちに徹底的にバラまいた。

朝がきて、不気味な群飛がはじまった。数が少なくなったようには見えなかったが、一晩中大量の南栴檀を煮出していたせいか、梧桐の中に寄りつく飛蝗の数は明らかに激減した。城の内外でかき集めた死骸《しがい》の数は前日までの十倍にものぼった。

人々はそれに力づき、いさんで今夜も鍋《なべ》をかき回している。けれども蝗害《こうがい》がいかなるものか静蘭たちは説明を受けている。一匹の雌バッタは数回に分けて三百から四百の卵を産みつける。死骸の二乗計算で毎日どこかで一斉に孵化《ふか》し続ける。殺しても殺しても減らない群飛に、喜びは十日も経たないうちに徒労と絶望に変わる。冬がくるか、あるいは風が飛蝗を紫州へ吹き飛ばすまで。

それでもこのまま人海戦術で行けば、冬までにかなりの数が減らせるのは確かだった。たとえ強い紅風が飛蝗を紫州に吹き飛ばしても、量は少ない方が遥《はる》かにいい。

静蘭が気になったのは紅州府と紅家でかき集めていた州都用の南栴檀の三分の一が昨日今日で瞬く間に消えたことだ。消費量が予測の三倍だった。このままだと明後日《あさって》には底をつく。旺季と劉州牧は深刻な顔で密談を重ねていた。会話の中身までは静蘭には聞こえなかったし、静蘭にとって大事なことは蝗害ではなかった。

静蘭は口をひらいた。

「あなたは」

旺季がチラと静蘭に目をくれた。静蘭はこの目が嫌いだった。似ているところなどどこにもないのに、その眼差《まなざ》しだけは、父王戩華を鮮烈に思い起こさせる。

系譜を調べたことのある静蘭は知っている。

かつて簒奪《さんだつ》したのは、どちらだったのか。

「王都へ帰還したら、玉座に還るつもりですか」

還《かえ》る、という言葉にも旺季はびくともしない。彼にとっては、もはや血や玉座の正統性など、微々たるものでしかないようだった。やりたいことがある。成し遂げたいことがある。この手で。そんな声が聞こえてきそうだった。

「ああ」

旺季はつづけた。淡々と、静かに。当然のごとく。

「そうするつもりだ」

静蘭は笑ったつもりだった。だが失敗し、醜く歪《ゆが》んだ。

旺季――だが本来名乗るべき名は、蒼季。

自分や劉輝よりもずっと濃い直系を継ぐ、蒼家の生き残り。

（――父上）

なぜ父は旺季を生かしたのだろう。旺季だけを。

――奪われたくなければ、守れ。ほしければ奪い取れ。自分の力で。願いがあるのなら。

思いが強い者が勝つ。

それが父、戩華の生き方。

（でも、あなたは知っていたはずだ）

絹の揺籃《ゆりかご》で育った六人の公子たちの誰にも、そんなものはなかったこと。旺季ほどの情熱も理念も執念も、王である理由も持たなかったこと。

（勝てるはずがない）

自分が。劉輝が。父と同じ目をして、今や父よりも多くを手にしているこの男に。

（劉輝は殺される）

ここまで幾重にも策を巡らせて自分たちを追いこみ、用意周到に叩《たた》き落としにかかっているのに、最後の最後、劉輝を生かしておくはずがない。

たとえ旺季が見逃しても、朝廷の全員がおとなしく従うと思うほど、静蘭はおめでたくなかった。第二公子として流罪《るざい》になった時も、静蘭の息の根を止めるために多くの兇手《きょうしゅ》が送りこまれたのだから。

旺季はもう静蘭でなく鹿鳴山のほうに関心を向けている。

(ここで)

静蘭の指が剣の柄《つか》に絡みつく。

風がやんでいた。それとも自分の耳にだけ聞こえなくなったのか。

手を伸ばせば届く距離。踏みこむ必要もない。

(今なら、間に合う)

今なら止められる。なんとかできる。してみせる。

一人の人間が死ぬだけだ。それで劉輝を守れる。

——何が悪い。

それが自分の守り方だ。変われない。変わるつもりはない。

懐から秀麗の書翰《しょかん》がはみだしていた。静蘭は無視した。

鞘から剣を抜き払った。

旺季は自分の首の横で止まった銀色の刃《やいば》を見下ろした。それ以上は透明な盾でもあるかのように刃は小刻みに震えている。旺季の剣は鞘《さや》にしまわれたままだ。

無数の星々が無残な山を静かに照らしている。

……静寂《しじま》がおりた。

「……ふん。人を殺そうとするときは、今みたいに顔を見てやれ」

旺季の双眸《そうぼう》に映りこむ自分の顔を静蘭は確かに目にした。

醜く歪んだ顔だった。ぎらついて昏《くら》く濁っている。絶望や悲しみや怒りや、やるせなさにあふれていた。旺季の目の中で静蘭は泣きそうな顔で歯を食いしばっていた。

静蘭は自分で自分がわからなかった。

「……どうして……」

刃を振り切れなかった。ずっしりと重いものが腕をひきとめ、どうしても進まない。心が千々《ちぢ》に切り裂かれるようだった。〝殺刃賊《さつじんぞく》〟で過ごしたときでさえ、こんなに取り乱したことはなかった。

正しいはずだ。やられる前にやる。当たり前のことだ。いつだってそうしてきた。

（どうして）

旺季に気圧《けお》されたわけではなかった。止めたのは、自分の中でいつからか居据わっている重たいもの。錨《いかり》のように静蘭を拘束する。

――それが、本当に正しいのか。

秀麗や、邵可や、劉輝、燕青の声にも聞こえた。その錨の中には、清苑《せいえん》でなくなってから過ごしたすべての歳月が詰まっていた。彼はなおも錨を無視しようとした。綺麗《きれい》ごとは信じない。どんなに汚い手でも、それが一番簡単ならそれを選ぶべきだ。秀麗や劉輝ができないなら、自分がやる。やれる。迷わずに。今までのように、これからも。

――なぜ自分自身の心が裏切る。

混乱した。どうしていいかわからなくなった。剣の震えが止まらない。

「バカめ」

旺季は呟《つぶや》いた。揺れ動く剣に目をくれる。

「だが、前よりはマシだ」

静蘭の剣が叩き落とされた。旺季ではなかった。誰かに頬を拳《こぶし》で強烈に殴り飛ばされた。

皐韓升だった。彼は静蘭の胸ぐらをひっつかみ、もう一度横っ面を殴り飛ばした。

「どうして紅御史をずっと見ていながら、こんなことができるんです!! 彼女が楽な道を選んだことが一度でもありましたか!? 何を台無しにしようとしたのか、わかってるんですか!!」

「もういい、皐武官。放してやれ。今のこのバカに言ってもわからん」

旺季はかがみこみ、何か拾った。静蘭の胸にそれを放り投げた。くしゃ、と軽い音がして、小さな塊が、静蘭の胸の上に落ちた。秀麗から託された書状だった。

静蘭はそれを開けることができなかった。読めばきっと心が揺れる。旺季を殺せなくなることが怖かった。けれど捨て去ることもできず、懐にしまってここまできた。どうしても捨てたくなかった。大事なものだったから。

封を切られず、くしゃくしゃになったそれが。

今の自分そのものに思えた。

「一度だけだ。二度はない」

静蘭は精一杯の矜持《きょうじ》をかき集めて、睨《にら》みつけた。

「……ずい、ぶん、寛大ですね」

「お前のためではない。……昔、お前とよく似た顔の公子がいた。護送馬車が襲撃され、その母親は死体で発見され、公子は今も行方不明。それは長らく、私の中の負い目だった。その一度のためだ。もう一度言う。二度はない。やるならよく考えてやることだ」

「あなたは」

ハゲた地面に静蘭の剣が転がっている。

「間違うことも、迷うことも、ないと言うのですか。自分こそ完璧《かんぺき》で正しいと？」

「迷わない選択に、何の価値がある。楽な道は全部自分に跳ね返ってくる」

旺季自身は知らず、奇《く》しくもそれは前に邵可が秀麗に言った言葉だった。

「今のお前のようにな」

静蘭はぐっと奥歯をかんだ。

「……でも、もう本当にやめてくださいよ、旺季様。肝が冷えました」

不意にまったく別の声が落ちた。

いつのまにか隻眼の青年がその場にいた。皐韓升はその男に見覚えがあるような気がして――あっと声を上げた。前に牢城《ろうじょう》に居座ってタダ飯を食い続けていた男だ。

旺季はすぐさま訊いた。

「――迅!! 報告は!!」

「鹿鳴山の兵を引かせてください。今すぐに。縹家が朝廷への全面協力を表明しました」

「――でかした!!」

そのとき、鹿鳴山の麓《ふもと》から火箭《ひや》があがった。

その場で火箭の意味するものを知るのは旺季と迅だけだった。旺季が劉志美に夜明けまでは待てと念押ししていたことは、迅すら知らない。まだ夜明けはきていない。

火箭の数は、三つ。中止ではなかった。――進軍合図。早すぎる。

鹿鳴山に一斉に灯がともった。鬨《とき》の声が、地鳴りのように響く。

「迅!!」

「いや、この距離じゃ間に合いませんわ。ていうか旺季様あの火箭――」

「このバカが! 最近の若者はあきらめが早すぎる!! 四の五の言わずこい!!」

旺季は自分の愛馬へと走った。

「待ってくださいってば旺季様!!　殿！」

「黙ってついてこい！」

うおおおお、と叫びながら旺季は猛然と馬で爆走する。隣山まで。

（……殿……窮屈な王都を出て、めちゃめちゃ元気になってるような……）

ちょっとくたびれたオッサンだったのが、すげーオッサンになっている、と迅は思った。大自然すげぇ。

（葵皇毅様が見たら、旺季様の健康のために荒野のど真ん中に即刻離宮をぶち建てましょう、とか言い出しかねない）

旺季の馬さばきは比類がない。付き従う迅の耳が風でぶち切れそうな速さだ。後ろを見れば、離されてはいるものの皐韓升がついてきていた。旺季に付き合ったせいで、短期間で劇的に腕が上がったらしい。茈静蘭はいない。

途中で、紅州州牧劉志美が合流した。少数ながら州兵を引き連れていた。

迅は志美に馬足をあわせ、併走させた。志美に顔を向ける。

「あの火箭、予定時間より前にあがったようですが、あなたの命令ですか？」

「……。そーよ」

「フーン……。理由は？」

「うふ。アナタ、物憂げな陰があって、いい男っぷりねェ。ほれぼれしちゃうわァ」

「……言いたかないならそう言ってください。……ん？」

日の出はまだだが、周辺をはっきり見渡せるほど空が明るくなっていた。鹿鳴山でいっせいにともった無数の松明《たいまつ》はまだ揺れ動いている。蝗害《こうがい》のせいで名峰鹿鳴山もハゲ山だが、岩場や断崖《だんがい》絶壁で見通しが悪く状況がわからない。交戦しているような音は聞こえないが、松明の火は入り乱れ、遠目からでも各所で火花のようについたり消えたりしていた。その明かりに変化が現れた。

「……なんだ？　火の数が……増えた？」

「……それに動きも妙だね。……ん？　んん？　山をいっせいに下りてくる。まずい、襲撃に失敗して縹家の返り討ちにあったか!?　一人でも多く救助してやらんと——」

「いや、そういう蜘蛛《くも》の子を散らすような火の動きじゃない。一糸乱れぬ下山になってる」

先を行く旺季が馬足をゆるめた。迅がそれにつづく。志美も、皐韓升も旺季に追いついたところで速度を落とした。

旺季は一点に注意を向けている。

鹿鳴山の方角から土埃《つちぼこり》がうっすらあがっていた。誰かがこっちにやってくるらしかったが、州兵のようには見えない。

そのとき、辺り一帯の山から笛に似た不思議な音が響いた。山彦が山と山とで呼び合うかの如く、山から山へ、不思議な音が鳴り渡る。

山々からいっせいに鳥の群れがわき立った。

朝まだきの空を覆うように数千羽の鳥が次々と飛んでいく。

州都梧桐の方角へ。

皐武官がぽかんと口を開け、見たこともないような鳥の大群を見上げた。

「なっ、なんですか、あれ、鳥!?　なんでこんなに――しかも種類バラバラですけど!?」

風を切って、大小の鳥たちの影が、いくつもいくつも飛行していく。志美も呆気《あっけ》にとられた。

「大型猛禽類《もうきんるい》までまじってる……。ばかな。こんなにめちゃめちゃに群れるわけがない！」

旺季は矢のように上空を飛んでいく鳥の群れを見あげて、呟いた。

「縹家の〝鳥使い〟だ」

「へっ？　〝鳥使い〟？」

「蝗害用に特別に調教された〝鳥使い〟だ。飛蝗《バッタ》の群飛をどこまでも追跡し、片っ端から群れを食い尽くす。夜になれば梟《ふくろう》をはじめ夜行猛禽類が出ばる。とりわけ大型猛禽類はできたばかりの小さな群飛なら、残らず消失させられるほどの力だ」

志美の目がくっと見開かれた。

「じゃあ――それじゃあ、あの縹本家が、動いた!?　そんな、まさか」

「……ほら、きたぞ。……うるさい娘が筆頭だ。まさかあの顔をここで見るとは」

鹿鳴山からこっちへ向かってくる謎の一団は、何かをはためかせ、叫んでいる。少女の声が切れ切れに聞こえる。

「攻撃しないでくださァい！　話せばわかりますっっ！　止まってぇえくだせぇえ!!」

止まってぇえくだせぇえって。

皐武官はその聞き慣れた声にえっと思い、目をこらした。

「……んん？　あは、あはははは!!　みんなすごい白旗振りまくりですよ!!」

一団は手に手に白旗を振り回しながら、猛然とこっちに駆けてくる。一頭の馬に二、三人乗って決死の形相で白旗を上げている。軍出身の旺季、迅、志美はがくっと肩を落とした。ものすごく気の抜ける異様な光景だった。

「……お嬢ちゃん……さすがだな……俺、じじいに死んでも白旗だけは振るなって教えられてきたから、それは真似できねーわ……」

「あんな堂々とした白旗の使い方って、あるのねぇ。斬新《ざんしん》だわー……」

「……いや、あれ、私の目の錯覚でなければフンドシも入ってはいまいか？　物干し竿《ざお》ごと振ってるぞ……」

「あははは！　ほ、本当だ。秀麗さんのことだから、面倒くさいから物干し竿ごと振りまくれ!!　って尻蹴《しりけ》っ飛ばしたんじゃないですかね。あっははは!!」

白旗大暴走族がツボに入ったのか、皐韓升は秀麗がそこにいるという事実に驚くよりも、腹を抱えて笑いまくった。

志美は伴ってきた手勢を止め、ひとまず警戒を解かせた。それを見てとったのか、秀麗の馬の手綱をとっていた男が、手を振って停止の合図をした。

紅秀麗を乗せた馬のみ、旺季たちのもとへ向かってくる。旺季は少女の顔を確認した。

——紅秀麗。

少女も、旺季に気がついた。

旺季の藤色の戦装束に、ハッと息をのんだようにも思われた。

娘が鞍《くら》からぶきっちょに、ボテンと降りる。旺季にじっと目を向けたまま。

今はもう、こんな風に旺季と真向かう者は少ない。若さゆえの無鉄砲を差し引いても。

人生を駆け抜ける女の目だな、と旺季は思った。〝黒狼〟だった旺季の姉と、娘の飛燕も、同じ眼差《まなざ》しをもっていた。

旺季も馬を降りた。

互いに歩み寄る。

上空では絶え間なく鳥が滑空し、地面に鳥の影が斑《まだら》に落ちていく。白っぽい朝の冷たい風が吹き抜け、双方の衣《きぬ》の裾《すそ》を舞いあげる。

秀麗は手を組み合わせた。略式の立礼だった。頭《こうべ》はたれず、旺季に見参《げんざん》した。旺季はそれを不敬には思わなかった。

「……お初にお目にかかります。御史台所属監察御史、紅秀麗と申します。後ろにいるのは裏行《りこう》の浪燕青です。——旺季将軍と、お見受けします」

鹿鳴山から下山してきた兵らが白旗の一団にぞくぞくと合流する。志美がひそませていた州兵と見えた。それらもめいめいおとなしく馬を止める。紅秀麗の後方で。

「ああ、そうだ。こうして会うのは初めてだな、紅御史」

旺季は答えた。

「挨拶《あいさつ》は不要だ。──紅御史、現状報告を」

折しも、州都の方面からも旺季が王都から率いてきた将兵らが到着した。旺季の長い不在を心配して探しにきたらしかった。図らずも旺季と秀麗を真ん中に、軍が向かい合う形になった。

「縹家が蝗害における朝廷への全面協力を確約しました。縹家系全社寺で、医薬、食糧、駆除法、防除の知識、南栴檀《ミナミセンダン》にいたるまで、大巫女《みこ》縹瑠花の名において、即時開放が発令されました。特に食糧は備蓄の百年分を開放するとのこと」

旺季は確認した。

「百年、と言ったな」

「はい。百年分です。すでに江青寺から、もてるだけの南栴檀と当座の食糧を運ばせています。ご確認ください」

言われてみれば州兵らは各自何らかの荷を積んでいた。後方の兵らは物資を積んだ荷車を引っぱっている。中に箱型の荷馬車もあった。おそらく総南栴檀でつくったものだろう。旗を掲げている。縹家直紋〝月下彩雲《げっかさいうん》〟が描かれ、月の印は大巫女の麾下《きか》であることを示す――月蝕金環《げっしょくきんかん》。

縹家を動かした証《あかし》の紋章だった。

旺季は秀麗に視線を戻した後、劉志美に声をかけた。

「――聞こえたか、劉州牧」

志美は馬上で目頭を押さえて、うめいた。

――医薬、駆除法、知識、南栴檀、そして備蓄食糧百年分。喉《のど》から手がでるほど欲しかったものだ。

「……聞こえました」

「これで、井戸の底に隠していたものを、出せるか？」

「……いたしましょう。涸《か》れ井戸等で確保していた物資をひきあげさせます。蝗害に目途《めど》がつき次第、即刻各州の使者の要請に応じ、食糧物資の移送を許可します。禁輸も解除させます」

旺季は「うん」と応じた。ねぎらいの言葉のかわりに。

「紅御史と共にきた一隊は速やかに積荷を梧桐へ運びこむように。梧桐からきた兵はこのまま江青寺へ向かい、僧らの指示に従え」

兵たちはそれに従った。

燕青は秀麗だけに聞こえるようにボソッと呟《つぶや》いた。

「……さすがだなー。あれが旺季か。見事に自分の手柄にひっくり返しちまったぜ」

「そうね。さすがね。でもあの方の手柄でもあるわ」

秀麗は旺季の後ろに控える迅に目をやった。迅は秀麗の視線に気づき、隻眼で微笑み返してきた。彼はもう旺季の配下であることを隠さなかった。

蹄《ひづめ》の音が消えた後には、秀麗と燕青、旺季と劉志美、そして迅と皐韓升の面々が残った。

旺季は秀麗に問いかけた。

「この鳥の群れは、縹家の〝鳥使い〟だな？　蝗害《こうがい》用の」

「はい。鹿鳴山江青寺の〝鳥使い〟に出してもらいました。今頃紅州全域で〝鳥使い〟たちが〝鳥〟を放っているはずです。幼虫や卵も餌《え》にしてくれるのでかなりの群飛の縮小及び消失が期待できると思います」

旺季は腕を組んだ。端的に聞いた。

「瑠花を、引きずり出したか」

「はい」

「瑠花の条件は」

「ありません」

——無条件。

旺季は初めて驚いた。それは、予期していなかった。

瑠花も老いたか。そう思い、いや、と思い直した。……老いただけなら、見返りを求めていたはずだ。

無条件での全面救済。それは、かつての瑠花の姿だった。

（――この娘か）

瑠花を変えた――いや、昔の瑠花に戻したのは。

己の〝風の道〟を駆け抜けようとする者を瑠花は好んだ。

「……瑠花に、全面協力を言わせるとはな。手土産は他にもあるような顔だな？」

「はい、仙洞令君にお力添えをいただき、見つけました。蝗害の鎮圧法です」

リオウの関与にも、旺季は動じなかった。

彼は政治家だった。どこまでも。ひと言、そうか、と、淡々と呟いた。

「ただ、確実なものではないそうです。詳しいことは、江青寺で話してくださるそうです」

「わかった。行こう。ところで、どうやって衝突を回避させた？　一触即発だったはずだ。お前の顔も、浪燕青の顔も、州軍が知ってるはずもない。説得する時間もなかったはずだが」

すると、燕青が吹き出した。秀麗はしぶしぶ答える。

「……白旗上げただけです」

「なんだと？」

「説得は無理そうだったので、道寺《てら》中の白い布をかき集めて、一斉に上げさせたんです」

今しがたの白旗大暴走族と同じことを江青寺にさせたらしい。確かに突入しようとした矢先に一斉にばたばた白旗が振られたら、出端《でばな》をくじかれて動揺するに違いない。

「そうそう。姫さん干してたふんどしまで強奪してさ。ついには白仙像《はくせん》に巻き付いてた二十畳くらいの超でかい白い布までひっぺがしてさー。坊さんたち次々卒倒してたもんなー」

「ええっっ!? それ、紅州八大秘宝の一つなのよぉ!? そら卒倒するわー……」

志美は思わずオネエ言葉になってしまった。

じろりと、旺季が秀麗を睨《にら》みつけた。

「……紅御史」

「……はい……すみません……万一傷つけてたら、そのぶん減俸してください……」

「ばかめ。ざっと三百年分足りんわ」

「ええー!! 向こう三百年無給ですか！」

「――行くぞ」

旺季は馬を呼びよせた。鞍にまたがると、秀麗を見下ろした。紅秀麗は口を引き結び、何か言いたげな顔でそこに留《とど》まっている。

「……帰ってくることを、選んだのか」

旺季はつづけた。

「その体で」

秀麗はハッとなった。少し青ざめた顔で、はっきりと答えた。

「――はい」

「そうか」と旺季は言った。

最後の最後まで、王の官吏であることを紅秀麗は選んだのだ。

「それが、お前の答えか」

『どこにいたって絶対帰ってきますよ』

志美は燕青の言葉を思い出していた。帰ってきた。しかもすべてをひっさげて。

──あれが、紅秀麗。

江青寺へ先導する紅秀麗の姿は、浪燕青の体に隠れ、志美からは揺れる足くらいしか見えない。

「……正直、驚いたな。いろいろ。それにちゃんとわかっててやってるのかい、あれ」

併走して馬を走らせていた迅が聞き留め、にやっと笑った。

「わかっててやってるんだよ。半年とはいえ、御史台でも一、二を争う性格極悪な上司と同僚に揉《も》まれに揉まれてたからな。一番甘かったそこら辺の手柄争いはばりばり鍛えられてる。殿に全部の手柄をかっさらわれないよう言葉を選んでた。あれで縹家の全面協力をとりつけた手柄は、お嬢ちゃんの手柄になった。もっとも殿もすかさず自分の手柄っぽくもってったけど」

「王様のためにか。必死なのねぇ。……で、秀麗ちゃんは知ってるの？　アナタのこと」

「なにを？」

「アナタの正体よ。――御史でしょ。それも多分監察御史より上位の侍御史《じぎょし》。死刑囚の刺青《いれずみ》してるなら、誰も御史なんて思わないもの。内偵もうってつけ。権限は監察御史とは段違いに強い。単独で超法規的措置が可能。蝗害の知識もあるし、国家機密にも精通してる。加えて縹家の大巫女《みこ》と取引できる高官位。縹家に送りこまれた『本丸』はあなたでしょ。御史大夫スッ飛ばして、多分旺季殿と悠舜の二人から直《チョク》に呼び出しくらって、葵皇毅にも内緒の勅命。違う？」

そばで小耳にはさんでしまった皐韓升が、「え!?」と叫んだ。この隻眼の男が、侍御史!?

迅は笑ったまま、答えなかった。だが否定もしなかった。

「いいわけ？　秀麗ちゃんに手柄丸ごと譲っちゃって。アナタ、『殿』側の忠実な御史でしょ」

「……たとえそうだとしても、お嬢ちゃんが縹家でそれだけのことをしたのは確かだ。それに、俺はお嬢ちゃんには弱いんだ。惚《ほ》れた女に似てるから。職場の可愛い後輩だし」

「まあアタシも好きなヒトには弱いけどぉ。似てるだけの別人には別に弱かないわ。それに御史台に先輩後輩なんてカワイイもんないっしょ。お互い正体明かさない上、手柄争いしまくりで嘘だらけ、情報隠して出し抜く陰険野郎どもの巣窟《そうくつ》ってきいてるわぁ。ヤダーサイテー」

「……だってそれが仕事なんだよ。……。……ずっと、考えてる、ことがある、からかな」

「考えてること？」

「お嬢ちゃんがな、二人目だったんだ。死刑囚の刺青している俺に、自分のとこへこいって、本気で言ってくれたのはさ」

迅が新米監察御史とはちあわせたのは牢城《ろうじょう》で内偵をしていた時だった。

職も居場所もないなら自分が雇う、と言った時、心から驚いた。

五年前、迅を闇の底から引き上げてくれた旺季を、思い出した。

『私に止めて欲しい人が、いるんですか？』

いまだに迅は、その答えが見つからない。どうしたらいいのか、ずっと考え続けている。

彼女なら、どういう答えを出すのだろう。そう思わせる何かが、紅秀麗にはあって。

つい、ぽろぽろと情報をもらしたり、助けたりしてしまった。彼女がそのこぼれた欠片《かけら》を確実に拾って、望む道を切りひらくのを見るたびに、言いようのない感情を覚える。

――彼女がゆく、その道の先を見てみたいと思う。

「だから時々、中途半端にやっちまうんだよな……」

迅は旺季の後ろ姿を見た。迅の胸が熱くなる。どんなことがあっても自分の主君は、決まっている。変わることはない。

「何言ってるかサッパリだけど、迷ってるいい男は好きだから許すわぁ」

「いいんですか……」

「僕ももうすぐ、のばしのばしにしてたコトと、向き合わなくっちゃならないからね……」

荀彧の顔を思い浮かべ、志美は目を伏せた。

＊　＊　＊

鹿鳴山江青寺で、秀麗と旺季たちは大社寺系列の首座『翁《おきな》』と対面した。

ついでに再び秀麗と出くわすことになった坊さんたちは震え上がり、絶対『お宝』がある堂や院には入れるなと腕をがっちり組んで通せんぼしたので、通された院はかなり質素で寒々しく、芸術的に屋根が傾いていた。隙間風がびゅうびゅう吹き、床板も抜け落ち、簡潔にいえば単なる廃墟《はいきょ》だった。とても宰相位に比する旺季と、紅州を預かる州牧、御史たちを通すような室《へや》ではなかった。

「うお⁉」

「うわっ、殿、大丈夫ですか」

そのオンボロぶりたるや、うっかり旺季がボロい床板を踏み抜き、一気に腰までズボンと落ちたくらいだ。いっそ嫌がらせではないかと疑いたくなる。

「……ぷぷ……すまんな紅御史。肝っ玉の小さい道寺《てら》で……」

翁は髭《ひげ》の長い小柄な老師だった。顔をしわくちゃにさせ、笑いをこらえようとしていたが、かなり失敗していた。頬がリスのごとくふくらんで真っ赤だ。

顔ぶれとオンボロ院との奇天烈《キテレツ》な落差が翁のツボに入ったらしく、院に入ってきた時からこの顔だった。

「ぷぷぷ……ふぁははは」

旺季が板を踏み抜いたのを目撃し、ついに遠慮なく床を叩《たた》いて大笑いし始めた。このじじぃ。その場の誰もが、つやつやのハゲ頭をハリセンでしばきたい衝動にかられた。旺季さえもだ。

「……ふぁふぁふぁ、じゃないんですよ翁！　笑ってないで!!　ちゃんと話してくださいよ！　ていうか椅子もないんですかここ！」

「贅沢《ぜいたく》禁止じゃ」

「せめてお座布団!!」

「おお、確かに大笑いさしてもらったから、座布団やろう。三枚ぶんくらいの笑いじゃったの。よぉし、おぅい、座布団さんま〜い」

漫才じゃないし。しかも枚数全然足りないし。迅がボソッと旺季に呟《つぶや》いた。

「……殿、もっかい落ちたら、あと三枚もらえるかも」

「……もういやだ。お前がやれ」

「いや、俺はそういう体張って笑いをとる性分じゃないっていいますか」

「私だってそうだ！」

本当に座布団三枚しかこなかった。しかもペラい煎餅《せんべい》座布団。旺季も劉志美も秀麗も黙って紙みたいなペラペラ座布団を凝視した。文句は言わなかった。ないよりマシだ。多分。

しかし秀麗がケチって煎餅を焼いたって、これより厚く焼くに違いない。座布団は旺季と劉志美、そして秀麗にわりあててもらい、あとの迅と燕青、皐韓升は立ちっぱなしで聞くことになった。

旺季は消えかけた威厳を精一杯かきあつめようと、咳《せき》払いをしてみた。

「翁、蝗害《こうがい》の鎮圧法があると聞いた。季節風が吹く前に、完全鎮圧は可能なのか」

秀麗は訊《き》き返した。

「季節風？」

「そうだ、秋の終わりを告げる紅風と呼ばれる木枯らしだ。紅州から紫州に向かって数日間に亘《わた》って強い風が吹き荒れる。……飛蝗《バッタ》と一緒にな」

秀麗はすぐさま起こる事態をのみこみゾッとした。

真っ白い眉《まゆ》の奥の、翁の目が細められた。

「この紅州で、食い止めたいとおっしゃりますか」

「そうだ。わかっているだろう、翁。そうしないと来年大蝗害になる。まだ紫州に流れこむ群飛は少ない。――ここで、終わりにする」

「あと何日で紅風が吹くのか、知っていておっしゃるか？」

「例年からすれば、七日前後と見ている」

「さすがよく存じておりますな。だが今年の予測は違う。私どもは三日後と見ております」

志美はサッと色を変えた。「早すぎる」それは紅州府の仙洞官の予測より数日早かった。

旺季は翁を見返した。

「……一斉鎮圧ができる、と聞いたが？」

「確実ではない、とも聞いているはずです」

「教えていただこうか」

「……蝗害の人為的鎮圧は不可能とされております。発生したら自然終息を待つしかない。南栴檀《ミナミセンダン》での人海戦術も、被害を最小限に抑えることはできますが、それだけ、とも言えます。ですが数百年の縹家の観測から、ごくまれに、一気に蝗害が終息することがあることは知られておりました。何十万匹もの飛蝗が一夜で奇怪な全滅を遂げることがある」

「他の農作物や動物に被害は？」

「ありません。死ぬのは黒い飛蝗のみ。次の年に蝗害が再発生することもありません。しかし原因がわかりませんでした。気候なのか、風土なのか、毒物なのか。終息状況がバラバラだったため、自然偶発的な要素が重なって稀《まれ》に起こることだと長らく思われておりましたが……」

「……疫病か。しかも変色飛蝗だけがかかる疫病」

「そうです。それがわかったのはここ十数年のことです。研究は続けておりましたが、人為的に飛蝗に伝染を広めることは、……今でもほとんど成功してません。どうしても感染がうまくいかないのです」

旺季は注意深くたずねた。

「……ほとんど、と言ったな？」

「伝染が一気に広がるためには、ある特定の気象条件が必要なのです。例年より長い降雨、高温多湿、霧の多い日。こういう条件がそろわなければ、広範囲に伝染させることは難しいのです」

志美は唇をかんだ。

「……霧か。紅山《こうざん》の大渓谷なら年がら年中霧が発生してるけれど……。紅州は夏の終わりから秋の初めは高温多湿だけど、これからどんどん乾燥して、雨なんかほとんど降らなくなってくる」

「――いや、紅風の吹く前兆に、何日か霧がたちこめたはずだ。気温もややあがる」

秀麗は啞然《あぜん》とした。他州の気候にここまで精通している大官はそういないはずだ。

「……確かに、それが紅風の前兆ではあります。ですが、おわかりになっているはず。必ず、というわけではないこと。それに……霧はこの半月ですでに数日発生してます。それが前触れだったかもしれません。今年はこれ以上霧がでるとは限りません。風と気候、気温から、飛蝗《バッタ》の動向はかなり正確に予測できます。紅風がくるまで、〝鳥〟と人海戦術で群飛を減らすのに尽力したほうが――」

「――翁、はっきり言ってくれ。三日間で霧が発生する可能性は？」

長い長い沈黙が降りた。翁はしきりに髭に手をやった。答えるのを迷っているようだった。

「……例年の観測結果だけを信じれば、ほぼゼロです。……ですが、長年紅州で生きてきた私の勘では、あともう一日、濃い霧と雨が発生する気がしてならない……」

「……もし、そうなったら？」

「罹病《りびょう》させた変色飛蝗を放ちます。各所で数匹放てば、一気に疫病が広がるはずです。ですがこれは理論上です。この数十年、蝗害は起こってない。実際試したことは一度もないのです」

もし霧が発生しても、結果はやってみなければわからない、ということだった。

「わかった。翁、いつでも放てるように全社寺で準備しておいてくれ」

翁が、髭にさわっていた手を、止めた。

「……旺季将軍」

「霧を待つ」

「……あなたは、言いませんな。術者を使って、どうにかできんのかと」

ぴく、と秀麗と志美が反応した。ともにそれをきこうと思っていたので。

「できたとしても、術者が死ぬ。妖怪《ようかい》退治やお祓《はら》いとはわけが違う。気候を動かすのは純血に近い最高位の術者にしかできないはずだ。朝廷の犯した失態の尻《しり》ぬぐいで、死んでくれとは言えん。それに、今、それができるほどの術者が羽家にいるとは思えん」

秀麗は目を丸くした。

「羽家って……仙洞令尹羽羽様ですか？」

「そうだ。縹門羽家は特に風系統の術式にすぐれている。術者を要請するとしたら羽家になろう。今現在、羽家の最高位術者は羽羽殿のはずだ。違うか、翁《おきな》・羽章《うしょう》」

「……そうです。兄の羽羽以外、一族に最高位は与えられませんでした。私も無能です。それに私は実際、兄が異能を使うところを見たこともないので、どれくらいだかは――」

「そんなのはどうでもいい。羽羽殿に頼むことはできん。いいか、翁、このことは決して兄には知らせるな。知らせたら無理をおしてやりかねん。自然発生の霧を待つ。発生してもしなくても人海戦術で飛蝗は減らす。いつまでも術者や巫女《みこ》を人柱にするやり方は、私は大嫌いだ」

秀麗はハッとする。藍州九彩江に行く途中、川の難所で、舟から人形《ひとがた》の饅頭《まんじゅう》を流す風習を見た。数十年前、ある監察御史が人柱など馬鹿馬鹿しいと、食べかけの饅頭を放り投げたのが始まりだという。あとでその監察御史は、旺季だと藍州州牧の姜文仲が教えてくれた。本当に、旺季だったのだと、実感する。そして今も――。

「……変わってねぇんだなー」

燕青も同じことを思ったらしかった。ぽつりとそう囁《ささや》いた。

「江青寺は各郡府及び御史と連携し、各地の群飛の消滅と被害軽減への協力を頼む。官民一体で蝗害の終息にのぞむ。朝廷や州府にできることがあれば遠慮なく言ってくれ。翁、縹家の申し出の数々に心から感謝する」

翁の顔がほんの少し、ゆるんだ。

「……あなたのお孫さんのリオウ殿が、紅御史と一緒に頑張りましてな。あなたや飛燕姫そっくりだ。血は、争えませんな」

「……役に立ったのなら、結構」

旺季は素っ気なく、そう返した。


「……さて、紅御史、お前はどうする」

ぼろい院を出ると、旺季は秀麗に訊《たず》ねた。

「……よろしければ、別行動をとっても、構いませんか」

「行きたいところがあるのか」

「はい」

「構わん。縹家が出てきたなら、人手は足りている。ではここで別れることになるな」

「――旺季将軍」

秀麗はとっさに呼びとめていた。

旺季が貴族的な物腰で目を向けてくる。藤色の戦装束がよく似合う。王の色だ。

旺季の黒瞳《こくとう》の底は深く、秀麗にはまだはかりしれない。

会ったのはたった半日。どっしりとした大樹を思わせた。多少の嵐ではびくともしない。天才肌ではなく、一途に堅固な土台に積み重ねてきたものが、いま揺るぎなく旺季を旺季たらしめている。そんな気がした。枝葉の一つ一つはおそらく全部白いわけではない。なのに彼を否定できるものが秀麗には見つからないのだった。

葵長官と似ていて、さらに硬質で揺るぎなく、見据えるその先への、強靭《きょうじん》な意志に満ちていた。

それは今の劉輝にはない。

だしぬけに、それが臣下の目ではありえないことに、秀麗は気付いた。彼は劉輝のために蝗害《こうがい》の終息を望んでいるわけではない。秀麗は劉輝が王でなかったら、今この紅州にくることもなかったはずだ。だが旺季は劉輝がどうあれ、紅州《ここ》にきていたのだろうと思える。旺季の主《あるじ》は旺季だけであり、他には存在しないのだ。

過ぎたものを望むことを野心というのなら、旺季の望みは果たして野心と呼べるのだろうか。彼はただ階《きざはし》を一つ一つあがり、今、そこにあるものに手をかけているだけのように見えた。

（劉輝）

今の秀麗は旺季を否定できない。

スッと、秀麗は頭《こうべ》をたれ、もっとも高貴な身分の者へ対する礼をした。

「紅州は、私の父の故郷です。助けにきてくださって、ありがとうございました」

深々とお辞儀をし、心からの礼を告げた。

旺季がどんな顔をしていたのかは、わからない。頭の上に旺季の声が落ちてきた。

「縹家から帰ってきたのなら、最後まで官吏であることを選んだのだろう」

「…………」

「ならばお前の本質は『官吏』だ。お前の願いは何があっても変わらない。民に尽くす官吏であること。ゆえにお前は紫劉輝が王であろうがなかろうが、実のところは関係ない。紫劉輝のために生きるのではなく、官吏として生きることがお前の誇りであり、願いだからだ。お前の『主君』はお前自身であり、紫劉輝ではない」

　秀麗の顔が硬くなった。そして——いいえとは、言えなかった。

「……たまに、そういう官吏が出る。明君でも暗君でも、変わらずに自らを貫き通す。王を選ばない。仕えるのは特定の誰かではなく、この国と民のみ。……だがお前は紫劉輝という一人の男にだけ唯々諾々と左右されてきた。自分の意志をあっさり放棄する。どんな横暴にも黙って耐える。お前は紫劉輝の前でだけ、頭のカラッポなバカな女になりさがる。私は、そういう官吏は信じない。道化のように男に利用されるがままの安い女も官吏も、必要ない」

　秀麗は言い返せなかった。それは縹家で迅に言われたことと、多分同じことなのだ。だが迅よりも辛辣《しんらつ》で容赦がなかった。葵皇毅のような皮肉がないぶん、余計に。

　旺季は身をひるがえした。

「……だが、この半日のお前は、違った。いい働きをした。官吏の顔になった。せめて最後の時まで、その顔でいろ」

「……旺季将軍って、いっつもあんな感じなのよねぇ。あんまりしゃべらないのに、口を開けば率直で容赦なくて、ああいう言い方しかできなくってねぇ。でも正しいの」

志美はうつむきっぱなしの秀麗に声をかけた。

「それで、滅多に人を認めるようなことは言わない。……ああいうの、珍しいよ」

秀麗はやっと顔を上げ、志美のほうに向き直った。

「初めまして、紅御史。ようやく挨拶《あいさつ》する暇ができたね。僕が紅州州牧、劉志美だ。僕に会いにくる途中で消えたっていうから、ちょっとは心配してたんだよ」

志美は改めて名乗った。

『どこにいたって絶対帰ってきますよ。こんな状態の国を放っておける上司じゃねーもん』

志美は正直、陸清雅のような官吏かと思っていた。けれども全然違った。

まじりっけなしにそれだけの理由で帰ってきたように思えた。

ならば、志美が礼を言う相手は彼女だった。

「君が縹家を引きずり出してくれたのなら、君が旺季殿に感謝したように、僕は君に感謝する。特に、江青寺への急襲を間一髪で止めてくれたことは、感謝してもしきれない。ありがとう」

志美は正式な立礼をとった。ずっと年下で、官位も低い秀麗へ。秀麗は戸惑いつつも答礼した。

「……いいえ。あの、あの奇襲のことなんですが……あれは——」

志美の顔から、笑みが消えた。

「——わかってる。僕が何をするべきかはね。もう少し待ってくれ。……すべてが終わったら、片をつける。信じてくれとは言わないが」

秀麗は黙って頷《うなず》いた。志美がその場をあとにするのに従い、迅と皐韓升も、秀麗と別れた。迅は皐韓升をチラリと見た。

「……お嬢ちゃんに、茈静蘭がきていること、言わなかったな？」

「……言うべきことではないと判断しました。はっきり言うと、今の静蘭さんは、秀麗さんと会う資格はない。頭冷やしたほうがいい」

「ま、そうだな」と呟《つぶや》くと、迅は秀麗と浪燕青へ大きく一つ、手を振った。

燕青が秀麗のかわりに迅に手を振り返した。

「葵長官ぽいなー、あの旺季っておっちゃん。リオウのじいちゃんてのも頷けるなー」

「……燕青も、あんなふうに思ってた？」

「まあ、思ってた。ほんとは姫さんも薄々、自覚してたろ？」

燕青も燕青で容赦ない。秀麗は小さく睨《にら》んだ。

「……なんで燕青はそんな頭カラッポな私に付き合ってやるって、言ってくれたの？」

「全部ひっくるめて姫さんだからさ。俺は弱点が何もない姫さんが好きなわけじゃねぇの。弱点も甘さもあって、情も捨てられなくて、間違いも山ほどして、そういったのそっくり両腕に抱えながら、いろんなもん道の途中で拾って、えんやこら上にのぼれる道をさがそうとする。そんな姫さんだから、俺も付き合ってやろうと思ったんだよ。清雅みてぇになってほしいわけじゃねーの」

燕青はにっと笑った。

「言ったろ。俺は静蘭じゃねぇって。イヤになったら俺はとっとと傍から離れちまうぞって。でもまだちゃんといるだろ。自信もてって。まだ頑張るんだろ？　ほら、笑え」

「……笑ってられる状況じゃないもん……」

「じゃあなおさら笑っとけ。しょげた顔してると、いろんなもんの成功率が下がるぞ。食い逃げとか、食い逃げとか、食い逃げとかの」

「全部食い逃げじゃないの!!」

秀麗は笑った。笑うと、肩の力が抜けた。

燕青の言葉が体に水のようにしみこんで、指の先までとけていった。

そう、弱点のない人間になりたいわけじゃないのだと、思った。

弱点を抱えたまま、秀麗は歩いていきたい。行けるところまで。

（……劉輝、あんたも）

今の劉輝も、秀麗と同じ気持ちでいるのだろうか。弱点だらけ。間違いだらけ。それでも弱点のない劉輝になってほしいとは、秀麗は思わなかった。そのままでいいとは言わないけれど、劉輝のまま、全部抱えて、歩いていってほしかった。秀麗の好きな劉輝のまま。だって秀麗は知っている。旺季は誰が王でも構わないはずだと言ったけれど、それは少しだけ違う。劉輝が王でなければ、秀麗は官吏になれなかった。無理矢理だったとしても、旺季なら絶対に踏み越えなかった一線を、劉輝は確かに越えたのだ。そして女が官吏になってはいけない理由を、秀麗はまだ見つけていない。

まだ未完成の劉輝の可能性が、秀麗という兆《きざ》しになっているのだと、信じたかった。今までのつづきとは違う世界。

旺季ではなく、劉輝のつくる未来を、秀麗は見てみたかった。

貴陽の方角を振り仰いだ。

（……私の、時間は、もうないけれど）

もう少しだけ、頑張れる。最後の最後まで。

「で、姫さんはどこへ行きたいんだ？　姫さんなら蝗害《こうがい》の終息に奔走すんのかと思ったぜ」

「蝗害の陣頭指揮は旺季様と州牧がとるわ。疫病の準備は縹門社寺でできるし。私と燕青がちょろちょろしてても、せいぜい煮汁かき回したり、バッタの袋詰めくらいしかできないわよ」

「霧も起こせねぇしなぁ」

「でしょ。だから、今のうちに別件を調べておきたいの。時間は無駄にしたくないしね」

秀麗は無意識にその言葉を口にしていた。時間を無駄にしたくない。

燕青の顔色が変わったのに気づかず、秀麗は続けた。

「まずは燕青がやってた鉄炭の行方の調査。短時間でどこまでできるかわからないけど、あの煩悩寺とかいうふざけた道寺《てら》に燕青が目を付けたなら、理由があるんでしょ？」

燕青は悲しみを包み隠した。

「まあな。けど縹家の話を聞いたら、当たりの確率は半分くらいに減ったかも……骨折り損になるかもよ？」

「半分残ってるなら御の字じゃない。で、別にね、気になってることがあって――」

燕青があさっての方向を見ながら、指差した。

「……もーしかしてさー、姫さんの『気になってること』って、アレ？」

「へ？　アレ？」

「煩悩寺に落っこちてきたときからさ、ずーっとくっついてくるヤツがいるんだよなぁ」

秀麗は嫌な予感がして、おそるおそる指の先に目をやった。

やわらかな巻き毛。長身。朝日に反射したものか、男の手で何かがきらめいていた。指輪らしかった。

顔は――顔は、わからなかった。その男は、顔を隠すように面をつけていた。狐の面を。

「あの狐の面、見覚えあるよなー姫さん。兵部《へいぶ》侍郎ん時に、見たのと同じやつ」

秀麗は唾《つば》を飲みこんだ。不気味な狐の面をし、うんともすんとも言わない。逃げもせず、何の意思もない風情で、まるで影か幽霊のようにそこにぼうと立っている。

ちらっと鉄炭の件が未練がましく頭の隅によぎる。とはいえ鉄炭は自分でウロウロ歩き回って人殺しを目論《もくろ》んだりはしない。秀麗は優先順位を入れ替えた。

「——そう、アレよ、燕青。鉄炭の行方より先に、あいつの確保に動いてちょうだい」

その声が聞こえたように、狐面の男はひらりと身をひるがえした。

＊　＊　＊

「……さーて、そろそろ狐狩りかな？　狐クンはちゃんと逃げ切ってくれるかなー」

晏樹は葡萄《ぶどう》の房を手に、露台に出た。日没の空に異様な赤い妖星《ようせい》が尾を引いている。晏樹は薄く笑って、葡萄を一粒かじった。

紅州ではまだ見えないだろうが、貴陽ではもう肉眼で見える。仙洞省にも赤い妖星の占を求める声が殺到しているようだが、一貫して沈黙し続けている。まあ言えるわけがない。

「……ふふ、『多く玉座の交代を示す』、なんてねぇ。言っちゃえばいいのに」

実のところ多少なりとも天文と占星をかじった者ならたいがい知っている。すでに下級役人にまで噂は広まっていて、仙洞省が沈黙を守る意味はもはやほとんどない。

露台に何かが飛び込んできた。黒いバッタだった。晏樹は踏みつぶした。風で流れてくるくらい、蝗害はひたひたと貴陽にせまっている。見つけ次第殺すよう布令《ふれ》が出ているため、貴陽ではまだ蝗害と呼べる規模ではない。

紫州にバッタが大量に流れこんでくれると紫劉輝へのだめ押しになるが、蝗害対策を任された旺季の失策にもなる。紅州で鎮圧が成功しても、今となっては紅秀麗と手柄が折半になり、旺季の総取りとはいかなくなった。

「……もうすぐ死ぬと思って後宮入りでおさめてあげようとしたけど、死ぬ間際が一番しぶとい。皇毅と清雅が鍛え上げちゃってまあ。……さぁて、本格的に邪魔になってきたかな。紅州からもらった鉄炭を追われるとちょっと困るし。特にあの隠れ山を見つけられると後々面倒なんだよな……。指示を出し直すには遅いし……うーん、狐クンの頭と頑張りに期待するしかないかなー」

晏樹は楽しくなってきた。

「さて、お姫様は僕の目論見通り動いてくれるかな」

露台の手すりに背をもたせれば、出てきたばかりの薄暗い室内が見える。一つ灯火がついている。そのそばの長椅子に、一人の少女が座っていた。

縹家の巫女装束を着て、きちんと両手をそろえ、まるで精巧に作られた人形のように、身じろぎもしない。

「大丈夫、立香《りっか》ちゃん。君みたいなおバカさんな子でもね、使えるようにするのが偉い人の役目なんだよ。そこらへん皇毅は完全に間違ってる。ダメな人間なんて、この世にはいないんだよ。だからちゃんと使ってあげる」

にっこりと晏樹は笑った。蜂蜜《はちみつ》のように甘く凶悪で、昏《くら》い無邪気さが滲《にじ》む。晏樹を知る女たちが口をそろえて、悪い男と知っていてもひかされる、と呟《つぶや》く顔。

長椅子の隅に座ったままの立香は、微動だにしなかった。

瞬《まじろ》きさえ、しなかった。不自然なほど、小揺るぎもせず。

蠟人形《ろうにんぎょう》が、熱で蠟の涙を流すように、その青ざめた頬を、一筋の涙が音もなく伝った。

第五章　ひそやかなる、霧と幻の山家《やまが》

「…………ごめん姫さん、見失った」

とっぷり日も暮れようとするころ、燕青はぼそりと呟いた。

なんのことはない、狐の男を追っかけて道寺《てら》を出たら、なんと相手は卑怯《ひきょう》にも馬に乗って逃げたのだ。馬！　馬！　と慌てて秀麗と燕青も空馬《からうま》をさがしたものの、その時間の差が痛かった。狐男はこっちをおちょくるように現れては消え、見失ってあきらめかけると再び姿を見せて秀麗たちを引き回した。

「うう、ごめんね燕青……二人乗りだから余計遅いわよね……」

「んー、でも姫さん一人にしたら、それこそ相手の思うツボだぜ。俺のいない隙に別のヤツが姫さん狙いにくるぞ。それ狙ってんだって」

秀麗は唸《うな》った。鉄炭捜索を後回しにしてでも追っかけたというのに、成果ゼロとは！

自分が囮《おとり》になるとしても、今さら見え見えで引っかかるとも思えない。

(……でも半分キョンシーなら頭の血の巡りも悪くて引っかかるかしら)

「……言っとくけど、姫さん一人にするつもりねぇからな。囮でも。絶対」

「……うっ。燕青にさえ見透かされるなら、キョンシーにも通じないわね……」

「姫さんちょっとひどくない⁉　俺にさえって。さえって何」

ぼやきながら、燕青は懐かしくなった。今ここにいるのは出会った頃の秀麗だった。ずけずけものを言い、考えながら爆走して、誰かが引き留める。官吏の秀麗と生来の秀麗が、ようやく一つに重なり合ったようだった。

「はー……わかったわよ……。じゃあ今日は野宿ね。……ここって、どこらへん？」

「……あ、なんだ、姫さんが落ちてきた煩悩寺の近くだよ。煩悩寺一〇九《マルキュー》番。このまま馬を進めれば、行けるぜ。屋根あるし、確か井戸もあったし、あそこに泊まろうぜ」

「煩悩寺？　煩悩寺まで戻ってきたってこと？　……そんな遠くまで引きずり回されたの？」

「ちょうどよかったじゃん。狐男見失っても、俺がやってた鉄炭捜索に切り替えられるし」

秀麗は眉《まゆ》をひそめた。ちょうどよすぎる話だ。

その点が引っかかったものの、燕青の言う通り煩悩寺へ行く理由はあっても行かない選択肢はない。

馬を進めると、ぽつりと道寺の影が見えてきた。すでに日は沈もうとしている。

燕青は急に馬を止めた。黙りこくっている。こういうときは、たいていろくなことがないのである。

「……な、な、なに？」

「……姫さん、いるわ。十人以上。あの煩悩寺ん中で待ち伏せしてる。どする？」

「ええー!?　なに、廃寺でたむろしてる追いはぎ集団!?」

「それにしちゃあ、静かすぎる。お宝囲んでみんなで飲めや食えやのドンチャン騒ぎしてもいなそうだし、……強すぎる。ゴロツキっぽくねぇ」

燕青が鉄炭で目を付けていた煩悩寺に今、正体不明の集団がいるというわけだった。

「狐男で私たちをおびきだして、煩悩寺で始末する気だった、てこと？」

「たぶんな」

秀麗は懊悩《おうのう》した。燕青が強いと言うからには相当だろう。しかしその集団の情報はほしい。虎穴に入らずんば虎子を得ずとはいうけれど、命あっての物種。

「先に言っておくぞ。俺一人ならともかく、姫さんが一緒だと、隠れて様子見るのは不可能だ。見つかったら姫さん守って逃げるのが精一杯かも」

「じゃあ馬で乗りこんで、中の様子を確認したらトンズラするのは？」

破れかぶれに言った。

「それなら、なんとかなる。しっかりつかまっとけよ」

言うやいなや燕青は馬の脇腹を蹴《け》って、煩悩寺へと躍りこんだ。


「ぎゃー何燕青この数!!」

「舌かむぞ」

燕青は馬を操りながら素早く周りを確認する。ざっと二十人。多くが額に布を巻きつけている。馬で乗りこんでも動じずに襲いかかってくる。操られている動きではない。日々欠かさず修練しているがゆえの冷静さと身のこなしだった。素人ではなかった。

（相当訓練されてやがる）

数人がかりとはいえ燕青の棍《こん》と互角に打ち合う。燕青に押されるや綺麗《きれい》にさがり、後衛と素早く交代して波状で囲んでくるので逃げる隙も休む間もない。額の布を狙って棍で払い落とせば、見覚えのある刺青《いれずみ》があった。――〝牢《ろう》の中の幽霊〟だった。

燕青は秀麗を庇《かば》いながら様子を見るうちに庭の奥へ追いつめられた。逃げようにも逃げる隙がない。サッサと退散しないと秀麗に危害が及ぶ。

（せめてもう一人か二人、味方がいりゃあ――）

と、庭の隅で何かが光った。

光は、暮れ落ちて暗がりに慣れた目を強烈に射貫《いぬ》き、燕青や秀麗だけでなく、兇手《きょうしゅ》たちも一瞬足止めした。

次いで、隕石《いんせき》でも落下したかのような音がした。

「うわ!!　わわわ、なんで宙に出るんだ!?　ていうか龍蓮に送られた時もこんな――」

「藍楸瑛、そこどけ――わあっ」

秀麗が数日前に落ちたまさに同じ場所から、文字通り降ってわいた二つの人影は、なんでか縹家で別れたはずの楸瑛とリオウだった。

＊　＊　＊

『俺も……帰る』

〝通路〟の方陣で、リオウはそう言った。

珠翠と瑠花は縹家での役目がある。秀麗は紅州へ向かった。今また藍楸瑛も出ていく。

自分一人だけ置き去りにされるようで、焦りが募って追い立てられるようにここへきた。

それなのに蝗害《こうがい》を止めるため紅州に行くべきか、仙洞省に戻るべきかも決められずにいた。

どこへ行きたいのか、言えずに黙りこくったリオウを前に、藍楸瑛が自身のいる〝通路〟の方陣に手招きした。

『ああ、リオウ君も一緒に帰るかい？　いいよ』

何も考えずに、リオウは方陣に入ってしまった。ハッとして、鳥肌が立った。

藍楸瑛の行き先なんか、決まっている。

――王都。

『リオウ、そちが貴陽へ戻れば、紫劉輝を退位させるための駒となろう。そちがどう思おうが、旺季に利用されると思え』

とっさに出ようとしたものの、遅かった。方陣が軌跡を描いて輝き出す。

（だめだ）

リオウは顔を歪《ゆが》めた。だめだ。だめだ。まだ、帰れない。紫劉輝に会えない。

ぐにゃりと、リオウの視界が歪んだ。方陣の外の珠翠のぎょっとしたような顔が薄れていく。縹家の濃い血を引くリオウの思考に〝通路〟が引きずられて奇妙に変形したのだけは朧気《おぼろげ》にわかった。

まずい。そう思ったけれど、無能のリオウにはどうすることもできない。異変を感じた楸瑛がリオウの腕をつかむ感触を最後に、まるで竜巻に吸い上げられた木の葉のように、〝通路〟が乱高下してめちゃくちゃにねじくれた。その中をなすすべもなく飛ばされるうち、一瞬、秀麗の姿が垣間《かいま》見《み》えた。

その瞬間、〝通路〟が繋《つな》がって、〝外〟に投げ出されたのだった。

迅速に行動したのは相手の方だった。

「――退《ひ》け。これでは相手にならん」

低い男の声が落ちた。秀麗はサッとその方角を見た。誰がしゃべったかはわからなかった。兇手たちの奥に、狐の面らしきものが見えた。

撤退は秀麗が唖然《あぜん》とするほど速やかで、またたくまに正体不明の集団は四方に散って塀の向こうにかき消えていってしまった。沓音《くつおと》も立てなかったので、彼らは夢か幻だったのではないかと思えるほどだ。松明《たいまつ》一つ、影の切れ端さえ残さずに退いていき、再び煩悩寺は静まりかえった。

楸瑛とリオウは狐につままれたような顔をしている。月がのぼったので、秀麗にもその顔がよく見えた。秀麗も同じ顔でリオウと楸瑛を見返した。

燕青は馬を下り、秀麗を抱き下ろした。

「いや、助かったよ藍将軍、姫さんつれてトンズラしたかったとこ」

ようやく秀麗も楸瑛も我に返った。

「なな、なんで二人ともこんなとこにいきなりふってわいたんですか!!　特に藍将軍!!　王都へ帰るって言ったじゃないですか」

「ええー!?　いや、そのつもりでお願いしたよ!?　なんで秀麗殿がいるの。なにここ紅州!?　ホントに!?　なんで!?」

「それを訊《き》いてるのは私ですっ！」

燕青の腹がぐうと鳴った。とりあえず腹が減った燕青は、「夕飯《メシ》にしねぇ？」と、言った。

＊　　＊　　＊

四人はひとまず煩悩寺の中に落ち着いた。燕青は囲炉裏を見つけて火をおこした。囲炉裏を囲むようにしてそれぞれ座る。楸瑛は皆目わけがわからずしきりに首をひねった。

「おっかしいなぁ……珠翠殿に王都行きを頼んだハズなのに……ねえ、リオウ君？」

「うっ……う、うん……」

「それに〝通路〟って、いつもあんななのかい？　大時化《しけ》の船酔いの方がまだマシなひどい目に遭ったけど……みんな死ぬ思いで毎回通ってるんだねぇ」

「……うっ…うん……」

言い訳するということにトンと縁がなかったリオウは窮地に陥り、正座で冷や汗を流した。

楸瑛はヒュオゥ～といかにも怪奇な風が吹き抜けるボロ寺に、憐《あわ》れみの顔をした。

「しかし江青寺もぼろくなったなあ……紅州の古刹《こさつ》だったのにいつのまに廃寺になったんだ？　もののあわれ」

心の中で、とばっちり食わせてすまないと思っていたリオウは、がくっとした。

「こんな不気味な幽霊寺が江青寺なわけあるか！　廃寺にもなってない!!　なにがもののあわれだ」

「えっそうなの？　じゃ、どこぞの幽霊寺に出たってこと？　何でこんなことになったんだろ？　聞けば日にちも経ってるっていうし」

「うっ……その、ちょっとした……手違いで…………悪、かった……」

リオウは謝った。

「まあきてしまったものは仕方ない。で、今度は何に巻きこまれてたんだ？　秀麗殿。さっきのやつらはなんだい。蝗害の件で動いてたんじゃないのかい？」

「……実はちょっと別件で……」

秀麗は紅州についてからの状況をかいつまんで話した。蝗害の状況も含めて。

その中で、リオウが『抜け殻』のところで反応したことに秀麗は気づいた。

「もしかして、リオウ君は『抜け殻』を知ってるの？」

「……ああ。伯母《おば》上が捕獲して、縹家で眠らせてたとき見てるから、……顔は、知ってる」

リオウは口数が少なくそれだけを言い、なぜか秀麗をじっと見た。秀麗は首をかしげた。

「姫さん、さっきのやつら中に、狐男いたぜ。兇手の額に死刑囚の刺青《いれずみ》もあった。あとな、俺の勘だけど中に縹家っぽいのも一人か二人交じってたと思う。気配が普通とは違った。術者かも」

「縹家の術者がいたなら……私も、ちょっと、色々、繋がったかも」

秀麗は頭を整理しながら、しばらく考えにふけった。ややあって、うふっと笑った。

「うん……燕青、もしかしたらここ、大当たりだったかもしれないわ。調査した内容をくわしく話してくれる？　藍将軍とリオウ君にも聞いてもらいましょう」

燕青は話し始めた。

「んーと……最初から話すか。俺が紅州にいたのは鉄炭の行方を追うためでさ。どこに消えたのかをさぐってたわけ。州府や各郡の関塞《せきしょ》の記録をさらっても、どこも通行許可は出してない。なのに鉄炭と技術者は消えてる。でだ、怒らないで聞けよ、リオウ。多分姫さんもだと思うが、俺は当初大量の鉄炭と製鉄技術者たちは縹本家に流れたと思ってた」

秀麗は頷《うなず》いた。夏の終わりの段階では、縹家や瑠花が本丸と思っていたのは秀麗も同じだ。

「リオウが姫さんを連れて消えたとき――文字通り消えたよな――輸送手段はこれかと思った。縹家が関わってるなら、鉄炭や人を〝通路〟で輸送したんかなって」

リオウは頭《かぶり》を振って否定した。

「いや、それは無理だ。〝通路〟を開くには必ず許可が必要だ。ここでは江青寺の高位の術者しか是非を判断できない。でも高位術者は夏からこっち紅山神域の守護で出払って不在だ。何より伯母上は全〝通路〟を遮断してたから、誰も〝通路〟を使えない状態だった。やり口も変だ。縹家各社寺には備蓄食糧も塩も燃料も百年分ある。わざわざ紅家や州府からかすめとるより、社寺からちょろまかす方がずっと簡単だ」

秀麗は注意深くその情報を頭に入れた。燕青が、推測が当たっているかどうかは半々だと言ったのもそれが理由だろう。

「じゃあ瑠花姫が知らない〝通路〟はない？　たとえばこの煩悩寺の、あのお堂」

「煩悩寺？　……煩悩寺だと？」

リオウはようやく、自分がいる廃寺の名を知って、仰天した。

「煩悩寺系か！　煩悩寺の〝通路〟がまだ使えるなんて聞いてないぞ」

「なんなんだこの道寺《てら》？　ふざけた名前だし、一〇九番もあるっつーけど」

「……前の当主の時代に、どこぞの詐欺師集団に、大金と引き替えに、〝通路〟を使用する許可を出したとか聞いた気がする。庶民を騙《だま》して金を荒稼ぐのだけが目的で、伯母上が大巫女《みこ》になってから煩悩寺系はほとんど廃寺になったはずだ……そうか、なら一応〝通路〟の認可があるのか。繋がったってことは、一応使える上に……偽造してあるな。じゃないとお堂の上になんて落っこちないはずだ」

縹家の人間ではないが、縹家を利用し続けた人間がいることにリオウも思い至った。

「そうか……縹家の人間でないなら社寺の備蓄はかすめとれない。鉄炭の保管には人目につかない、ある程度の広さのある場所が必要だ。それで煩悩寺《ここ》の〝通路〟を使ったんじゃないかと思ったのか」

「そ。しかもここ、見た目ぼろいけど、造りは妙にしっかりしててさ。調べたら補強がしてあった。真新しいやつ。屋根と床の修理も完璧《かんぺき》。誰かが定期的にここを使ってるのは確かだぜ」

秀麗は燕青の背嚢《はいのう》からスルメをだして、夕飯にかじった。

「でも消えた鉄炭の量は相当莫大《ばくだい》な量だわ。あの小さなお堂からちまちま運ぶのは面倒だし、いくら廃寺っていっても人目につくわ。一時的な保管場所にここを使っておいて、輸送にはもっと別の、真っ当な経路があるのかもしれない。でもここに術者と狐男がいたからには相手にとって大事な場所ってのは確かだと思うわ」

リオウはカッカと怒った。

「まさかまだ〝通路〟が使えるとは……ちゃんと調べてすべて封鎖だ封鎖！」

「ああーそれ、ちょっとだけ、待ってリオウ君！　せめて明後日《あさって》以降！」

燕青は干し肉にとりかかっていたが、危うく肉を喉《のど》につまらせそうになった。

「……姫さん……まさかこれから〝通路〟使う気かよ？　紅風が吹くまであと二日しかねーんだぞ！」

「だって絶好の機会なのよ!!　〝通路〟の向こうが相手の根城か、根城の近くって可能性は大きいわ。うまくいけば鉄炭の手がかりをつかめるかもしれないし、そうでなくても狐男の尻尾《しっぽ》くらいはつかめるかも。千本槍《やり》が降っても行くっきゃないわ！」

「冷静になれっつーの!!　いいか、マジで向こうが根城だったら、行ったら全員敵だらけってことだぞ。ぞろっと待ち構えててとっ捕まってもおかしかねーんだぞ」

よもや燕青に冷静になれなどと指摘される日がくるとは思わなかった。

「うっ……で、でも、燕青も藍将軍もいるし……」

「じゃあさ、どうやって行くんだよ？」

「……へ？」

「みんなフツーの人間じゃん。巫女でも術者でもねーし。どうやってあの〝通路〟開くわけ」

秀麗は燕青を見て、楸瑛を見て、リオウを見て、自分の頭を抱えた。

「あああああー。何よ燕青のくせに！　なんかものすごくデキル部下っぽいじゃないの!!　ご飯はつくってあげるけど、お給料下げるわよ！」

「褒めてんだか貶《けな》してんだかわかんねーぞ！　八つ当たりじゃゃんかよ」

「……〝通路〟は、開ける……と思うぞ」

リオウが呟《つぶや》いた。秀麗はやけ気味にかじっていたスルメを急いでまるのみした。

「ええ!?　どうやって!?」

「一応……縹家直系だから。血が術の代わりになる。古典的な方法だけど。あんたを縹家に連れて行く時もそうした。いくらか俺の血を流せば〝通路〟は反応すると思う。ただ、それだと帰りも俺の血が必要になる」

「うっ、色々申し訳ない方法ね……。一緒に行ってくれる？　紅風が吹く前には帰るから。それにリオウ君はあの狐男の素顔を知ってるのよね？　できたら顔の確認もお願い。藍将軍たちの描いてくれたあの似顔絵じゃ、縁日に行く人を片っ端から連行するしかないと思ってたの」

一刀両断され、楸瑛はおののいた。劉輝の気持ちがいま、如実にわかる。

リオウは実のところ、秀麗の言葉にホッとした。旺季の紅州入りを知ってから別の動揺が生まれていた。紫劉輝と顔を合わせる勇気もなかったが、旺季ともまだ、どういう顔で会ったらいいのかわからない。

「……わかった」

丑三《うしみ》つ時。秀麗は屋根のへこんだお堂の前に立った。たっぷり食事と睡眠はとれた。

「使える時間は半日から一日といったところね……」

霧が出たら蝗害《こうがい》鎮圧の可能性が高いが、うまくいかなかったら紫州に群飛が一斉に流れる。御史である秀麗の最優先事項は蝗害だ。霧の有無の確認も含めて、必ず帰らねばならない。

リオウは注意事項を伝えた。

「浪燕青、向こうに縹家の術者がいたら、まずそいつを動けなくしてくれ。術者に〝通路〟をふさがれたら帰れなくなる」

楸瑛を煩悩寺に残すのも、それが理由だった。万が一にもお堂の〝通路〟をふさがれないように楸瑛は留《とど》まることになった。

楸瑛はリオウが丸腰なことに気がついた。

「リオウ君、武器は何も持ってないのか。剣、使えたよね？　護身用に私の剣を持ってくかい？」

リオウは躊躇った。理由はわからない。ただ心が迷ってる今、剣は持ちたくなかった。

「……いや、いい。それ、あんたの剣で、一口《ひとふり》しかないだろ。それに俺には重すぎる」

秀麗は首をかしげた。

「そういえば藍将軍、〝干将〟と〝莫邪〟がないですね？　持ち帰らなかったんですか」

「なんか使いたいからって、珠翠殿に追い剝《は》がれた……。あれば、一本渡せたんだけど。……ああいう宝剣見ちゃうと、名剣がほしくなるよな……。無銘でもいいけど、同じ無銘なら〝無銘の大鍛冶《かじ》〟作の剣とかさ……じゃなくて、本当にいいのかい？」

「……ああ、いらない」

リオウはお堂の扉を開けた。中は狭く、秀麗とリオウの二人入るのがやっとだ。リオウは小刀で自分の指を切った。血が方陣にしたたりおちる。リオウはお堂の外の燕青の手をつかんだ。

薄ボンヤリと方陣が光る。

強い吸引力で方陣に引っ張られる。秀麗とリオウの二人だけ。

リオウはハッとし、とっさに燕青の手を離すまいとしたものの、リオウの手の中で燕青の手はとけるように無になっていく。

（しまった、そうか、この方法だと縹家の血筋じゃない浪燕青は、はじかれる、連れていけない。——）

……無人になったお堂の前で、残された燕青と楸瑛は呆然《ぼうぜん》と立ち尽くした。

＊　　＊　　＊

秋が深まっていた。風が冷たく、湿気が減り、少しずつ乾いたものに変わっていくのが、迅には肌でわかる。縹家の血が半分入っているせいか、自然や天候に関する『勘』は幼少の頃からずば抜けてよく当たった。

夜明け前だった。辺りは真っ暗闇だ。ひどく肌寒いせいで、駆けさせている馬から湯気がうっすら立ちのぼって見える。

「……霧も雨も、でないですね、殿」

江青寺が罹病《りびょう》させた飛蝗《バッタ》を放つ予定の蒼梧《そうご》の野《や》を、迅は旺季とともに見回っていた。一寸先も見えない暗さでも、二人とも月と星があれば不自由を感じない。

今日と明日、雨雲が出なければ、もう機会はない。明日の夜半から紅風が吹き荒れる。旺季は鹿鳴山江青寺の方向に顔を向けた。ここからでも、江青寺に煌々《こうこう》と火がともっているのが見てとれる。あれから昼も夜も江青寺は眠らない。

茈静蘭はあれきりふっつりと姿を消した。皐韓升も茈静蘭の姿が軍中から消えたことを認めた。だが旺季は茈静蘭の行方にさしたる興味はなかった。

「迅」

「……殿、だからもうそれは捨てた名ですって――」

「その名がお前に一番よく似合う。お前の父はどうしようもない男だったが、名前だけはもらってやれ。お前そのものの、いい名だ。会った時から、お前は司馬迅以外の何者にもなれたことはないし、ならなくていい。ずっとそう言ってきたはずだ」

ように。

迅は目を伏せた。『隼《しゅん》』は侍御史《じぎょし》として与えられた仮の名で、旺季も孫陵王も、ずっと迅と呼んできた。彼が『司馬迅』として過ごした人生を、捨てられないのをわかっている

「ま、お前を『幽霊』にしてしまったのは、私だがな……」

「殿……俺は、……俺は本当は、わかってたんですよ。自分が処刑されるべき人間だってこと。俺は、父親をずっと殺したかった。蛍《ほたる》のことは、きっかけにすぎないんです」

「そうだな。父親を殺して、お前自身もこの世から消えたかった。『司馬迅』を消したかった。それがお前の望みだった。だがいい名だ。いい男だ。消すには惜しい」

迅の耳に、牢《ろう》を訪れた旺季の沓音《くつおと》が蘇《よみがえ》ってくる。何も捨てなくていい、とあのときも旺季は牢の向こうで言った。どうしても幽霊になりたいのなら、叶《かな》えてやる。今までの人生を抱えて、私のところへこい、と。

州牧だった孫陵王が何度説得しようが迅は処刑されるつもりだった。けれど沓音が聞こえ、現れた旺季のその手をとったとき、迅は司馬迅としての人生ではなく、別の人生を選んだのだ。過ごした歳月が捨てられなくても、未来を選んだのは迅自身だった。

闇の中、旺季は微笑んだようだった。

「……私が誰かを拾うのは、お前で最後かもしれないな」

迅は言葉に詰まった。そんな風に、言ってほしくはなかった。迅はうつむいた。旺季の前では、自分がひどく不器用に思える。伝えたい大事な思いがあるのに、いつも迅はその

言葉を見失うのだった。卵の殻みたいに軽くて外側だけの言葉しか、出てこなくて。

「殿……処刑から救ってもらったから、お傍にいるのではありません。俺の意志です」

「お前のその気持ちを利用しているのは確かだ。お前をこんな風に使っている私を、藍楸瑛は許さないだろうな。それでも使うのが私だが」

迅が反駁《はんばく》の言葉を見つける前に、旺季は不意に話題を変えた。

「迅、あの娘は、どこに行ったのだと思う？」

思いの外、鋭い声だった。

旺季が秀麗の動向を、初めて気にした。そのことに驚きながら、注意深く訊《き》き返した。

「……なぜそんなことを？」

「蝗害と同じくらい大事な件でなければ、あの娘は動くまい。霧か、私か、それとも――」

鉄炭か。と、旺季は心の中で呟いた。鉄炭を運びこんでいる例の隠れ山のことが脳裏を過《よ》ぎった。

あの山も、思えば迅と同じだ。どんな理屈をつけたとしても、旺季が幽霊にしてしまったのには、変わりない。あの山を見つけられたら少々厄介だった。

（まあ、ないか……。それに万一見つけたとしても、『鍵《かぎ》』がないからな……）

蒼梧の野から夜が退きはじめ、少し明るんできた。雲が出ているようだった。ますます冷え込んできた。迅は黙っている。旺季は迅の微《かす》かな迷いを感じとった。

「……迅、もしやまだ私に報告をしていないことが――」

そのときだった。

迅はハッと空を見上げた。

「……殿、風が、変わった。雨が──」

ぽつ、と雨の雫《しずく》が旺季の頰を打った。白みはじめた空を雲が覆い、蒼梧の野に雨が降りはじめた。

「迅！　どうだ。翁《おきな》の言っていた霧の発生しそうな雨か」

迅は険しい顔をしている。肌を打っているかもわからないような弱々しい雨脚だった。それ以上激しくなる気配も見えない。

「……わかりません。少し気温が上がった。でも湿度と雨脚が絶対的に足りない。あの薄い雲では、降ったりやんだりがせいぜいかと思います。それに、殿……」

「なんだ、はっきり言え」

「……俺の、勘です。もしかしたら明日の昼に紅風が吹く、かもしれない」

それは江青寺の予測より半日早かった。

たとえ弱々しくても二日間この雨脚が続くなら条件が整うかもしれない──そんな甘い見込みに冷や水を浴びせるものだった。

江青寺では、火の明かりが増えていた。さすがというべきか、いち早くこの天候の変化に気付いたらしい。慌ただしく駆け回る僧らの足音が、聞こえてくるよう。

「……江青寺は動いている。やる気だ。──州府に戻る。全郡府に通達をだす」

＊　＊　＊

秀麗は尻餅《しりもち》をついた。目が回って気分が悪くなり、しばらく立つこともできなかった。横たわったままやっと目をこじあける。

見知らぬ一室で、リオウが術者らしき二人を相手に組み合っていた。秀麗が四つん這《ば》いで何とか身を起こした時には、リオウは術者たちをのしていた。静かになり、はあはあと、リオウの激しい息づかいだけが聞こえる。

リオウと、秀麗だけだった。

「…………リオウ君、もしかして……？」

「……悪い。浪燕青は連れてこれなかった。よりによって、丸腰の俺と、あんただけがきちまった」

リオウが方陣を動かすために小刀で切った指から、血が流れている。それにも気づかぬほどリオウは焦っているようだった。秀麗はその傷口に手巾《てぬぐい》を巻いた。それから、改めて辺りを見回した。

不思議な八角形の室《へや》だった。天井は八角錐《すい》で彩八仙の絵姿が一つの三角形につき一人ずつ描かれている。室には、燭台《しょくだい》が赤々と灯《とも》っている。煩悩寺と装飾が似ていた。それにかなり広い。リオウが組み討ちできるくらいに。扉は一つきりで窓はなく、少し息苦しい感じを受けた。

「なんとか切り抜ける方法を考えればいいわ。幸い一人じゃないしね」

リオウは気が気でないといった風で周りを警戒している。

「今ならトンボ返りすることもできる」とリオウは言った。秀麗のほうはここでトンボ返りという選択肢はない。

「リオウ君、燕青たちが縹家の術者をさがして、こっちに飛んでくるまでの時間はどれくらいだかわかる？」

秀麗の頑固さを知っているリオウはしぶしぶ答える。

「あそこ、煩悩寺一〇九番だったな……近くにいくつか社寺はあるが、今、おもだった術者は各神域に派遣されてる。珠翠に頼んで誰か送ってもらうしかない。〝通路〟のある社寺を見つけて術者を引っ張ってくるまで、半日はかかるかもしれない」

「夕方ってことね」

「早くて、多分」

「それまで無事でいればいいってことね。じゃ、とりあえず」

秀麗は腕まくりして、用意してきた背嚢《はいのう》を漁《あさ》りはじめた。

「今のうちに気絶してる二人を縛り上げて猿轡《さるぐつわ》かませて床下にでも放りこんで、それから慎重に行きましょう」

どこらへんが慎重なのか、とリオウは思ったが口にはせず、床板を剥《は》がし始めたのだった。

押しこみ強盗のような一仕事を終えると、まずリオウが一人で外の様子を窺《うかが》うことにした。

近くに人の気配がないのを確かめてから、そっと忍びでる。

扉のすぐ向こうはもう外だった。まだ夜明けはきておらず、暗い。そばに道寺《てら》の本堂らしき建物があった。方陣があったのは、境内の一角に独立してぽつりと立っている八角形の御堂《みどう》だった。

リオウは星を仰ぎ見て、驚いた。

（この星空……まさかここ——紫州か？）

ホー、ホーと梟《ふくろう》の声が聞こえる。霜が真白く降りていて、紅州よりもずっと寒い。風で鬱蒼《うっそう》とした木々がざわめく。しきりに木の葉が飛んでいる。山のにおいがする。道寺はどうやら山の中にあるようだった。本堂では常夜灯らしき火は軒先についていたもの の、ひっそりしている。

（紫州の……どこかの山の中……）

リオウは人の気配に注意しながら、道寺にそって少し歩いてみた。と、小さな鐘つき堂があった。

（扁額から道寺《てら》の名前がけずりとられてる……どこの道寺《てら》かわからないようにか？）

他に道寺の名がわかるものがあるかさがしてみたが、一つもない。場所を特定されたくないのなら、相当用心深い。

別の八角形の御堂があった。本堂の左右に八角形の御堂が配置されている形だ。こちらの八角形の御堂にはガッチリとした南京錠がおろされていた。ここまでの太さと頑丈さでは、さすがにリオウも壊せない。

あと古ぼけた納屋を一つ、見つけた。納屋には格子のついた窓があった。リオウは格子の間から中をのぞいてみた。

暗がりに、大ぶりの甕《かめ》らしきものが数十、ぎっしりと並んでいた。油臭いにおいがする。

(油壺《あぶらつぼ》……? やけに蓄えてあるな)

鉄でも石炭でもなかったことに少しガッカリはしたが、リオウはひとまず切り上げて秀麗のいる御堂に戻ることにした。

リオウはハッとした。月の光が轍《わだち》の跡をくっきり浮かびあがらせていた。

(荷車の轍だ……。溝が深い。かなりの重さを運んでる……)

一台ではなく、何台もの轍の跡が、土に刻まれていた。

——重量級の『何か』。リオウは轍の行き先をたどった。深い轍は途中で二手に別れていた。一方は山の中へと消えていき、もう一方は——。

あの厳重に南京錠のはまった、八角形の御堂に続いていた。

「どうだった？　リオウ君」

秀麗はリオウを見て武器のかわりにもっていた柄《え》の長い燭台を、ホッとおろした。

リオウは自分が見たものを残らず話した。ここが紫州のどこかの山中というところにも秀麗は驚いていたが、やはり南京錠のおりた反対側の御堂にいちばん気をひかれたようだった。

「こじあけるのは、むりだぞ。ここの扉は木製だが、あっちは扉まで鉄製だったし」

「……うーん……」

まったく不意に扉が、ぎい、と開いた。

隙間から、狐の面がぼうと不気味に浮かびあがる。秀麗はひっと息をのんだ。

リオウは秀麗の燭台をひっつかんだ。扉を思い切り蹴《け》り飛ばした。蝶番《ちょうつがい》ごと扉が外れ狐男が向こう側に吹っ飛ぶ。そのすきに秀麗の手を引いて、外にでる。さっきまでは人の気配もなかったのに、今や数十人に囲まれていた。めいめい額に死刑囚の刺青《いれずみ》が刻まれている。

兇手《きょうしゅ》姿の男たちがリ、リ、リ、リオウを見て、なぜか一瞬、戸惑ったような気配が伝わってきた。

「……その女だけ、つかまえろ」と、誰かが言った。

リオウは長柄の燭台を棍《こん》のように扱いながら牽制《けんせい》し、秀麗の手を引き、鐘つき堂まで駆け抜けた。

男たちが追ってくるのがわかる。リオウは山へ向かった。なんとか引き離すとしたら、狭い木立の隙間をすりぬけて時間を稼ぐしかない。それもむなしくすぐに追いつかれた。

リオウの手から、秀麗が引きはがされた。リオウは秀麗をとらえようとしていた兇手を蹴り上げた。秀麗のもとに向かいたくても、次々と男たちが立ちはだかり、秀麗の姿は見えなくなった。いつのまにか長柄の燭台も叩《たた》き落とされて見失う。

「紅秀麗‼」

リオウは叫んだ。守ってやれるのは俺しかいないのに。頭に血がのぼり、闇雲に暴れた。相手はリオウを殺す気はないらしく、あしらうことに専念している。リオウがどんなに手向かっても無駄だった。何重もの分厚い壁を相手にしているようだった。

秀麗の悲鳴が、聞こえた。

とっさにそっちへ行こうとしたリオウの後頭部に、強い衝撃がきて、リオウは気を失った。

＊　＊　＊

リオウから離された秀麗は無我夢中で抵抗し、ところかまわずかみついて暴れまわった。真夜中の山中は真っ暗だった。いつのまにかリオウの声が聞こえなくなった。リオウから上手に遠ざけられていたのだった。そのとき、「やめな」という強い声がした。年老いた声だった。

誰かにつきとばされた。足下がくずれて、宙に浮く。

そのまま、秀麗は崖《がけ》の斜面を転がり落ちていった。


……しゅんしゅんと、湯が沸いている。

秀麗はボンヤリ目を覚ました。お日様の光が、いっぱいに差している。秀麗には馴染《なじ》み深い民家の粗末な天井がある。

（……？　夢……？）

身を起こそうとして、秀麗はうめいた。全身に鋭く染みるような痛みがあった。崖のようなところから転げ落ちたのは夢ではないらしい。そろそろと慎重に体を動かした。幸いにも打ち身と擦り傷だけですんだようだった。手足に包帯が巻かれていた。

「……あれ、手当て……が、されてる……」

人の気配がした。秀麗はとっさに身構えた。間仕切りの向こうから現れた男に、秀麗は目を丸くした。

「――えっ⁉　御史台で働いてる牢屋番《ろうやばん》の人⁉」

以前絳攸が御史牢に入れられたときに散々お世話になった牢番だった。

大柄な男はそうだとでも言うようににっこりして頷《うなず》いた。

機密保持の名目で、御史台では目や口、耳が不自由といった、障害がある者を率先して雇用する。あの牢番も確か口がきけなかった。しかしなぜここに。

「え？　え？　な、なんで？　どうしてここにあなたが？」

　大柄な牢番はゆっくりした仕草で、手にしていた石盤に釘《くぎ》でかりかりと何かを削って、秀麗に示した。

『この村、自分の村』

「ええ!?　むっ、村!?」

　さんさんと日が差しこむ窓越しに確かに民家があり、野良着姿の女性が籠《かご》をしょって横切っていった。

『今朝方、薪《まき》をとりに山に入ったら、紅御史が崖下で倒れていたので、運んできました。御史牢の当番は交代制です。今、自分が休みの番で、村に帰ってきているのです』

　彼に字を操れるほど高い教養があったとは思っていなかった秀麗は、そんな自分を恥ずかしく思い、赤面した。

「助けてくれて、ありがとうございました。……あの、もう一人、誰かいなかったですか？　十歳くらいの、少年なんですけど」

　牢番は、いいやと言うように首を振った。リオウとはぐれたということだった。

　牢番は木の盆を運んできて、秀麗の膝《ひざ》の上に置いた。見れば、一汁三菜のついている、温かなご飯の膳《ぜん》だった。秀麗のお腹がぐうと鳴った。牢番は嬉《うれ》しそうにニコニコしたあと、うん、と頷いて、室《へや》を出て行ったのだった。

（村……？　煩悩寺の〝通路〟の向こうに怪しげな道寺《てら》があって、で、狐男と〝牢の中の幽霊〟がいて、その同じ山に、あの牢番さんの出身の村があるってこと……？……？）

秀麗はちんぷんかんぷんに思いながら、とりあえず箸《はし》をとって食べ始めた。ゆっくり米をかめば、じんわり甘みが広がる。温かな吸い物をすすれば、体の中からぬくまった。とれたての野菜をつかった、滋養たっぷりのおいしい朝ご飯だった。

時刻は昼すぎのようだった。リオウの言葉を信じれば、夕方には燕青か楸瑛が縹家の術者をどこかで引っ張ってきて、迎えにきてくれる。はず。

（……村……牢番さんの出身の村……）

秀麗は考えこんだ。御史牢の牢番。

――機密保持の名目で障害がある者を率先して雇用する御史台。

（……あの法って、改正されたの、いつだっけ？）

昔は犯罪者などの舌や耳を切り取り、目を潰《つぶ》して雇用していたが、十数年前から方針が切り替わったと聞いた。十数年前。秀麗は箸を止めた。旺季が御史大夫だった時期と重なっている。

障害がある者が学んだり、雇用されたりする機会など、今の国ではほとんどありえないことを、秀麗は知っている。だがあの牢番はやすやすと文字を操って、役所で働いている。

誰が、その機会を与えたのか。

（この村はもしかして――）

秀麗は食べ終わると、牢番と並んで洗い物をし、助けてくれたお礼代わりに掃除や洗濯など、家事をした。牢番は一度断ったが、二度目からは嬉しそうに秀麗の手を借りた。

洗濯のために村の中にも出た。村は思っていたより大きく、いつのまにか人家が寄り集まったというより、最初から誰かがきちんと決めてつくったように思われた。村のあちらこちらにぽつりぽつりと納屋が点在し、村人が共同で使える備品が入っている。道寺でリオウが見たという納屋もその一つだろう。納屋の中には日用品や作業道具と一緒に鉄炭やら薪やらが入っていて、油壺《あぶらつぼ》も何甕《かめ》か必ず入っていた。

村は盆地の深いくぼみにポッカリはまりこんでいるようで、どこを歩いても空や山並みしか見えなかった。

山の上のほうに、道寺らしき甍《いらか》屋根を発見した。村の入り口から、その道寺へ一本の道がのびている。

秀麗は怪訝《けげん》に思った。村の入り口の道なら、山上ではなく山麓《さんろく》にくだっていくのが普通だ。村の入り口には他に道らしきものはない。村を見た限り、獣道はいくつかあるものの、それこそ薪とりにわけいる道や、田んぼや畑にしか通じていないようである。

(???　じゃあ、この村って、どっからのぼってくるわけ?)

洗濯を終えて帰ったあと牢番に訊《き》いてみたが、牢番は身ぶりで大丈夫だと返すばかりだった。

秀麗が庭先で洗濯物を干し始めると、通りすがりの女性や子供たちが興味津々に垣根の外からのぞきこんでくる。往来でもそうだったが、見知らぬ秀麗を見ても、警戒するより人なつこく声をかけてくれる。牢番が山で拾ってきたと知られているらしい。

秀麗は村人に乞《こ》われるがままに、村の手伝いをして回ることになった。

村で過ごす中で、秀麗の勘は徐々に確信として固まっていった。

西の空が茜色《あかねいろ》に染まり始めたころ、薪割をしていた牢番に、秀麗はぽつりと告げた。

「……牢番さん、私、そろそろ帰らなくてはなりません。助けて下さって、ありがとう」

牢番は薪割の手を休めて、にっこり笑った。うん、と一つ頷いた。

秀麗は彼が何をどこまで知っているのか、わからない。

牢番は汗をぬぐうと、秀麗の両手をぎゅっと握って、ぶんぶんと何度も強く振った。別れの挨拶《あいさつ》のように。

温かくて大きな手だった。ただ口がきけないだけで、彼はなんでもすることができた。

――この村の、他の人々もそうであるように。

牢番は家の中から、石盤と、何かの包みをもって出てきた。そのまま秀麗の手を引いて歩きはじめた。黙って従うと、予想通り、山上へつながる道へと向かう。くねくねと続く九十九折《つづらお》りをのぼっていくと、道寺の屋根が近づいてきた。

道の途中だったが秀麗は足を止めた。これ以上一緒だと彼を巻きこむと思ったので。

「……ありがとうございました。ここで、大丈夫です。どうか、お帰りください」

秀麗は深々と頭を下げた。牢番はうん、と頷いた。石盤に何かを書いた。

『また、紅御史と、御史台で、お会いしたいと思います』

そうして、秀麗に何かの包みを押しつけた。かなり重たい。彼はお日様のように笑うと、夕暮れの中、もときた道を下っていった。

そのとき、道の上から誰かが駆け下りてきた。秀麗の名を呼んで一散に走ってくる。秀麗は安堵《あんど》のあまり叫んだ。

「リオウ君！」

「紅秀麗!! 無事か！」

「ふっふ。ほらな、無事だったろうが。一日中血眼でぐるぐる山を駆け回ってよ」

リオウのあとから、小柄な老人が夕闇を縫うようにゆっくり坂道を下りてくる。異相の老人だった。片目は無残につぶれ、ひきつれている。片腕ももぎとられたように失われていた。荒々しい歳月が老人の顔や身に他にも傷痕《きずあと》を刻んでいたが、老人は意に介していないようだった。小柄ながら岩のように頑丈そうな体を不自由なく操ってやってくる。古木のよう、と秀麗は思った。

リオウはどう説明しようか迷うような顔をした後、言葉少なに告げた。

「俺はこの老人に山で拾われて、山家に行ったんだ。村も一度だけ見に行ったけど、森ばっかりさがしてたから……無事で、よかった」

秀麗が老人に礼をのべた。老人は秀麗の手にしている包みをまじまじと見ている。

「嬢や、その包みはどうした」

「え？　これですか？　牢番《ろうばん》さんからついさっき手渡されて……中身は知らないんですが」

「……。ハッハッハ。こりゃあ驚いたね」

老人はなぜか笑いだした。ずっしりと重たく、秀麗が両手で持っているその包みを、老人は片手でひょいとつかみあげ、掌上でぽんと楽しげに投げた。片目を面白そうに輝かせる。

「なら、案内しようかねぇ。詫《わ》びもかねて。――坊《ぼう》、嬢や、ついてきな」

「詫び？」

秀麗の問いには答えずに、老人は九十九折りの上の道寺へと歩き出し始めた。秀麗とリオウは首をかしげながらも、どうせ行く先はそこなので、ついていった。

リオウは油断なく周りに気を配りながら、秀麗と並んで歩いた。ぽつっと呟《つぶや》く。

「……紅秀麗……、あんた、あの村、見たんだな」

「ええ、見たわ。いっぱいいろんな人と会ったわ」

秀麗は返した。

「……でもね、さりげなく訊いても、誰も言わないの。八角形の御堂《みどう》の中にあるものとか。この山の名前とか、村や道寺《てら》の名前とか、誰か偉い人の名前とか……絶対言わない」

彼らは誰かを守っている。それはおそらく、彼らを助け、守ってくれた人を。

「リオウ君は、あのおじいさんから、何か聞いた？」

リオウが微《かす》かに反応した。だが唇を結び、ひと言も発しなかった。リオウは何かを聞いたし、知ったのだ。多分秀麗が聞き出せなかったことを。秀麗はそれ以上追及しようとはしなかった。

山が、次第に夕闇にのみこまれ暗くなっていく。秀麗は怪我もあって、ひどく疲れきってしまった。やっと道寺の門が見えた。秀麗は落ちつかなくなった。

「ね、リオウ君、道寺のほうから下りてきたわよね?」

「ああ。あの道寺にはさっきは誰もいなかった」

本堂が見え、鐘つき堂や納屋も見えてきた。

境内はひっそり静まり返っている。老人はスタスタと八角形の御堂へ向かう。南京錠で閉ざされているほうの御堂へ。秀麗もリオウもそのことにすぐ気がついた。

老人は鉄《くろがね》の扉の、南京錠の前で止まる。器用に片手と口で包みをほどき、出てきた鉄の輪っかをつかみとった。大ぶりの鉄の鍵《かぎ》だった。

秀麗は疲れも忘れて飛び上がった。

「お、おじいさん。まさかその鍵――」

老人は肩越しに振り返り、片目でニヤッと笑った。

「詫びをするって、言ったろ、嬢や」

そのときリオウに緊張が走った。小声で促した。

「――あいつらがきてる!! 早く御堂に入って中から錠を下ろせ!」

急いで御堂の鍵を開けた。三人で鉄製の扉を渾身《こんしん》の力で押しあけ、できた隙間にまず老人を押しこむ。次にリオウが秀麗を中につきとばして自分も入ってきた。頑丈な扉を全力で閉じた。石臼《いしうす》でもひいているかのような重さに、秀麗もリオウも精根尽き果てた。しかし鍵をかけねば元の木阿弥《もくあみ》だ。秀麗は真っ暗闇の中で叫んだ。

「リオウ君、内鍵!! あっ真っ暗！　何も見えない。内鍵なければ何か重石《おもし》――」

「落ち着け嬢や。内鍵はある。ここだ。あとここと、ここ、三つ」

老人の落ち着いた声がして、内鍵を三つ締めたとおぼしき音が響いた。声がこもったように反響して、外の音が一切聞こえなくなった。思ったよりも遥《はる》かに壁が分厚くできているらしかった。ややあって暗がりに、ぽう、と火が灯《とも》った。

老人が片手で燭台《しょくだい》をもっていた。火影が暗がりにゆらめき躍った。秀麗は鼻をくんと鳴らした。……鉄と、炭のにおい。

リオウは目を丸くした。八角形の御堂の壁際にぎっしり鉄炭や薪《まき》が積まれていた。

秀麗は一目見るなり落胆した。

足りない。

秀麗は、なんとかものを考えようとした。紅風がもうすぐ吹くことや、どうにかして方陣のある向こうの御堂まで戻らねばならないことや……。

（足りない）

明々と灯る火を見ながら、ボンヤリ呟いた。

「ここ、窓も何もないですから、火をつけると危険――」

「風はこっからくるさ」

老人は足で薪を崩した。その下から、鉄製の輪っかが現れた。老人は隻腕だけで、軽々と、鉄製のその円環《えんかん》を持ち上げてみせた。

風が地下から吹いてきて、むせかえるほど濃厚な、鉄と炭のにおいが八角形の御堂の中に充満した。老人は謎めいた古木の微笑を浮かべていた。燭台を手に、そのまま地下の階《きざはし》を降《くだ》っていく。

老人について地下におりた二人は、絶句した。地上とは比べものにならない膨大な量の鉄炭が地下の洞窟《どうくつ》に積まれていた。自然の洞窟なのか坑道なのか。奥のほうまで果てなくのび、鉄炭の山は手燭の火のゆらめきで黒々とした巨大な蛇めいていた。

秀麗はよろめきながら数歩、歩き、手探りで鉄の山をさぐった。凍るように冷たい。どこからか外気が引かれているらしく、風が頬を撫《な》でていく。鉄に目をこらしても暗くて何も見えないが、凹凸はあった。文字。文字が刻まれているのを、指先で読みとる。

紅州・河東《かとう》。紅州・西山《せいざん》。紅州・鳳翔《ほうしょう》――。

紅州鉄の三大産出地の名。その地名が、くっきりと判で押されていた。

秀麗はへたりこんだ。ゆらゆらとした火の向こう。老人は古木のように笑っていた。

「ふっふ。さがしもんは、これだろ？　嬢や」

「……どうして、ですか？」

「言ったろ、詫びさ。それにこの鍵をお前さんに渡したのは、俺じゃない。あいつも村で厳重に保管されてるこの鍵をお前さんに渡すだけのなにかしらの気持ちがあったんだろうさ。御史台でのお前さんの仕事ぶりも好きらしいしな。それに、よりによってこの山で人に危害を加えるなんざ、どんな理由があっても許し難い。俺もちょいと怒ったね」

あと、と、老人はつづけた。

「お前さんらが、剣の一本ももたずに、丸腰できたってのが、かなり気に入ってね。それを武器もって追っかけ回すなんざ、気にいらねぇな」

灯火が、老人の隻眼を闇に浮かび上がらせる。異相ではあったけれど、年古《ふ》りた古木のように、温かみがある。老人の声のように、じんわりと。

秀麗は鉄炭の山を前に、御史牢《ぎょしろう》の牢番や、村の人々の暮らしぶりを思った。

「今日、村を手伝って回って、気づいたことがあります。村の大きさの割には男手が少なすぎる。でも出稼ぎで長期間留守にしているようには思えませんでした。男物の洗い物や、食器や……」

親切だけれど、注意深かった村人。

「この山のどこかで、また別の場所があって、動ける男手は、そこで働いている……」

狐男。兇手《きょうしゅ》たち。どこから現れてきている？

秀麗を追ってこなかった間は、どこで何をしている？

老人は、秀麗がそれらの答えを見つけたことを察したようだった。奇怪な面相に皺《しわ》を刻み、笑ませた。そして、是《ぜ》とも非とも言わなかった。

「嬢や。あんたはあの村を見た。そんでもあんたの主《あるじ》は変わらんか？」

村の半数が、何らかの病や障害を負っている。にもかかわらず他と変わらぬ生活をし、ほとんど不自由なく何でも自分でしてのけ、それぞれ仕事を持ち、村や朝廷で賃金を稼いで暮らしを営んでいる。できないことは互いに助け合って。

今の国ではできない村を、この山の中につくった人がいる。

リオウが身を硬くしたのがわかった。秀麗は答えた。

「――はい」

「ほぉ？　理由を聞かせてもらえるかい」

「村を見たからです」

初めて、老人の飄々《ひょうひょう》とした顔に変化があった。面白がり、それでいて注意深さがある。

――村のあちこちに点在する納屋。周辺からも見えないであろう深い盆地の村。たくさんの油壺《あぶらつぼ》……。

老人は黙っているが、秀麗は察した。当たっている。秀麗は唇をかみしめた。

「劉輝なら、そんなことはしません。させることもありません。絶対」

老人はふーっと息をついた。火影が揺れた。苦笑いをしているように、見えた。

「驚いたな、嬢や。そこまで見抜いたとは。俺しか気づいてないと思ってたよ。で？」

「──助けます。私が……行けなくても、私の代わりに誰かを、必ずよこします」

「ふっふ。ここへ？」

「ここへです」

老人は小首をかしげるようにして、ただ、そうかと、微笑んだ。

この老人は、村人とは受ける感じが違う気がした。村の人ではない気さえする。

「あいつ相手にここまで探って追ってくるたぁ、たいしたもんだ。だが、そろそろ帰る時だ。あんまり振り回されてっと、大事なモンを見失うぞ」

「え……？」

老人は再びスタスタと階段を上がっていく。秀麗はハッとした。

そろそろ、燕青や楸瑛が〝通路〟からやってきてもおかしくないころだった。いつまでもここにいたら、二人と会うことはできない。急いで秀麗とリオウも八角形の室《へや》へ戻った。

外の様子は分厚い鉄の扉で少しもうかがい知れないものの、額に刺青《いれずみ》をした兇手たちが待ち構えているのだろう。秀麗は逡巡《しゅんじゅん》した。と、リオウが秀麗の前に割りこんだ。

「リオウ君……」

「俺が、先に出る。あいつら、俺相手には何もできないみたいだから」

旺季の孫だから、とは、リオウは言わなかった。秀麗は頷《うなず》いた。

元通り老人が薪を積んで鉄の蓋《ふた》を隠す頃には、リオウは内鍵の最後の一つと奮闘していた。老人は軽々と指先で締めたように思えたが、リオウが渾身《こんしん》の力をふりしぼって、ようやく開くくらいに固い。

(俺と同じくらい小さいのに、何だあの怪力は――)

内鍵を開け、秀麗とリオウで重い鉄の扉を引き開けるや、僅《わず》かにできた隙間から手がぬっと押し入ってきた。やにわに鉄の扉が大きく開く。

「――――っっっ!!」

狐男が秀麗をつかんで、引きずり出す。

星明かりの中、ゆらゆらと長く波打つ髪が揺れる。秀麗は地面に引き倒され、動けなくされた。

斧《おの》が、見えた。秀麗めがけて薪でも割るような軽さで振り下ろされる。

秀麗は目をつぶった。


斧は打ち込まれなかった。

「姫さん!!」

「秀麗殿!! すまない、くるのが遅れた」

待ちに待った二人の声がした。秀麗は飛び起きたあとで腰が抜けた。心臓がドクドク鳴っている。楸瑛が狐男を押さえつけており、燕青が棍《こん》で他の兇手を相手どった。リオウが秀麗のもとへ駆け寄りながら、叫んだ。

「そいつは違う!!　偽者だ」

とり押さえた楸瑛もまた、気づいていた。似た指輪はしているが、傷もアザもない。何よりも、あの『抜け殻』よりも腕が立つ。楸瑛は狐の面を引きはがした。

面の下の顔は、誰も知らないものだった。四十ほどの、理知的な風貌《ふうぼう》をし、耳から顎《あご》にかけて、ざっくりした一筋の大きな傷跡があった。

「秀麗殿、こいつは珠翠殿や瑠花殿を殺そうとしたあの兇手じゃない！」

「なんですって？　じゃあ――じゃあ」

――騙《だま》された。

秀麗は冷や水を浴びたように呆然《ぼうぜん》とした。

「姫さん、伏せろ!!」

リオウが秀麗を伏せさせ、自分の身で庇《かば》いこんだ。山のほうから矢があられのように斉射された。

燕青が矢を棍で叩《たた》き落とす。楸瑛も矢を避《よ》けるために一瞬気が逸《そ》れた。その隙をついて、狐男は楸瑛から逃れて闇の中に逃げ去った。あとには波打つ長い巻毛の鬘《かつら》だけが残った。

「しまった……!!」

「藍将軍、追わないで!!」

秀麗は御堂《みどう》の中の老人を振り向いた。手を伸ばした。

「おじいさん！　きてください。――私と!!」

老人は差し出された手を見返して、笑んだ。首を横に振った。

「ふっふ。確かに、俺は今の世が結構気に入ってる。でもな、嬢や。一緒には行けねぇな。俺が選んだのは、別のやつだからな。だが——」

何かを呟《つぶや》き、別れの挨拶《あいさつ》のように手を振る。秀麗は何かを言いたかった。多分、劉輝のことを。なのに何も言葉が出なかった。リオウに手を引かれるままに〝通路〟へ走る。一度、老人を振り返った。もうその姿は闇に紛れて、見えなくなっていた。

＊　＊　＊

「〝通路〟を完全封鎖します」という声がした。

秀麗は束の間失神していたらしかった。頬を軽く叩かれて我をとり戻した。煩悩寺のお堂の外のようだ。篝火《かかりび》が燃えて、燕青の顔や術者らしき男の心配げな表情を赤々と照らしている。

「姫さん、大丈夫か。ほら、水。とにもかくにも無事でよかったぜ。寿命縮んだぜ……」

秀麗の唇に竹筒が当てられる。秀麗は冷たい水を、ごくごく嚥下《えんか》した。

老人、偽者の狐男、大量の鉄炭、村、〝牢《ろう》の中の幽霊〟——ありとあらゆるものがごちゃごちゃに頭の中で氾濫《はんらん》する。考えがまとまらず、どれから話していいのか混乱した。

『あんまり振り回されてっと、大事なモンを見失うぞ』

は、と息をつく。

狐男は偽者だった。まんまと相手にいっぱいくわされたのだ。

「……わざわざ見覚えのある狐の面をかぶってたのは、顔がばれたからじゃなかったんだわ。私たちに『抜け殻』だと信じこませる小道具」

なぜそんな細工をした？　それに、村にいたときは襲ってこなかったが、道寺《てら》の周辺に戻ったときには、襲いかかってきた。二回ともだ。てっきり、本堂や、あの南京錠のおりている御堂を調べられたくないからだろうと思っていた。

（違う。それだけじゃない）

「……〝通路〟の付近にいるときだけ襲う……帰れないよう足止めされた……？　なるべく長く、私たちにあっちにいてほしかった……」

なんのために？

なんであれ、秀麗を斧で叩き殺そうとした狐男の殺意は本物だった。邪魔者は消す。

（だとしたら）

「藍将軍、貴陽へ帰って下さい。杞憂《きゆう》かもしれませんが、一刻も早く――」

「秀麗殿、いい、言ってくれ。貴陽で何をすればいい？」

秀麗は推測を打ち明けた。楸瑛よりも、傍で聞いていた燕青とリオウの方が息をのんだ。

楸瑛はすぐに行動に移した。

「――わかった。可能性はある。今すぐ行く」

楸瑛は、まるで十三姫にするように、いや、妹というよりは年下の同志にそうするように、秀麗の頭をくしゃりとかきまぜた。

「行ってくる。秀麗殿も気をつけて。また会おう」

楸瑛と別れると、今度は燕青が口早に伝えた。

「姫さん、術者を借りにいったときに聞かされたんだが……紅風が、半日早く吹く可能性がある。明日の昼にはもう紅風がくるかもしれない」

紅風が吹けば最後、すべてのバッタが紫州に流れこむ。

リオウは血相を変えて術者に訊いた。

「本当か⁉　霧と雨は！　罹病虫《りびょう》の放出はどうなってる」

「江青寺を中心に準備を早回しで進めてます。あとは首座の予測を信じるしかないです」

明日の昼。

今から馬を駆けさせれば明日の朝には蒼梧の野へ着くはずだった。思いだしたように崖から落ちた傷が痛みはじめた。秀麗は怪我を無視することにし、体にもう一鞭《むち》くれた。

「行きましょう。鎮圧ができなかったら、私たち国の出番よ。すぐ紅州府へ向かいます」

＊　＊　＊

蒼梧の野に、ひどく弱々しい雨が降っていた。

江青寺の翁《おきな》は、蒼梧の野を一望できる高台の四阿《あずまや》で空を観測していた。昨日の夜半から、もうずっとそうしている。野では時折霧が出たり雨が降ったりはしていたが、長くはつづかずふっつりと途絶えてしまう。

上空では、鳥使いの〝鳥〟の群れが、飛蝗《バッタ》を追っては食べている。

今日は気温が低いため、日がのぼってきてもほとんどの飛蝗は動くことができず、いくらかの鳥たちは物足りなげに旋回している。飛蝗は不気味な静けさとともに、大地にうずくまっている。

蒼梧の野の端々で、旺季の藤色の戦装束が見え隠れする。旺季もまた不眠不休で時を待っているのだろう。

江青寺――いや、全社寺で、罹病虫放出の用意は終えた。

（まだだ。まだ……）

一族の多くはもはや飛蝗の感染爆発に必要な気象条件がそろうことはないと断じ、今すぐ罹病虫を出すべきだという意見だった。罹病虫は一日二日で死ぬ。必死で次から次へと感染させていても、数は増やせない。

いったん罹病虫を野に放てばそれで終わりだ。今出せば、蝗害《こうがい》の完全鎮圧は不可能でも、群飛の三割から四割を消失させられるかもしれない。紫州になだれこむ前にせめてそうするべきだという意見を、翁は抑えてきた。

大気のうねりや風のはらむ湿気、雨のにおいの変化が翁に肌の粟立《あわだ》ちとなって伝わってくる。微《かす》かで頼りない、ある一つの信号を送ってくる。

翁はじっと薄曇りの空を観測し続けた。


秀麗の頬にポツッと落ちた雨粒は、空を睨《にら》んでいる内にやんでしまった。まるで空《から》の桶《おけ》を必死で逆さに振っているかのよう。薄曇りの向こうには、太陽の影さえある。

今回の馬はかなりの鈍足だった。そのせいで早朝には蒼梧の野につく予定が大幅にずれこんだ。秀麗はそう信じているが、実のところ秀麗の怪我や疲労を察知した燕青とリオウが、できる限り休みをとったからでもあった。

もうすぐ昼。紅風が吹くという時間がくる。空模様はいかにも頼りないまま。

リオウは絶望した。「くそ、だめだ、この程度の湿気じゃ！　全然足らない……！」

蒼梧の野に入れば、馬に驚いたように、地面にいた不気味な黒と黄色の疫色飛蝗が飛び上がる。リオウはそれを見ながら、奥歯をかんだ。そろそろ、飛蝗が動ける程度にまで、気温があがってきた。雨でも、霧でもなく、太陽が、出てしまう。

「翁……っ、もう、もう、無理だ。今、羅病虫をださないと……っ」

数割しか鎮圧できなくても、手遅れになるよりはずっといい。

蝗害においては翁の統轄する大社寺系の知見がもっとも信頼されている。全社寺、翁の判断を待っているはずだった。時機を逸すれば、蝗害飛蝗が全州に飛散し甚大な被害と餓

秀麗の乗っている馬がいななき、前肢《まえあし》をはねあげた。燕青が慌ててなだめようとする。

リオウは嫌な予感がして、蒼白《そうはく》になった。

「……まさか……やめろ……羽羽、やめろ！　お前の、命が――」

リオウの嘆願は雨がかき消した。

大気の様子が、変わった。

白い棺《ひつぎ》の間に座していた瑠花は、大気が激しく変化するのを感じとった。

珠翠は息を呑《の》んだ。『風』が一人の術者の求めに従い、龍《りゅう》の如く天空を翔《かけ》る――。

霄太師は紅州の方角を見上げた。呟いた。

「風が」

全土に散らばる『異能』もちの術者たちは、かつてない術が働くのを感知し一様に身をわななかせた。

「変わる」

瑠花は椅子から立ち上がりかけ、こらえた。かろうじて。

「……羽羽……」

馬鹿者めが、とぽつりと言った。

槐《えんじゅ》の大樹は『風』を感じたものか、いつまでもざわめいていた。

迅が呆然《ぼうぜん》と空を見上げた。風がものすごいうねりをあげていた。渦を巻くように雲が垂れこめ、墨を流したような色に変わっていく。空気がみるみる湿り気を帯びていく。そぼ降っていた雨が次第に激しくなった。

雨脚が強まり、まもなく土砂降りになった。

降雨の中では飛蝗は飛べない。飛べてもたいした距離ではない。一度は飛び立った飛蝗も、戸惑ったように空中をさまよい、雨に押し返されて渋々地上に降りてくる。

旺季が溜息《ためいき》をついて目に流れた雨を拳《こぶし》でぬぐった。ふと首をひねった。

「迅……この雨……さっきまでの雨よりも温かくないか」

温度差で平原中に靄《もや》が発生し、白っぽく立ちこめ始めている。明らかにさっきまでより湿度が高い。迅がヘンな顔をしてボソッと言った。

「……考え過ぎかと思いますが、この妙にねっとりした温かい雨のにおい……藍州の雨に似てるような……」

旺季が考えこんだ。

「……確か、ずっと藍州全土で長雨続きで、水害が酷《ひど》いと言っていたな……」

「あ!! え!? じゃ、その雲をこっちまで呼んだとか? あ? じゃあ、藍州に雨雲がなくなったなら、逆に藍州の水害はおさまったってこと? は!? え? そ…んなことできるんですか!?」

「それができるのが大巫女《みこ》と、一の術者だ。それに羽羽殿なら、藍州の水害と紅州の蝗害を一挙におさめる方法を考えていてもおかしくない。あの方は……自覚がないのが問題だが、縹家では瑠花に次ぐ頭脳の持ち主なんだ」

信じられない。迅は天を仰いでうめいた。どんな頭の回りようだ。

「……待ってください。じゃあこの風と雨――」

「くそ、翁《おきな》!! あれほど知らせるなと言ったものを!!」

土砂降りの中、人々は抱き合い、飛びはねて喜んでいる。旺季はうつむいた。

「……助かった」

深々と、礼をこめて旺季は頭《こうべ》を垂れた。


……それから三日三晩、紅州全土で雨は降り続けた。

雨があがったとき、人々は空にあるものを認めた。

空の一角に、凶兆を示す赤い妖星《ようせい》が、不気味にかかっていたのだった。

もはや誰の目にも隠しようもなく。

第六章　紅《あか》い道化の嗤《わら》う声

三日後——。

晴れあがった蒼梧の野いっぱいに広がる光景に、秀麗と燕青は絶句した。

江青寺から一緒についてきた翁も、ゆっくりと周りを見回した。

翁は、ほう、と、長い長い、息を吐き出した。

「………成功、ですな」

文字通り鈴なりだった。からからにひからびた、黒い飛蝗《バッタ》の死骸《しがい》が、一面に広がっていた。蒼梧の野には薄《ススキ》や短い下草がまだ多少残っていたが、黒い飛蝗たちはその上部によじのぼり、天を向いた恰好《かっこう》で死んでいた。何か、キノコ類に見られるような菌糸が糸を引いて飛蝗と草にからみついている。

秀麗は鹿毛島《かげとう》の手記を思い出した。

「……鹿毛島の記述、そっくりの光景だわ……」

「……すっげぇ……超《ちょー》、不気味……確かに呪いっぽいわー……」

風でゆらゆらと薄の穂先や下草が揺れれば、鈴なりの黒い飛蝗ががらがらと地面に落ちていく。真っ黒い、がらんどうの目と一緒に。た。その様は薄気味悪いの一言に尽きた。

「……通常の緑の飛蝗は、雨が降ると下草の裏に隠れてやりすごすもの。ですが、罹病《りびょう》した黒い飛蝗は、おそらく疫病のせいで体内の何かが狂うんでしょうな。自分から草葉の上へよじのぼって、空を見上げて死んでいく。死骸から次々に病が広がって一夜にして巨大な群飛が全滅する……記述通りです。高温多湿の霧や雨は、人間でも疫病が一気に広がる悪環境ですゆえ」

　秀麗の裾《すそ》を巻き上げるように風が吹く。乾いた涼しい風だった。

　風は次第に強くなり、蒼梧の野を駆け抜けながら速度を増す。

　翁も秀麗も燕青もその風を感じた。

「……三日遅れの、紅風が、きました。秋が終わり、冬がくる……」

　ザァン……と、海鳴りのような音がして、ひときわ強い風が平原を吹き抜ける。

　ひからびた黒い飛蝗の体が粉々に砕け散り、風に巻き上げられていく。

　秀麗は髪をおさえながら、翁、と小さく呼びかけた。

「……紫州へは？」

「ほんの少しは流れたかもしれませんが、蝗害《こうがい》に至るものではありません。群れることができなければ、飛蝗は自然と元の、群れない飛蝗に戻ります」

「来年以降は」

「……よいことを教えましょう。干魃《かんばつ》は飛蝗の卵にとって何でもありませんが、他の天災や集中豪雨には弱い。雨の中は飛べませんからね。藍州に蝗害がほとんどないのは、雨がよく降るからでもあります。今回紅州で産みつけられた卵は、三日間の大雨で、ほとんど流れて死滅したと思われます」

「……では、先に蝗害にあった碧州のほうの、卵は？」

「あの大地震が良かったとは口が裂けても言いませんが、天災には地震も入ります。あの震災で半分以上の卵が壊滅したと思われます。あとは、春に州民あげて幼虫を減らせばいい。縹家の〝鳥使い〟を早々に出せば、群れる前にすべて食べてくれますする」

秀麗は風を吸い込んだ。

紅風が、ものすごい勢いで平原を遥《はる》か彼方《かなた》へ渡る。

「では、蝗害は」

翁は微笑んだ。

「終息です。初めて、一度きりで、おさまった」

翁のしわくちゃの頬を涙がほろほろと伝っていく。

「……わたくしは……こんな日を、夢見ておりました。『無能』だからこそできることがあると、兄様に言われてから、わたくしは、ずっと――……。兄様……瑠花様……」

秀麗は翁に向き直り、スッと両手を組み合わせた。燕青もそれにならった。

土の上に両の膝《ひざ》をつき、最高の敬意を示す礼をとった。

「王の官吏として、朝廷になりかわり、心からのお礼を申し上げます。蝗害における縹家一門のご尽力、本当に、ありがとうございました」

翁の涕泣《ていきゅう》も、黒い飛蝗の死骸も、一緒くたに紅風が空へ巻き上げていく。

海鳴りに似た風の声が、蒼梧の野に鳴り響いていた。


翁は迎えにきた道寺《てら》の侍者と一緒に江青寺へ帰って行った。

秀麗は風が鳴る蒼梧の野を見霽《みはる》かしながら、燕青と二人きり、その場に留《とど》まった。リオウはあのあと、血の気を失った顔で、江青寺の〝通路〟を使ってどこかへ向かったと聞いた。秀麗の目は州都梧桐にひたと向けられている。

「……燕青」

鈴なりの飛蝗をがらがら揺らして遊んでいた燕青が、顔を上げた。

「次の仕事に行くわよ」

秀麗には紅州でまだするべきことが、いくつか残っている。

「……燕青、言ったわね。消えた紅州産の鉄炭を、私は〝通路〟の向こうで確認したって」

「ああ」

「教えてちょうだい、燕青。調べてくれたんでしょ？」

薄《ススキ》が風で揺れ、がらがらと飛蝗たちが降り落ちて、砕けた。

藍州の塩と同じくらい厳格な規制と管理下に置かれているのが、紅州の鉄炭だ。それをすり抜けて大量の横流しができる方法は限られる。

「――横流しに関わった、紅州府の高官の名前を、聞かせてちょうだい」

＊　＊　＊

飛蝗の壊滅を見届けた志美は、その日、ようやく州牧室に落ち着いた。

部屋中、大量の飛蝗の死骸であふれ返っている。志美はとりあえず窓を開け、椅子と机案《つくえ》の上から山盛りの死骸を払い落とした。ふと見ると生き延びたわずかな飛蝗もいたが、感染のせいか一様に弱々しく、飛ぶこともできずによろめいていた。志美は開いた扉から逃げようとする、その飛蝗を殺す気にはなれなかった。見逃そうと思っていたら、のたのたと扉から出ようとしたその瀕死《ひんし》の飛蝗を、無造作に誰かの沓《くつ》が踏みつぶして殺した。

沓の主人は、そのまま州牧室に入ってきた。

志美は刻み煙草をつまみ、煙管《キセル》につめた。吸い口をかみ、火をつけた。

他の官吏はいなかった。

「――荀彧」

志美は紫煙を吐き出した。溜息《ためいき》をごまかすために。

「……君だね？　経済封鎖のとき、裏から手を回して、鉄炭の密輸を見逃したのは」

荀彧は答えなかった。

「それと、江青寺への予定より早い火箭《ひや》の打ち上げも、君の仕業だね？」

「…………」

「どうして、あんなことをした？　紅御史が間に合わなければ、何もかも台無しになっていたかもしれない。それに僕へあがってくる情報の選別も、していたね？」

何度も、何度も、志美はきいた。

『他に、僕に言うべきことは？』

『いいえ』

――いいえ。

長い、長い沈黙が落ちた。

志美は待った。今なら、その時間は無限に近いほどある。

しばらくして、荀彧は優雅な仕草で両腕を組んだ。風の吹きこむ窓から、蒼《あお》い空を眺める。荀彧は口をひらいた。

「……あなたは、火箭を打ち上げたのは、自分の指示だと、言ったそうですね」

それは志美の予想していたものとは異なる言葉だった。

「私は、あなたが好きではありませんでした」

「……ああ。知ってる」

好かれていないことくらいは志美もわかっていた。同い歳だが荀彧は志美よりずっと先に国試に優秀な成績で及第している。兵士あがりの志美と違って名門出身で、中央より地方で長く研鑽《けんさん》を積むことを選び、地方官の信頼も厚い。妬《ねた》みや嫉《そね》みは一切見せなかったが、志美の下につかされて面白いはずがない。

「だが僕を引きずり下ろすためにこんなことをしでかすとは思えない。そんなやり方は全然お前らしくない。旺季殿のためと言うのなら、わかる。だが今回は違う。少なくともいくつかは。特に江青寺の奇襲の時刻は、旺季殿の決めたことだった。なのに――」

「その時刻は、私には教えられませんでした。それ以前に、江青寺への派兵の件さえ」

荀彧は強く遮った。これもまた、志美が思っていたのとは違う返事だった。

「ええ、劉州牧。私は相手を見下しながら仕えるのには、慣れてます。そこに下流層出身で、オネエ言葉で五十すぎのヘンなおやじという属性が追加されようが、たいした違いはない」

「…………おい」

「たいした違いはないと、思ってましたよ。私の方が上だと、優越感をもっていられたなら、私は今までの上司同様、あなたの副官をつとめたでしょう。ぬかりなく」

そのとき初めて、荀彧は志美に顔を向けた。

「……だんだんね、苛々《いらいら》してきたんですよ。あなたの言葉や態度の一つ一つに、苛々した。あなたは、全部自分の責任で決めようとした。余剰食糧を井戸へ隠匿することも、碧州の使者への嘘の返事も、縹家系の社寺から力ずくで物資を収奪する件も、一切合財自分一人の責任にした。私には江青寺の件を相談しもしなかった。劉州牧、私もあなたに言ったはずだ。何度も。『私に言うべきことはないのですか』と。あなたは何一つ答えなかった」

「それは――」

志美は思わぬ話の流れに面食らった。思い出したように煙管をかんだが、味はさっぱりわからなかった。話の行き先と同じく。

「……それは、当たり前だろう。どれだけの罪状だと思ってる。被害を大きく見せかけて食糧を隠匿し、碧州の使者を追い払い、治外法権への侵犯を指示した。全部牢城《ろうじょう》行きだ。僕のやったことは紅州を守るために、国の半分を見殺しにしたのと変わりない」

いち早く涸《か》れ井戸や穴を掘らせて食糧を埋めたのは、大穀倉地帯である紅州の食糧被害を最小限に抑えるためだった。ここを守りきれば、国全体の食糧庫を守ることになる。無策なままむざむざ北方に輸送しても残らず飛蝗《バッタ》に食われるだけだ。解決法があれば食糧を開放するつもりでいたが、ない場合は碧州や北方二州を見殺しにする決断であることも重々わかっていた。罷免はまぬがれない。

「二人一緒にクビになるなんてばかげてる。僕がいなくても君が残っていれば当面は紅州府は回る。それだって別に君をかばったわけじゃない。州牧を譲ってやろうとか思ったわけでもない。単にそれがあのときの最善だった。君の好きな、合理性でね。違うかい」

「ええ。――ええ。わかってますよ。あなたの底の浅い考えなんか、わざわざ説明されなくてもわかってます」

珍しく荀彧がやけ気味な言い方をした。そんな自分に嫌気がさしているようにも見える。

「けれど、それなら副官の私がいる意味は、なんなんですか。陰で私の探りをいれてることは結構。お互い様ですからね。でも、私は州牧の補欠で紅州府《こ　こ》にいるわけじゃない。私は州尹です。あなたの副官で、補佐なんですよ」

志美は混乱した。どうしていいかわからず、ろくに吸っていないまま燃え尽きた煙管を、盆に置いた。

「……荀彧……」

「言いたいことはわかりますよ。私だって自分がなぜこんなことを言い出しているのか、さっぱりわからないんですからね。私に都合の悪いことは何もない。あなたに責任も罪状も押しつけて州牧になれる。でもね、だんだんむかっ腹が立ってきたんですよ。ふざけたオッサン州牧の浅はかな考えに黙って乗っかって、うまいことといったって、くそ面白くもない。州牧と州尹ってのは、一蓮托生《いちれんたくしょう》なんですよ。一度引き受けたら責任は折半だ。その覚悟で引き受けたんだ。あなたがそれをいまだに全然わかってないことが、一番、気にくわなかった！」

志美と荀彧は生まれも育ちも性格も、何から何まで違う。志美は荀彧に引け目があった。羨《うらや》みもあった。時々、自分がいなくても荀彧がいればいいや、とどこか冷めた心で考えることもあった。

江青寺で旺季に言われたことが蘇《よみがえ》った。

『……言う必要はないかと』

『ばかめ』

その意味がだしぬけに腑《ふ》に落ちた。今やっと。

──自分にも、責任をとらせろ、と。

確かに志美も荀彧への情報を規制していた。それは荀彧を疑っていたからでもあるが、最後に己で責任を負うためでもあった。

あのとき火箭の合図が早ければ早いほどよかった。縹家と話し合う猶予は、もうどこにもなかった。事態は切迫し、志美が待ったのも、旺季に説得されたからにすぎない。

荀彧が知れば、すぐさま火箭をあげろと言っただろう。

「……待て、荀彧。それじゃ……。それじゃあ、……お前じゃ、ないのか？」

「…………」

「経済封鎖のどさくさで、大量の鉄炭と製鉄技術者をどこかへ移送する書翰《しょかん》に判を押したのは」

ごうごうと紅風の轟《とどろ》きが遠く聞こえた。風は州牧室へも届き、飛蝗の死骸《しがい》を追い散らした。

やがて、荀彧は呟《つぶや》いた。

「……私ですよ」

溜息をつくように。

荀彧は刹那《せつな》、何か大事なものを手放すような、痛みのある眼差《まなざ》しをした。

「……本来だったなら、ね……。でも、途中で判を押したくなくなった。言ったでしょう。急にイヤになったんですよ。だから、別の者が押したんですよ」

「別の者!?」

「わざわざ私の判がなくても、今なら誰だってできますよ。紅州の郡太守は半数以上が旺季様を支持してます。経路さえ間違わなければ、示し合わせて素通りできる」

その瞬間、志美の脳裏に一人の名が浮かんだ。

いくら示し合わせるとはいえ、必ず通過しなければならない要所がある。——州境。

「まとめ役は東坡郡太守、子蘭か……!」

「春に中央でニセ金騒動もあったでしょう。どさくさで消えたという藍州産の塩と莫大《ばくだい》な金も同じ手口でしょうね。藍州の郡太守も今や半数以上が旺季様一門ですから。……そろそろかな」

「……そろそろ?」

「明け方、蝗害の終息を確認した旺季様が、それからどこへ向かったかご存じですか? そう、もうとっくに梧桐を出て、一路王都まで全速で帰還してます。そろそろ、浪燕青も追いつけないくらい遠くまで行っているはずだ。紅秀麗に旺季様を引き留めさせないこと、後を追わせないこと、旺季様の速やかなる王都へのご帰還。そのための時間稼ぎが、私にできる最後のことだ」

志美は混乱したまま、頭《かぶり》を振った。

「……どうしてだ？　途中まで、お前はその気だったはずだ。言っちゃなんだが、旺季殿と僕を秤《はかり》にかけて僕に傾くわけがない。今この瞬間だって、君は旺季殿のために使ってる」

荀彧はつと、志美の座る大机案《おおづくえ》に近づいた。盆に置かれた煙管《キセル》を優雅な手つきでとりあげ、新しい煙草を詰める。吸い口をきゅっとぬぐうと、軽くかんで火をつけた。

「私は今でも、旺季様がふさわしいと思ってます。他の者と同じように」

荀彧がくゆらすと、煙までさやかに、育ちがいい淑女のようにやわらかく漂う。

「旺季様の身分は関係ありません。そういったことや、利権や、国試派への恨み辛《つら》みで協力する貴族もいますが、それは少数派です。不思議なもので、若手ほど旺季様ご自身に従う。傍にいくほど、あの人こそふさわしいと思う。先王陛下のような絶対的な神性ではなく、苦労を重ねても少しも失われぬあの人の誇り高さに惹《ひ》かれる」

「………………」

「……私たち零落貴族は、先王戩華の『影』なんです。これからは別の時代がくると言って片っ端から家を取りつぶし、財産を収奪しておきながら、戩華王と霄宰相はもっとも巨大な八色《やくさ》の大貴族だけは解体しなかった。他の貴族は門下省に押しこめられて、息子の紫劉輝はますます彩《さい》七家ばかり寵愛《ちょうあい》した。特に紅藍両家をね。絵に描いたような昏君《ばかとの》だ」

志美は否定しなかった。黙って耳を傾けた。たとえこの話が旺季を逃がすための時間稼ぎだとしても。

「……矛盾にはね、誰もが気づくんですよ。切り捨てられたことに意味があるのなら、いい。でもそうでないのなら、私たちには怒る資格がある。……失ったものも手放したものも、大切でなかったわけじゃない。旺季様はね、その象徴なんですよ。あれだけの人がこの三年、王に一顧だにされなかった。王が彩七家を寵愛するのなら、昔と同じ貴族制だ。実力があれば身分にかかわらずひとしく重用される、という錦《にしき》の御旗《みはた》はどこぞの納戸にでも片付けたんですかね。中央地方ともに三年ずっと辛抱を重ねて、もう限界点です。紫劉輝には期待できない。でもまだ、旺季様がいる——」

先王によって雨後の筍《たけのこ》のようだった貴族が一掃された結果、残った彩七家にますます金と権力が集中した。旺季はそこに切りこむため、零落した貴族たちを鍛えあげ、地歩を固めさせ、国試派官吏や彩七家を相手に陣地争いを仕掛けて次々と要職を勝ち取った。すべては自分たちの実力で。

「あの方のつくる先の世界が見てみたい。私は今でも、そう思っています」

「……じゃあ、どうしてだ」

「どうしてでしょうね。急に嫌になったんですよ。決められた計画通り進むのを見て」

荀彧はゆっくりと州牧室を横切って、志美が開け放った窓辺に立ち、城下を見下ろした。

それに志美は妙な不自然さを感じたが、それが何かはわからなかった。

「私が州牧に昇格すれば、この紅州は獲《と》れる。今回の蝗害《こうがい》は絶好の機会でした。ボンヤリ待っているだけでいい。……なのにそんな単純なことをするのが、急に嫌になったんです」

荀彧は話しながら見るともなしに外を見る。官吏や民らが飛蝗《バッタ》の死骸をせっせと掃除している。子供らが走り回って「バッタ仮面ごっこ」なるもので遊ぶ声がする。のどかな光景だった。よかった、と荀彧は思った。

すべての罪と責任をその身に負って対処しようとする志美を見ていると、そんな理由で知らぬふりを決めこむ自分が、イヤになった。中央の政争のために、州尹をしているわけじゃないと、突然腹が立った。この火急時に、州民のことを第一に考えて動かない州尹とはなんだ。紅州府《ここ》に自分のいる意味がない。自分より馬鹿で教養がなくて、なのに見下しきれなくなってきた劉志美が、自分を頼らないことが、いちばん、目も眩《くら》むほど頭にきたのだ。

荀彧は紫煙をくゆらせた。ひとりごちた。

「……あなたをね、追い落とさなくては、紅州は獲れない。でも……もう少し、あなたの紅州政事を、見てみたかったのかもしれません」

荀彧は窓の外を見ている。

志美は不自然さの理由に思い当たった。

紅風の中をつっきって窓から一筋の矢が飛来した。あやまたず、荀彧を狙って。

鈍い音がして、床に鮮血が広がった。

「――紅州牧!!　紅秀麗です、入ります！」

秀麗は職務に忠実な衛士《えじ》や州官を振り切り、文字通り扉を蹴破って燕青と一緒に州牧室に転がりこんだ。

嫌な色をした赤が、視界に入った。状況を見るや、素早く扉を閉めて他の官吏らを遮断した。

「現在取りこみ中ですので、しばらく人払いを願います!!」

燕青は飛びこんできた第二矢を棍《こん》で叩《たた》き落とし、半蔀《はじとみ》を引きずり下ろした。どん、と三本目の弓箭《ゆみや》が半蔀に当たり、矢の半ばまでこちら側へ貫通した。

……しん、と沈黙が落ちた。やがて、のろのろと劉志美が言った。

「……よりによって紅御史にこられたんじゃねぇ。もう撤退したと思うよ……」

「――劉州牧!!」

秀麗は駆け寄った。志美の腕には、深々と矢がささっていた。袖《そで》が真っ赤に濡《ぬ》れ、腕を伝って血が絶え間なく床にしたたる。志美は苟彧をつきとばし、かわりに矢を受けたのだった。腕で防ぐほか術《すべ》はなかった。

「お医者を――」

「……ちょっとだけ待ってくれないかな、紅御史。少し話したい。大丈夫、腕だし。一本だし。矢ガモだって突き刺さったままトロトロ泳いでるの、よく見るじゃない」

「よくなんて見ませんよ!!　それに矢ガモだって飾りで突き刺してんじゃないですよ!!」

て座った。

元気のいい声に志美は救われた。秀麗と燕青の手を借りて、志美は壁に背をもたせかけて座った。

「……劉州牧……気をつけてって言ったのに……応急処置だけしときますよ」

「ごめん、ごめん。腕ですませたし、勘弁して。幸い毒矢じゃなさそうだし」

「二本目からは毒矢でしたよ」

「……マジでー」

燕青は自分の袖の柔らかい部分を裂き、手早く止血の処置をした。それから矢を引き抜いた。止血のおかげで派手に血が噴き出すことはなかった。

荀彧がよろめくように立ち上がった。官服に志美の血が飛び散っていた。自分の葬式を見たような顔をしている、と志美は思った。生き残った顔ではなく、死に損なったのを理解した顔だ。ようやく、荀彧を出し抜くことができたらしかった。

「荀彧、無事なら、僕の煙管、返して」

荀彧はやっと志美の煙管を握りしめたままなことに気づいたようだった。志美に近寄り、ぎこちなく煙管を返しながらトンチンカンなことを言った。

「……中の煙草、もう、どっかに飛んでいってないようですが……」

「いいよ。カラで」

志美はカラの煙管をくわえた。煙草の残り香《が》で気が落ち着いた。差しこむような激痛に眉《まゆ》をしかめた。志美も動転していないわけではないのだ。

傍の少女は一刻も早く医者を呼びたいのを口をへの字に曲げて何とかこらえている顔をしていた。志美は息を吐いた。

「……荀彧……僕はねぇ、ことと次第によっちゃ、旺季殿でもいいと思ってたよ」

ぴくりと、秀麗があからさまに反応した。

「だから君が州牧になるのもいいと思っていた。率先して譲るつもりはなかったけれど、今回頭の片隅で君と同じことを考えていたのは確か。……でも、やっぱ、やめるわ」

志美は腕の矢傷を見る。戦《いくさ》以来だ。久しぶりの痛みだった。数十年ぶりの痛み。

数十年ぶりの、怒り。

「……僕はねぇ、よりよい王様であってくれればいい。僕は平民だし、兵士あがりだし、思考は単純だ。上が悪いと何もかも悪くなる。そう思ってる。それ以上に、絶対譲れない一線がある。……正直、紅州産の鉄炭と技術者が消えた時から、怒ってる」

紅州を治める者であるならば、その狙いが何であるかたやすく察しがつく。だからこそ、荀彧が判を押したことを認めたくなかった。目の前の荀彧の硬い顔を見れば、荀彧が判を押さなかった理由も、志美と同じだったのだろうと思う。それだけが唯一の慰めだった。

紅家が隠しつづけてきた極めて特別な製鉄技術があることは、紅州府上層部ですら怪しげな噂として聞くだけだった。

――その技術があれば、質の高い鉄の大量生産が短期間で可能になる、という。紅家が戦に強い理由の一つとして、その真偽不明な噂は必ず囁《ささや》かれてきた。

最悪よりはマシだった世界。ガタピシ危うい荷車でも、何とか前に進んできた。志美はその世界が好きだった。人間らしさを荷車に積んで、重くても捨てずに引きずっていかれる世界。それがどんなに価値があるか、志美は知っている。せっかく一緒に戦から還《かえ》ったのに、自殺した親友をもつ彼には。

「──僕はね、荀彧。戦を考える王だけは、絶対に認めないと決めてる。どんなに優れた男だろうがね。それが僕の譲れない一線だ。甘いと言われようがそれが僕だ。だから僕は、旺季殿にはつかない。州牧もやめない。今、決めた。たった今」

「──」

「僕だってねぇ、怒る時はあるんだよ。お前ね、なんか美し～く死ぬ気でいたみたいだけど、ふざけんなよ。感傷的になりやがって。お前の暗殺もどうせ僕になすりつけられて、もろとも始末できてまんまと一石二鳥の魂胆だろうが。乗っかってどうする!!」

「……あ」

荀彧が今気づいたように、間抜けにぽかんと口を開けた。秀麗と燕青も「あ」と声を漏らした。

「あ。じゃねーわ阿呆《あほう》。これだから坊ちゃんは！　だいたいそんなこたーどうでもいいんだよ。僕の副官を僕の目の前で暗殺しようとしやがって。もう許さん。黙ってられるか。あーもう煙草入ってねぇえこの煙管《キセル》!!　お嬢ちゃん葉っぱ入れて！　燕青、火!!」

秀麗はあたふたと煙草をつまみ入れ、燕青も下男よろしく火をつけてしまった。若い男女にかいがいしく煙草をつけさせている様子を見た荀彧は、ボソッと呟《つぶや》いた。

「……なんか危ない趣味の変態五十おやじに見えますよ、劉州牧」

「うるせぇえ。でも気分いいのは確か。ふぅ、アタシ、こーゆー趣味似合っちゃうかも」

志美は本物の煙草をのんで、やっとこさ人心地ついた。

「……君を殺して口封じしようとした。司法の介入を許さずにね。僕はそれを許さない。絶対に。誰の差し金にしろ、旺季殿が全然気づいてないことはないはずだ。今、わかったよ。最後の最後は、それも仕方ないと思ってる。仕方ない？　仕方ないで戦やられてたまるか」

秀麗はうめいた。その顔は暗いというより、青ざめていた。

「じゃあ、やっぱりあの莫大《ばくだい》な鉄炭と、消えた技術者の使い道は戦の準備――」

志美はハッとした。

「あの鉄炭、と、言ったね？……まさか、君――」

「見つけました。技術者はまだですが。消えた鉄炭はこの目で確かめました」

「どうやって!!　こっちだって血眼でさがしてたんだぞ。なのに」

志美は啞然《あぜん》とした。

「待て。そもそもなぜ荀彧じゃないとわかった？　僕でさえ荀彧だろうと踏んでたのに」

「そうですね。荀彧さんを疑う要素はそろっているし、事実、完全な無関係でもないのだと、思います。でないと嫌疑もかけられない。三割くらいは疑ってましたよ。真実を確かめるつもりでここへきたんです。けれど、もし荀彧さんが犯人じゃないなら、荀彧さんの命が危ない――」

誰かの身代わりに、殺されようとした荀彧。

「そうか……荀彧を殺せば、そこで糸が切れる。生きたまま御史に引き渡されれば、誰かの名前を吐くかもしれない。殺して子蘭の罪をかぶせた方がいい、か」

自分にできる最後のことだと、言った荀彧。志美は訊《き》いた。

「君は、荀彧を守りにきたのか」

「ええ。もし死なれていたら、容疑の矛先は……まあ、劉州牧に向けるしかないです」

「だよねェ。衛士も遠ざけて二人で密談中に矢で死んだって、僕が口封じしたとしか思われないじゃん！　鉄炭の件は副官のやったことで僕全然知りませぇんなんて、悪徳政治家みたいなセリフ言えないしぃ。ホラ見ろ荀彧、君が死んでたら僕まで容疑者として取り調べられるとこだったじゃないか。これ以上ヘンな肩書き勝手にくっつけないでくれる。個性的すぎると雇ってくれないからギリ線見極めてやってきたのに」

見極めてたんだ…と他の三人は思った。でもその見極めはだいぶ間違っている気がする。

つくづくと、志美は秀麗を見直した。参った。志美は兜《かぶと》をぬいだ。

「……きてくれて、助かったよ。ありがとう。で？　荀彧を取り調べる？」

「いえ、先に旺季《ちょうき》将軍を、追います。気になってることがあるので」

「いきなり超弩級《ちょうどきゅう》の大物に真っ向から切りこむの？　一番下っ端の御史なのに。それに残念だけど到底間に合わないよ。旺季殿はとうに梧桐を離れたんだ。荀彧自殺未遂事件はその時間稼ぎでもあったんだから」

「追わない理由になりますか？　そのうちのどれか一つでも」

秀麗はきっぱりと言う。志美は微笑む。若草のような清々しさだった。

「――いいや」

青い空に、大きな白い鳥を見上げた昔、もっといい世界がこの先にあると志美は思った。黒煙と死体だらけのあの世界から、小石を一つ一つ積むように時を重ねて、こんな御史が生まれる国になったのなら、自分たちが生きてきた道も、悪くない。全然。

「荀彧さんは、しばらく劉州牧の裁量に委《ゆだ》ねます。紅州州牧暗殺未遂事件の目撃者でもあるので、重要証人です。大事に扱ってくだされば、今まで通り働かせても結構ですんで」

志美と、荀彧の目が点になった。ややあって、志美は顎《あご》をなでた。

「……ナルホド。事情を知らなければ、そんな風にも見えるね。腕もこんなんだし、荀彧には文字通り片腕がわりに当分死ぬほど働いてもらうことにするか。精鋭護衛つきで」

「あとで、ちゃんと戻って調べますよ！　それまでですよ。多分。まあ……とりまぎれて私が忘れてなければ……」

志美は笑って、荀彧に顎をしゃくった。

「お礼に駿馬《しゅんめ》と仙人の古文書を手配してあげよう。荀彧、今すぐ一筆書いて僕の州牧印と州尹印二つ押して渡したげて。それ見せたらどの部署、どの関塞《せきしょ》でも、たいていの要求は丸飲みしてくれる魔法の古文書だ。紅州限定。出世って素敵だよね。僕ってばイカした仙女のようなオネエ州牧じゃない。ていうかそろそろ僕も限界。痛ぇええ。うう医者ー。なんかまた川が見えるー」

秀麗は荀彧にオネエ仙人の古文書（でも公文書）を書いてもらいながら悲鳴を上げた。

「三途《さんず》の川ですかソレ!?　渡んないでくださいよ!!　矢ガモ状態で無理するから！」

「だって医者嫌いなんだもん……昔さんざん僕のこと頭のおかしい変人扱いしてさぁ……」

それは医者ばかり責められないような気がする、と秀麗と燕青は思った。でもその言葉の裏には、表層的なものではなく、もっと深い意味がこめられているような気もした。

燕青が医者を呼びに行こうとするのを、志美は首を横に振って断った。

「いいよ、君たちは先に行きなさい。医者は荀彧に呼んでもらうから。紅御史」

志美はもう一度礼を言った。今はもう、黎深の姪《めい》とは見ていなかった。全然。

「君にはたくさん助けられた。何度も、何度も。ありがとう」

「いいえ、それが私の仕事ですから」

と、秀麗は答える。本当に何でもないことのように。

「僕は王様に味方するとは言えない。でも、旺季殿にはつかない。それは約束しよう。でも万が一大事が起こったとき、僕の預かってる民を守るために必要なら、旺季殿に降《くだ》るだろう。僕の首一つでおさまるならそうする。僕にも、命がけで守らないとならないものがあるから」

「……違うと思います」

「え？」

「命がけでやるなら、私なら、もっと別なことをします。そのために、行ってきます」

紅秀麗はサッと踵《きびす》を返し、州牧室を出て行った。

燕青もにやっと笑って志美へ手を振って、去っていった。

燕青と入れ違いに、州官たちが中をのぞきこんでくる。血だらけの床と、志美の血染めの官服を目にして全員悲鳴を上げた。われ先にと飛びこんできて騒然となる。秀麗と燕青が衛士《えじ》や州官にまぎれて消えていく。志美が荀彧に目をやれば、自分とまったく同じ顔をしていた。啞然。

「荀彧、王様に全然いいとこないって言ったけど、本当はいくつかあるんだよ。その一つに、あのお嬢さんを官吏に取り立てたってことを、付け加えるよ」

鍛えて育てたのは葵皇毅たちだが、彼女を官吏にしたのは王だった。

志美が目で促すと、荀彧は嫌そうな顔をしながらも志美に肩を貸して、立たせた。

荀彧が半蔀《はじとみ》を振り返った。矢が飛びこんできた、その窓を。束の間、あのときと同じ、何かを待つような遠い目をした。志美は声をかけた。

「荀彧、もう矢は飛んでこないよ。あきらめて、生きろ」

「…………」

「君はもう選んだんだ。こっち側を。向こう側には行けなかった。そういう人間なんだ。

君を踏みとどまらせたのは、僕じゃない。君自身の心だ。いろいろ理屈を並べてたけど、本当は戦支度の荷担に、どうしても自分の判を押せなかったんだ。許可できなかった。……違うかい」

志美と荀彧は戦を知っている。戦を知っていようがいまいが、戦を起こす者は起こすのだということも知っている。荀彧は向こう側の人間にはなれなかった。ただそれだけ。それは志美にとってはこよなく尊い決断。心をこめて、志美は言った。

「僕は、それを嬉《うれ》しく思う。旺季殿を尊敬したままでいい。そのままで、こっち側の世界で生きろ」

荀彧の目が半蔀から、志美の方をゆっくりと向いた。

ずきずき痛む腕を無視し、力なく志美は笑った。

「僕は君のいない世界より、いる世界のほうがいい。だからどうかこっちにいてくれ。君が大事な人を裏切って紅州府《こ》に残るわけじゃないことは、僕が知っててやる。それじゃだめかい」

「……左腕の、かわりも見つからないし？」

「ああそうそれ大事。あとは……友人の自殺を見るのは、僕は一度でたくさんだし、さ」

荀彧は目を伏せ、ひそやかに息を吐いた。敗残兵の顔だった。荀彧が死に損なった時、彼は負けたのだ。最後の最後で、志美が勝った。それをようやく受け入れ、あきらめた敗残兵の顔だった。そのままで、生きることを選んだ顔。

「珍妙奇天烈《きてれつ》なオネエ州牧に友達呼ばわりされるとは、私も落ちぶれたもんですよ……」

もう二度と、荀彧はあの半蔀を振り返りはしなかった。

志美の目の前を黒い蝶《ちょう》が横切った。秀麗を追うように扉からひらりと出ていく。幻？

志美は目をしばたたかせた。なぜか、あの渡り蝶に思えた。

命を賭《か》けて、必死で渡っていく美しい黒蝶。まだ見ぬ、その先の世界へ。

束の間、その蝶と、紅秀麗の後ろ姿が重なった。

「……命を賭けるなら、もっと別なことに賭けるって、さ」

「そう言ってましたね」

「見たいな……。あんな娘《こ》が生きてつくる、先の世界が見たい」

荀彧は志美を長椅子に寝かせながら、嫌な顔をした。

「縁起の悪い言い方ですよ。それじゃまるで紅御史が死ぬみたいじゃないですか」

医者がやってきた。州官らは周りで心配そうにし、口々に言った。

「──州牧！　空を見てください。あの妖しい星が不吉の前触れだったのかも」

「荀彧様がついにキレて州牧を刺しちゃったのかもですが、それもこれもあの星のせいだと思います！　何とぞご寛恕《かんじょ》を！」

「星？」用心しいしい、荀彧が半蔀を引き上げた。頬がこわばった。

「……赤い帚星《ほうきぼし》です。あんなに大きいのは……滅多にない」

「あんま聞きたくないけど……意味は？」

「凶兆です。それと」

玉座の交代、と荀彧は答えた。

窓の下で、少女をのせた一頭の馬が跳ね橋を駆け抜けていく。一路貴陽へ、妖星《ようせい》へ向かってひた走る。赤い禍《まが》つ星に戦いを挑みにいく孤影さながら……。

＊　＊　＊

「燕青、間に合う？」

「んー、オネエ州牧の古文書で、厩《うまや》で一等いい馬遠慮なく強奪《パク》ってきたけど」

厩番が「後生だからその馬だけはもってかないでぇええ！」と号泣するのを足蹴《あしげ》にしてふんだくってきた馬である。桁違《けたちが》いに速く、まさに飛ぶように駆ける駿馬だった。

「赤兎馬《セキトバ》がどーたらこーたらとか泣きすがってたけど……赤兎馬って何？」

「さー？　馬に興味ねぇからなあ。紅州は馬まで赤毛なんだなーってのはわかったわ」

梧桐を出て、紫州方面へまっしぐらに早駆けする。景色がどんどん後ろに流れていく。

それも秀麗にはじれったくなるほどのろく感じた。

燕青はちょうど真正面の空にぽつりと浮かぶ赤い妖星を見た。行きは帚星に背を向けていたため、全然気づかなかった。

「うわー……いやーな星が出ちゃってら。飛蝗《バッタ》やら星やら、踏んだり蹴《け》ったりだナー王様」

「うっさいわよ燕青。凶兆の妖星が出ようが出まいが、もともとヤバイ状況になんの変わりもないってのよ。ますます雲行きがアヤしくなってても、別に星のせいじゃなし。お空の飾りよ、飾り」

「そこらへん、姫さんは現実的だよな……さすが貴陽育ち。でもなぁ、あの位置……貴陽からだと、もっと早くから見えてたかも」

秀麗の顔つきが険しくなった。

「……それ、いつごろから、見当つく？」

「わからん。でも姫さんが消えちゃった後だろ。姫さんの失踪《しっそう》も妖星の祟《たた》りにされてたりしてアッハ」

「ちょっとぉぉおお。祟られるほど悪さしてないわ。せめて神隠しにして！」

燕青のいわんとすることは理解できた。今走り抜けてきた梧桐でも、妖《あや》しい星の出現に気づいて、人々は不安げに空を指さしていた。蝗害《こうがい》も凶兆の徴《しるし》だったのではないかという囁《ささや》きも、数え切れないくらい耳に入ってきた。

「待って。じゃああの赤い星はそんなに前から、出づっぱりだったってこと？」

「つーか多分冬の間ずっと出てるぜ。お師匠から昔教わったのが本当ならだけど」

「帚星って、流れるんじゃないの⁉　そんなに長く留《とど》まるものなの⁉」

「なんか、種類が違うんだと。俺もよくわからん。でも、星の終わりって、言ってた」

「……星の、終わり……」

「星は蠟燭《ろうそく》みたいに、終わる前にひときわ明るく輝いて、真っ赤に燃え続ける。そのあと砕け散って、幾千もの流星雨になって夜空に降り落ちる……だったかな」

「詩人じゃないの」

　空に浮かぶ赤い星を、秀麗は睨《にら》みあげた。

「紅州で旺季さん捕まえるのは難しいぜ、姫さん」

「……わかってるわ。狐男があの山に足止めしたがったのも、おそらく時間稼ぎだもの。旺季将軍に追いつけなかったとしても東坡郡太守の子蘭は捕えるわよ」

　そもそも煩悩寺の〝通路〟は縹家の動向次第で使用が左右される上、大量の鉄炭を全部あの狭いお堂の〝通路〟から運ぶには膨大な手間暇がかかる。ちっとも現実的じゃない。あの山は紫州のどこかにあるとリオウは言った。〝通路〟に頼らず紅州から紫州まで確実に輸送ができる手段をおさえていたと考えるべきだった。

（どんな経路でも、州境の東坡郡太守の通行許可が必ず必要になる）

「『抜け殻』にはまんまと騙《だま》されたけど、今度は生きた人間。悪事の証人にもなれるわ。絶対挙げるわよ。それにねぇ、もしかしたら旺季将軍を——」

「何？」

「旺季将軍を、あっと言わせて、恩を売れるかも」

秀麗はにやっとした。そのことに燕青は驚かされた。思うようにいかない時でも、今の秀麗は笑えるのだった。

どこまで秀麗が秀麗のまま、こうして先へ行けるのだろう。

「燕青、今のうちよ。私に何か訊《き》いておきたいことない？」

「えぇー？……山の『抜け殻』がニセなら、本物って、どこで何してんだ、とか？」

「…………え？」

秀麗は虚をつかれた。

本物の『抜け殻』は、今、どこで、何してる――？

秀麗はこの数日間、狐男と蝗害と鉄炭で引きずり回された。

相手は今までも用意周到に、何重もの罠《わな》を仕掛けてきた。

そこには常に隠された意図が別にあった。

「……私……私、自分が狐男につけ狙われてることで……もともとの目的、忘れてた……」

狐男の狙いは、秀麗という邪魔者の注意を逸《そ》らし、隙を見て始末することだと、思いこんだ。

(違う)

『抜け殻』を追うと珠翠に伝えたとき、その理由をなんて言った？

『なら、縹家に関して動いていたのはほぼその男だと思っていいと思うの』

今の縹家はガラ空きだ。精鋭術者も巫女《みこ》も戦える人間も、すべて各州の神域に出払ったまま、、、のはずだ。

御史の秀麗も紅州にいる。目まぐるしく変わる状況に対応するうちに縹家のことは抜け落ちていた。

――釣りだされた、、、、、。

背筋が粟立った。

神力の衰えた元大巫女。それでもいまだ縹家全社寺を束ねる力と、ずば抜けて明晰《めいせき》な頭脳をもち、何より『あの人』と取引をし、その顔を見、その名を知っている。

一度は失敗した暗殺。でも、このまま見逃すわけがなかった。

秀麗は戦慄《わなな》いた。

美しい少女姫の白い面差しが浮かんだ。

（間に合わない）

ここからじゃ、どこにも行けない。助けに行けない。お願いやめて。

「――瑠花姫!!」

＊　　＊　　＊

誰かがやわらかい土を踏んで近づいてくる。いつものように白木の椅子で体を休めていた瑠花は、そちらに顔を向けた。

白い棺《ひつぎ》の葬列をすりぬけて、一人の娘が歩いてくる。

顔色は死人の如く蒼白《そうはく》で、呆然《ぼうぜん》とした表情を浮かべている。カラクリ仕掛けの人形のようにぎこちない足どりである。

瑠花まであと数歩と迫ったところで、瑠花は娘の名を呼んだ。

「立香」

立香の足が、止まった。娘の体のほうはなおも前に進みたがるように、小刻みに震えている。

やがて立香の青白いほっそりした顎《あご》が激しく震えだし、その目から涙があふれて、したたりおちた。

まるでよくできた人形が涙を流しているようだった。目は虚《うつ》ろで、瑠花でなしにどこともつかぬほうをぼうと見つづける。眉《まゆ》も頬も唇もぴくとも動かない。睫毛《まつげ》だけが上下し、ほろほろと涙をこぼすのだった。

立香はあえぐように微《かす》かに唇を開いた。口のほうは嫌がっているようだった。

「……花…さ、ま……。……め、んな…さ…い」

風の囁きにも負けるような、あるかなきかの儚《はかな》い声だった。ごめんなさいごめんなさい。何度も、何度も、それだけを繰り返す。それしかしゃべれなくなった、壊れた人形のように。ごめんなさい。

帰ってきてしまって、ごめんなさい。

瑠花はひと言だけ返した。

「よい」

立香の血の気を失った青白い頬を涙が流れていく。

「……私…あたし……ここしか、瑠花様の傍にしか、帰りたいとこ、なくて……」

「よいと言うておる」

「帰ったら、どう……なるか、あたし、知って……絶対…ダメだって思……帰ったらダメ……だから、逃げて……でも、捕まっちゃ……あたし……役に、立たない……何も。全然。ごめ…なさい……瑠花様の、お顔、どうしても浮かん……ここに、帰って、きちゃ……」

「立香」

瑠花は立香に告げた。

「ここがそなたの帰る場所じゃ。何を謝る」

泣きながら、糸が切れた人形のように、立香の体は地面にくしゃりとくずれ落ちた。

そのうしろから、影のように一人の男が現れる。抜き身の剣をひっ下げて。

「……何度も何度も、しつこいことじゃ」

男の顔にさしたる表情はない。しいていえば時たまゆらゆらとした陽炎《かげろう》のように、いくつかの過去の残滓《ざんし》や感情が浮かんでは消えるだけだ。それが、不意に変化した。はっきりと残酷なものにとってかわった。

「うふふ。しつこいのが僕の取り柄でねー。途中で放り出したりはしないんだよ。特になんかヘンに改心しちゃって、僕の悪事をもろもろばらしてくれちゃいそうな縹家のおばちゃんはね。まったく……ここを見つけるのに、これだけかかるとはねぇ」

「只人《ただびと》でここを探り出したあげく、ほとんど反則技でたどりつく手段まで考案してのけたのは、おぬしが初めてじゃ。ろくでもないことにばかり頭と熱意を費やしおって。――凌晏樹」

「あなたに言われたかないなー。あなたもたいがいろくでなしだよ」

『抜け殻』が、凌晏樹の声で、笑う。

「証拠は人間ごと隠滅が基本。もう充分生きたでしょ？　ていうか生きすぎ。いい加減に縹家には表の政事からどいて奥にスッこんでてもらうよ。そう、百年くらいね。旺季様の邪魔はさせない。時代遅れの女皇様。もうとっくの昔にあなたの幕はおりてる。舞台袖《そで》にひっこんでもらおうか」

男の顔から、ぬぐいさるように『凌晏樹』がかき消える。その鮮やかさに瑠花は舌を巻いた。只人にすぎぬ凌晏樹がこの死体を『使える』のは特別の理由がある。その理由ゆえに、逆に凌晏樹が『使える』のもこの世でこの一体のみ。

さりとて縹家の人間でも、ここまで自在に『操る』ことができるのはそういない。

「才能だけは、むやみやたらにどっさり与えられおって」

再び自我の失われた『抜け殻』に戻った男は、自分の手にした剣を見て、何をするべきか思い出したようだった。白木の椅子に座す瑠花のもとへ、一足飛びに間を詰める。

このときを待っていたのは、瑠花も同じだった。各地に一族を散らばらせ、縹家をガラ空きにして待っていたのは、瑠花とて同じ。

「──殺《と》れ。わたくしの最後の命じゃ。あの素っ首、落としてまいれ」

〝暗殺傀儡《にんぎょう》〟たちが風のごとく現れ、瑠花の命《めい》に従う。

その様を見るのは、久しぶりだった。〝黒狼〟との戦で大人の〝暗殺傀儡〟はことごとく討たれ、子供の〝暗殺傀儡〟しか残らなかった。以来大事に大事に育てた、彼らが瑠花の最後の〝暗殺傀儡〟たち。

激しく斬り合う。相手は死体ならうえ、自我がない。どんなに体を斬られようが、まるで痛痒《つうよう》もない顔で反撃してくる。

それも時間の問題だった。腕は〝暗殺傀儡〟たちの方が遥《はる》かに上だ。首をとれると瑠花は踏んだ。

そのとき、男の動きに変化があった。まるでどこからか凌晏樹の指示が聞こえたかのように、男の目が、倒れている立香をとらえた。

〝暗殺傀儡〟に見向きもせず、立香に狙いを定めた。

立香は指一本動かせなかったが、目だけは開いていた。両目は立香の意思に関係なく、すべての光景を淡々と映しだした。

ぞぶん、と、薄い肉を突くような、鈍い音が落ちた。

闇さながらの瑠花の黒髪が、立香の顔に滝のように流れ落ちる。懐かしい香が立香の鼻先をくすぐった。お傍にいた時、いつも匂い立つように漂った瑠花の薫香。雪さながらの肌、血のごとき唇。けぶるような睫毛に囲まれた磨いた黒炭の双眸《そうぼう》。その奥で、時折熾火《おきび》のように強い意志がはぜている。どんな見目形でもきっと自分にはわかる。お傍でお仕えしたいと立香が焦がれたその孤高の女主人の顔が、今までよりも遥かに近くに、あった。その双眸が、立香の前で、何かをあきらめるように、一度閉じられた。むせるような血と肉と鉄のにおいが立香の鼻の先につんとのぼってきた。

瑠花の腹から、白い切っ先がのぞいていた。

立香は悲鳴を上げることさえ、できなかった。こんな時でさえ、指一本、動かなくて。できるのは、ぱたりと、人形のようにまばたくのみ。

「……花……さま……うして……だって、……たし……あたしは……もう」

「立香」

「…………あたし、は、もう、…………死んで、るのに…………」

瑠花は息をついた。つとめていつもの顔で、いつもの冷たい声になるようにした。

「……先刻承知じゃ。この白い棺の間には、生者は高位巫女《みこ》数名、筆頭術者、わたくしを守る〝暗殺傀儡〟しか、これぬ。わたくしの『本体』が座る、この場所にくるには」

瑠花は立香を撫《な》でた。その手は老いさらばえ、骨も節も浮き出た、しわくちゃの小さな手だった。豊かな黒髪も、あっというまに鴉《からす》の濡《ぬ》れ羽《ば》色から脂のない白髪《しらが》に変わっていく。

ずっと白木の椅子に座り続けていた、瑠花の本当の姿だった。

立香は泣きながらその老いた顔を今までと変わらぬ渇仰をもって、くいいるように見つめた。そう、どんな見目形でも立香にはわかる。関係ない。瑠花が瑠花であれば。

瑠花は言った。

「……この場所にくることができるのは……あとは死人のみじゃ。立香……」

瑠花は呟きながら立香の頰を撫で、首筋を撫でた。立香は、ぞっとするほど冷たかった。もはや生者ではない者の冷たさであった。血の気の失《う》せた首筋には、絹の練り紐《ひも》でしめられた無残な痕跡《こんせき》が残されていた。

――立香の、死体。

「凌晏樹がここにいるわたくしを見つけ出すために……お前を殺したのじゃな……」

死んだばかりの魂は、焦がれ、未練があり、恋しい者のもとへ翔《かけ》ることがある。立香を殺せば、魂魄《こんぱく》が瑠花のもとへ飛翔《ひしょう》すると凌晏樹は考えたのだろう。

どんな障害も結界ものともせず、瑠花の『本体』の場所へ、魂ならまっすぐ案内してくれる。だがそれでは、『抜け殻』は追えない。だから立香の死体に、飛翔しようとする魂魄をむりやり留《とど》めた。おそらくは神器の折と同様縹家から引き抜いた若手術者どもを使って。

翔《と》べない魂は、仕方なく体を引きずったまま、のろのろと戻る。死体が通れる場所を通って。

ごめんなさいごめんなさいと謝りつづけた立香。

立香も気づいていたのだ。だから必死で、我慢した。我慢して、我慢して、人形のように身じろがず、くびり殺されてもなお、瑠花を守ろうとした。

立香は泣いた。

「……ど…しても……瑠花様に……一目…会い……あたし……。ごめ…なさ……」

「よい」

「……め……ん、な、さ……い」

「よいと言うておる。わたくしに……会いたかったのであろ。何も咎《とが》めはせぬわ」

立香の渇仰を利用してここを暴き立て、瑠花を殺すためだけに立香を死体にした。

束の間、瞋恚《しんい》の火が、瑠花の黒炭の目にぎらぎらとともった。

「……わたくしはか弱き者の擁護者、天空の宮の女主人。わたくしの許《もと》までたどりついた者は、すべからく縹家とわたくしの庇護《ひご》下におかれる。妖《あやかし》でも人間でも狐でも、死体でも、等しく公平に。この命を賭《か》けて。それが……わたくしじゃ」

このかんに投げ放った剣のもとに男が到着した。瑠花の背にある柄《つか》に手をかけ、瑠花の老いた薄い体から、剣をずるずると引き抜いていく。

瑠花は後ろの男など振り向きもしなかった。

「もう眠るがよい、立香。よく還《かえ》ってきたの。さあ、子守歌を歌《うと》うてやる。泣くでない」

横たわる立香の耳に、子守歌が聞こえてきた。立香が縹家にきた初めての晩、泣き止まない自分に、瑠花が子守歌を歌ってくれた。

あのときから、立香の居場所は、瑠花の傍以外に、どこにもなくなったのだ。

瑠花の顔を、立香は胸に焼きつける。美しい少女姫も、このしわくちゃの小さな瑠花も、好き。大好き。どっちでもいいのだ。還りたい場所は、ここだけ。

「……『お母、様』」

瑠花の手にそっと頬ずりして、立香は目を閉じた。そして二度と、開くことはなかった。


切っ先が最後まで引き抜かれる。ようやく瑠花が振り向けば、『抜け殻』は首を一刀に落とす形に剣を構えていく。

瑠花もたいがいこの『抜け殻』とかわらないのだ。一族の巫女に『憑依《ひょうい》』ができる瑠花を本当の意味で殺す方法は、たった一つ。『本体』の首を、落とすこと。

瑠花は腹を押さえた。ぬるりと、いやな感触がする。久しぶりの肉体の痛みだった。枯れ木のような『本体』では、もう出る血もたいして残っていないのか、やけにゆっくり、薄い血がトロトロ流れ出る。

瑠花は妙に笑えてきた。自分はまだ生きていたのだと、実感した。多くの巫女の体を使いつぶし、いつからか、自分が生きているのか、死んでいるのか、よくわからなくなっていた。体中の血が、痛みと熱が、骨と肉が、まだ生きていると悲鳴を上げているよう。

〝暗殺傀儡《にんぎょう》〟たちは見えぬ手で影を縫い留められたが如く一様に凍りついている。顔にめいめい苦悶《くもん》の色を浮かべている。彼らを見えぬ手で止めていたのは瑠花であった。気が変わったので。

「……最後の命令を変更する。今より〝暗殺傀儡〟の任を解く。……生きよ」

〝暗殺傀儡〟たちは抗《あらが》った。全員。

「大姫!! 大姫! やめテください。やメてくださいやめてください――どうか!!」

瑠花は驚いた。唯々諾々とは従わぬ強さをいつのまにその身に宿していたのか。自分の術を破るほどの。心身共に薄弱に生まれついた一族最後の『白い息子たち』。瑠花が守っているつもりだった。

いつからこれほど強くなった? いつからだろうと、瑠花はここでもまた、見誤っていたのだった。彼らはもうどこででも、生きていける。瑠花が守ってやらなくても。

瑠花はもう一度告げた。無情に、冷酷に、厳然と。彼らを守るために。

「生きよ。もうわたくしを守る必要はない。ここでわたくしを殺せなければ、凌晏樹は何度でも、どんな手を使ってでも、またこうして送りこむ。わたくしを殺すまで。……もうこれ以上の犠牲は、よい。……そなたらの心だけ、もらってゆこう」

〝暗殺傀儡〟たちの『名』をそれぞれ呼ぶ。名を呼ばれた『息子たち』は意識を断たれ、一人一人その場にくずおれていった。

それを確かめると、瑠花は目も眩《くら》むような鈍痛をこらえ、重たい肉の体を引きずって、何とか白木の椅子に座った。『本体』が気の遠くなるほど長い、長い間、ずっと座り続けた白木の椅子。

椅子の腕に手を置く。枯れ木のような老女の手であった。もはや在りし日の姿はどこにもありはしなかった。流れ落ちるのは自慢の黒髪ではなく白髪で、脂っ気がなくぱらぱらと抜け落ちていく。瑠花が目を背けていた、むきだしの自分。重ねた老いが残らずそこにあった。不思議と無様とは思わなかった。

『戻って』きた。ようやく。これが自分。心も、体も、すべて瑠花のもの。自分の国。

そう思えるのは、大巫女の役目を終えたからか。それとも縹家から何一つもちださず、己のまま訪れ、己のまま出て行くことを選んだ、紅秀麗と会ったからか。

槐《えんじゅ》の根方に据えたこの椅子に座ると、葉ずれのざわめきがよく聞こえる。

葬列のように並ぶ何十もの白い棺《ひつぎ》。ずっとここで、棺に眠る娘たちを見守ってきた。一つ一つ棺はカラになり、瑠花の体となり、また土に還っていった。今度は、自分の番がきただけだ。

男はまだ何か面白い一幕があるかとばかりに手を止めて眺めていたが、もう何もないと察したらしい。椅子に座る瑠花の前へやってくる。

たまに過去の残滓《ざんし》が通り過ぎるだけの虚《うつ》ろな目を、瑠花の首に据える。

男は何も言うことはなかった。——いや。

一刹那《いっせつな》、『凌晏樹』になって、言った。

「はい、おしまい」


遠く、海鳴りの音がする。瑠花はついぞ本物の海を見ることはなかった。

縹家に在り、か弱き者のために生きる。命の尽きる最期まで。それが瑠花の誇り。

選んだ人生であったので。


誰かが瑠花の名を呼んだように思えた。

紅秀麗だったようにも、珠翠にも、戩華や紅傘《べにがさ》の巫女の声にも、……羽羽の声だったようにも、思われた。

刃《やいば》が瑠花の首に落ちた。

一拍おいて、瑠花の小さな首が、てんと転がった。

葬列のような白い棺の、間に。

第七章　最涯《は》ての骨の墓標

「──迅、確実なんだな？　縹瑠花がまもなく死亡するというのは」

「多分……。晏樹様はその気でいると思います。俺が一度止めましたが、お嬢ちゃんの様子を見れば、まだ縹家や神域を引っかき回してる。おそらく瑠花暗殺の布石と思われます」

旺季と迅は轡《くつわ》を並べて馬を駆り立てる。

「縹家にはもう瑠花を守れる人手も余裕もない。……今なら、確実に殺《と》れます」

それがもはや止めようもない事実であることを、旺季は察した。

同時に、自分は果たしてそれを止めたかったのだろうか、とも思う。瑠花の出方次第で迅に始末させることも考えてはいたものの、晏樹のほうはもはや瑠花を生かしておく気はなかった。それをわかっていながら、釘《くぎ》の一つもささずに旺季は出てきた。

（……縹瑠花）

瑠花に関しては、旺季はなるべく考えないようにしていた。先代〝黒狼〟だった姉も、娘の飛燕も、瑠花に殺されたといってよかった。娘の飛燕に関しては灰の一握り、遺骨一つ戻ってはこなかった。ただ息子を生んで死んだと、一方的に訃報《ふほう》をよこしたきり。

娘の行く末が決して明るいものにはならぬことを、嫁がせた時から覚悟はしていた。だが訃報を聞いた時の、焼けつくような瑠花への殺意は、今も旺季の心の奥に刻みこまれている。

瑠花を殺す気はなかったと言えば、嘘になる。手を結んでも、常に片隅で考えていた。縹家の歪《ゆが》みの元凶は瑠花だった。瑠花があの狂った家に君臨しつづけている以上、何一つ変わらない。その気持ちに嘘はないとはいえ、それを口実に、瑠花を殺す明確な理由が欲しかったのではないかと問われれば、そうかもしれないと、言うだけの自覚はある。

だが今、瑠花の死を前に、旺季の心は奇妙に凪《な》いでいた。悲しいとは思わないが、嬉《うれ》しいとも思わない。明晰《めいせき》で美しく絶大な神性と権力をもち、それゆえ少しずつ狂っていった女。非道な罪状も山ほど積み上げた。功績もあったが、少なくとも旺季には指で数えるくらい死ぬべき理由をあげることができる。かつて死ぬべき時、死ぬべき場所で、死ねなかった女だったと思う。多くの悲運や不幸もそこから生まれた。縹家や、この国にとっても。

その時が遅まきながらきたのに、空白の遠さを旺季は感じた。今となっては重要でない女が、全然知らない場所で、人知れず殺されて死んでいく。ただそれだけ。もはや誰が騒ぐことでもない。時代遅れだった。瑠花の死も、その死に時も。ただ一つ確かなことがある。この後味の悪さ。

晏樹の意図に気づかないふりをして、瑠花の死刑執行書に旺季もひっそりと署名したのだった。

諸々《もろもろ》の思いを飲み下し、旺季は前を見据えた。瑠花の死が時代遅れだったとしても、何の意味もないわけではなかった。決して。

今、空には昼でも赤い妖星《ようせい》が見える。

「……一刻も早く、王都へ帰らねばならん」

「ええ。でもですねー殿……」

「なんだ。もう東坡郡に入った。あと二、三日駆ければ州境につくぞ」

「それありえないと思いません？　いい加減休みません？　腹減りません？　ね？」

その途端、思い出したように旺季の腹がいきなり減った。そういえば、と思い返す。ずいぶん飯を食べていない。旺季は前方に寺を見留め、手綱を引いた。夜明けから馬を走らせつづけ、全身汗だくだった。

「……飛ばしすぎた。あの寺で、昼飯と数刻の仮眠をとる。ついてこれた者はどれくらいだ」

振り返り、旺季はあれっと思った。……誰もいない。

迅は溜息《ためいき》をついた。

「……俺と、皐韓升だけですよ……つーかよくついてきたもんですよ、皐韓升……」

使命感だけでついてきたらしい皐韓升は、馬の首に抱きついたきり微動だにしない。

「こうなるだろうと思ったんで、梧桐を進発する時、俺から言っときましたよ。脱落しても構わないから、休み休み追ってこいって。煩悩寺八八番でいったん待ってるって」

「煩悩寺八八番？　なんだそのふざけた名前は。どこのアホ道寺《でら》だ！」

「いま殿が休もうとしてる目の前の廃寺ですよ。多分ここらで腹減って我に返ると思って」

よくよく見れば、傾いた扁額《へんがく》にうっすら『煩悩寺』と書いてある。旺季は途端に全然休みたくなくなった。司馬迅は隻眼でにっこり笑いかける。まさかふざけた名前だからやっぱ休憩やめる、とか言いませんよね？　そんな無言の圧力がありありとたちのぼっている。

「………………迅。お前、陵王に似てきたぞ………………」

「嬉しいですね。まあ陵王様に重々言い含められてますから。殿のことは」

旺季は口を閉じた。迅は陵王よりはるかに頭脳明晰なぶん、余計タチが悪かった。とんだ鉄壁のお目付役だ。これ以上イヤだとつっぱねたら殴られて問答無用で煩悩寺に放りこまれそうだったので——迅はその方面でも孫陵王を見習っている——旺季は渋々馬を下りた。

「……茈静蘭は、ついに戻ってこなかったか」

迅が半分眠っている皐韓升を馬から抱えおろしつつ、訊《き》いた。

「気になるなら、近辺を一通り捜索してみますけど？」

「いい。そこまでバカなら、つける薬もないわ。相手にするだけ体力の無駄だ。軽く何か食べて夕刻までこのアホ道寺で休んで、また夕飯食べたら、出立する」

旺季は馬を引いて煩悩寺八八番へと入っていった。

迅は一度周囲の様子をうかがうと、皐韓升を負ぶって煩悩寺に入っていった。

皐韓升は泥のように眠っていた。煩悩寺に運びこまれた時にもう頭は眠っていたものの、体は羽林軍の地獄の訓練通りに兵糧を食べ、それから寝入った。韓升は不意に怖気《おぞけ》がたって飛び起きた。弓と矢をひっつかんだ。それから、我に返って混乱した。あれ？

「ナルホド、お前さん、確かにいい武官だわ。楸瑛が選んだだけある」

薄闇の向こうから迅の含み笑いがした。外は茜空で、ぼんやりした夕暮れの気配が荒れ放題の庭や腐りかけた濡《ぬ》れ縁、三人のいる堂の隅々までたれこめていた。室《へや》の真ん中には欠けた燭台《しょくだい》に灯火が一つともされている。

灯《あか》りのそばで、旺季がすっかり紫装束を着こみ、泰然自若と座っている。

「……？」

寝ぼけていたが、夕刻になったら飯を食って出立する、という話は聞いていた。だが日が暮れようとする今も、煮炊きどころか、二人は動く気配がない。皐韓升の手には弓と矢が吸いついたままだ。

韓升は唐突に異変の原因を悟った。

「――まさか」

室の暗がりで、迅が苦笑いした。

「……そ。廃寺ぐるりとどこぞの武装集団に取り囲まれてる。逸《はや》って出て行くなよ。弓の的になるぞ。こっちはお前と俺と殿の三人きり。参ったね。急いだのが仇《あだ》になった。いざとなったら血路を開いて殿だけは逃がしますよ。その時は振り返らないで、ちゃんと逃げてくださいね」

「……ああ。だが、まだだ」

旺季は落ち着き払っている。皐韓升は動揺した。

「そんな。誰が。相手はここにいるのが旺季将軍と知ってるんですか⁉　野盗とか――」

寺の外で弓弦がしなる音がし、一本の矢が射込まれた。その風切り音を聞いた皐韓升は察した。野盗じゃない。

(どこかの軍だ)

矢は濡れ縁に突き刺さった。旺季は矢に目をやった。矢羽根の下に料紙がくくりつけられている。

「……矢文だな。さて、どこのバカだ」

迅が文をとりに行き、文面に目を走らせる。

「……参ったね、こりゃ」

「誰だ」

「……東坡郡太守子蘭殿ですわ」

「は⁉」

と叫んだのは皐韓升だった。子蘭と言えば行き掛けに丘で会ったあの男だ。なんでこんなことを。

「日没になったら行きます、とさ。どーします、殿？　わざわざ日没ってとこがねぇ。今なら視界がきくんで、三人で逃げるなら今ですよ。土地勘も向こうのがありますし」

「いや、いい。待つ。皐韓升、日没まで、何か腹にいれておけ。でないと全部終わったら、いきなり腹が減って倒れるぞ。水は飲みすぎるといざというとき催すから、ほどほどにな」

「……自分はそこまで肝っ玉は太くないですよ……」と言いつつ、韓升は兵糧袋を漁《あさ》りはじめた。

つるべ落としのごとく日は呆気《あっけ》なく沈んだ。

まもなく廃寺の外に動きがあった。迅が耳を澄ました。

「一人は文官の沓音《くつおと》。子蘭殿だな。八人は並の武官。二人はソコソコ使える武官。計十一人でおいでなすってる」

「えぇー！　護衛十人ですか。三対十一て。うっ、本当だ。かなりいるなぁ……」

干し飯《いい》の最後のかけらを竹筒の水で流しこみながら、皐韓升は渋い顔をした。ギリギリまで飯を食っているとは充分肝が太いと、他の二人に思われていることなど露も知らない韓升である。

「馬蹄《ばてい》の痕《あと》を数えりゃ、こっちが三人てのはとっくにわかってるはずだ。でも同数の三人でくるにはチト意気地が足りず、ゾロゾロ引き連れてきた。文官らしいっちゃ、らしい」

「卑怯《ひきょう》ですけど、仕方ないですかねぇ。そりゃ、誰だって命は惜しいですし」

皐韓升がぶつぶつぼやいた。怠りなく具足を確認する。迅は剣の他は籠手《こて》と脛当《すねあ》て、至って簡素な胸当てしかつけていない。侍御史《じぎょし》だというが、並々ならぬ強さなのは牢城《ろうじょう》で会った折に見知っている。下手したら元上官の藍楸瑛より腕が立つかもしれない。なら相手が十人でも、勝算は残っている、と韓升は自分を奮い起《た》たせた。

（……『ソコソコ使える武官』てのがどのくらい腕が立つかで決まりそうだ）

頼むからヘボいやつであってほしい、と韓升は心の中で拝んだ。

庭のほうから沓音が近づいてくる。やがて堂の蠟燭《ろうそく》の火に気づいたようだった。庭は暗闇に押し包まれている。そこに一つ二つ灯火がチラついたかと思うと子蘭が現れた。東坡郡の徽章《きしょう》をつけた武官たちを伴って。

「……手荒な真似をして、申し訳ありません。旺季様」

子蘭は警戒した顔つきで庭先から堂の中へあがった。

韓升は油断なく向こうの様子をうかがった。

さて『ソコソコ使える武官』は――と視線を走らせた皐韓升の、目玉が飛びでた。

（は⁉）

旺季と司馬迅は別に驚いた顔をしなかった。旺季がボソッと何かを呟《つぶや》き、司馬迅が頭をかいて隻眼で天を仰いだ。クソバカが二人、とでも呟いたらしかった。

子蘭の護衛兵の中に、静蘭がいた。

「なっ、な――茈武官‼　あなた――あなたは、そこで、なにをしてんですか！」

我ながら馬鹿な質問だと思ったが、それでも韓升は訊かずにいられなかった。

答えたのは、子蘭だった。

「彼が一人で山道をさまよっているところに行きあいましてね。軍中に戻る気はなさそうだったので私のもとに勧誘したら、承諾していただけました。彼と旺季将軍にはいわくがありそうだったので、目をつけてましてね」

旺季は静蘭に見向きもしなかった。もはや目を向ける価値すらないように。

「……で？　なんの真似か、教えてもらおうか。早く貴陽入りをしたいのだがな」

「その貴陽入りをね、もう少し待ってもらいたいんですよ。ぜひ東坡郡にご逗留《とうりゅう》を」

「理由は」

「わかってるでしょう？　あなたが朝廷に戻るのが遅いほど、百官の不満や鬱憤《うっぷん》はたまる。今まで不満を吸収してきたあなたがいなくなり、残らず王に向かっています。いい具合に妖星《ようせい》も出ました。今戻るのは早すぎる。もう少しで、勝手に暴発します。それまでお待ちください」

「そうだな。だがそれではいらぬ戦が起きる。暴発前に片をつける。故に一刻も早く戻る。そこをどけ。葵皇毅はもとより、凌晏樹もそんな命令を出すとは思えんな」

ぴく、と子蘭が神経質に反応した。どちらの名に反応したのかはわからない。

「旺季様、お忘れなようですが、私はあの二人よりも、年上なんですよ。経験も遥《はる》かに上」

「葵皇毅と凌晏樹が先に出世したのが、気にくわないのか」

「気に入りませんね。それでも甘んじるつもりでいました。すべて終われば、あなたは私に相応の地位を与える。それは疑ってはいませんでしたし、あなたを担ぎ、協力するのが、いちばん近道だともわかってます。でもね、我慢がきかなかった。特に荀彧が州尹になり、いずれ州牧にするおつもりでいると気づいてからは。いろいろキレまして。あいつはないでしょう？」

荀彧を州尹に指名したのは旺季ではなく劉志美だが、どうも子蘭はその人事に旺季が関わり、手を回したと考えているようだった。旺季は溜息《ためいき》をついた。

「お前の欠点はそこだ。いつだって、最後の我慢がきかない。高い能力がありながら、腹の底を押し隠して最後までやり遂げられない。どうしても我が押し出される。だからだめなんだ」

「でもそんな私でも凌晏樹よりはマシだと思ってますがね。少なくとも人間的には」

旺季はぽつっと言った。

「……さて、どうかな」

「あの男は魔性ですよ。魔物じみた頭脳だ。人間じゃない。なぜずっと傍に置けるのか、理解できませんね。でもあなたのようにうまく使えれば、無双の武器になるのは確かだ」

子蘭は自分の剣を引き抜いた。旺季は皐韓升と迅を手で制した。

「その言い分だと、今戻るのは得策でない云々《うんぬん》は、単なる口実な気がするがな、子蘭」

子蘭は旺季の顎に刃《やいば》の平をそっと当て、仰向《あおむ》かせた。

「半分は事実、半分は口実です。まだあなたは殺せません。国中に散らばる貴族派はあなたにしか統率できない。可能性がある葵皇毅も三十代の若造。残念ながらまだそこまでの器じゃない。私がなれるとも思い上がっていません。あなたは今まで通りで構わないんですよ。少しばかり私の言うことを聞いてくだされぱいい。あなたが私の郡にいる今この時しかない。そう思ったら、やっぱり我慢がきかなくなった」

子蘭はつづける。

「まだ王都へは帰せません。朝廷が充分ぐらついて火を噴くのを待ってから、ご一緒に行きましょう。紅州の貴族派太守の兵はいつでも動かせます。王都へ戻るなら、こんな僅《わず》かでなく、王たるにふさわしい充分な数をそろえて戻るべきです。それまではこの東坡郡で蝗害《こうがい》の後処理でもして、おくつろぎください。なんなら春まで東坡郡にいてもらってもいい。全部終わったあとで、私を宰相にしてくれたら、とっても嬉《うれ》しいですよ」

「それがお前の筋書きか。まったく手垢《てあか》のついたヘボ小説並みのありふれた話だ」

「手垢がつくくらいに成功率が高いと言ってもらいたいですね。優秀な将官は馬鹿みたいな奇策より安全牌《あんぜんぱい》を選ぶものです」

「だからソコソコなんだ。わかった。話は聞いた。もう聞くべきことはないな」

旺季は喉元《のどもと》の刃《やいば》を指で挟んで押しやった。子蘭の顔色が変わった。剣がびくともしなくなった。たった三本の指にじりじりと押し返される。

旺季はそのまま立ち上がりながら、静蘭に言った。

「で？　お前は最後まで、阿呆《あほう》なままか。二度はないと言ったはずだぞ」

その言葉が、合図となった。

迅と皐韓升が、旺季の盾になって東坡の将兵らを食い止める。

旺季がパッと子蘭の剣から指を離した。子蘭はたたらを踏んだ。みるみる満面朱をそそぐや、旺季に斬りかかった。旺季は剣に手をかけもしなかった。子蘭の刃を、別の剣が横から受け、はね上げた。つづいて子蘭の腹に足がめりこみ、旺季から引き離すように道寺《てら》の庭先まで蹴《け》り飛ばした。

旺季はすぐ傍にある綺麗《きれい》な横顔を見た。旺季を守ったのは静蘭だった。

「ふん、私を殺すのは、やめたのか？　茈静蘭」

「……素直に、お礼を言ったら、いかがでしょうか、旺季将軍」

旺季は一蹴した。

「馬鹿が。誰が言うか。それがお前の仕事だろうが」

「…………昔は、もっと、凛々《りり》しくて硬派で素敵な大人だと思ってたんですけど」

「どこが間違ってる。もう一度訊《き》く。いいのか？　もう機会はないぞ」

子蘭のとりまきは、主人が庭へ蹴り出されたのをしおに慌てて退散していった。迅も韓升もまだ警戒を解かなかった。静蘭に対して。

静蘭は顔をこわばらせながら旺季と向かい合った。

静蘭の白皙《はくせき》の面《おもて》には、相変わらず暗い、澱《よど》んだものが影を落としていた。それは彼のみならず旺季ももっている影だった。人生のどこかでついた傷から出る影だった。

「……あなたを、守って、無事に王都に帰還させることが、劉輝を守ることだ。今ここであなたを殺しても、何にもならない。劉輝のためにもならない。この国の将来のためにも」

旺季は笑った。せせら笑いではなく、からかいの笑いだった。

初めから子蘭を謀《たばか》る目論見《もくろみ》できたわけでなく、つい今し方まで混乱していたことを、旺季は見抜いていた。子蘭の味方をし、利用して旺季や貴族派を分断してもいいと、トチ狂ったことも考えていたに違いない。幽霊みたいな顔をしてくっついてきた。

旺季を殺せなかったとき、自分で答えを出していたことにも気づかずに。

「皐韓升がとっくにわかっていたことに、ようようたどりついたか。遅いが、遅すぎなかっただけよかろう」

旺季を殺せば、一切が最悪に転がるだけ。国にとっても、紫劉輝にとっても。

子蘭の言い分を見てもわかる。静蘭は紫劉輝を守るつもりで、すべてをめちゃくちゃに壊そうとしていた。それは紫劉輝のためでも、他の誰のためでもなく、ただ自分のためでしかなかった。思い上がった子供と同じだ。逸《はや》る自分の気をすませたいだけで、一番簡単に終わらせられる方法に飛びつこうとした。才能がありながら、いやその才ゆえに、最後は誰の言葉もきかず、自らの正しさを疑わず、我を優先させてきた子蘭と似た性分が、このときようやく、静蘭からぬぐいさられたのだった。

「王都へ帰還するまでです。それからは何があっても、私は王を守る」

「結構。やってみるがいい」

旺季はねぎらった。

「では改めて、礼を言おう。茈静蘭、――よくやった」

それは静蘭にとって思いがけないことで、胸をつかれた。劉輝とはお手玉をしてやっても、清苑には近寄りもしなかった。どんな賢才を披露しても、かつての旺季はただの一度も、清苑公子を褒めなかった。時の公子だった清苑に目もくれないことに腹をたてながら、それでも無視しきれなかった。当時も、今も。

「お前に興味はない。だがお前の選択には興味があると言った。失望はせずにすんだようだ」

こんな男を、真っ向から相手にするのだ。静蘭は顔を歪《ゆが》めた。何かを言おうと思ったが、何も言葉が出なかった。

旺季は迅に訊いた。

「子蘭はどうした？　逃げたか」

「ええ、子分どもが担いでいきました。すみません、殿。子蘭より、そこのハリネズミみたいな茈静蘭の警戒が最優先だったんで。追いませんでした」

「同じく、自分もです」

はーやれやれと、皐韓升が溜息をついた。静蘭はぷいっと横を向いた。皐韓升は咎《とが》めないことにした。終わりよければすべてよしが彼の信条だから。

「まあ、いいか。ほうっておけば子蘭はまた戻ってくるかもしれんからな。外へ出るか」

旺季が気楽に言う。静蘭は耳を疑った。

「何ですか、戻ってくるって!!」

「子蘭がこういう馬鹿な真似をするのはこれで……何回目だったからな」

「数え切れてないじゃないですか！　まさかまた受け入れるつもりじゃないでしょうね!?」

後ろで迅が「もっと言ってやってくれ」と言いたげな顔で静蘭を応援していた。

「子蘭はな、変な奴のうちの一人で、私を裏切っても敵方や他の官吏に走るんでなく、なんでかまた私のところにノコノコ帰ってくるんだ」

「単になめられてるだけでしょうが!!　しかも他にもいるようなその言い方。とっとと叩《たた》き出して放逐しておかないから、こんなことになるんですよ!!　だいたい外へ出るって、どうやって出るんですか。百人くらいで囲んでるんですよ。逃げた子蘭が突入の合図をだすに決まってるでしょうが。そもそも私がいなかったら今頃アンタ方はね――」

うわー自分を棚上げしてなんか恩に着せはじめたーと、他の三人はげんなりした。ここらへんが元公子の天性の尊大さといえるかもしれないが、単に偉そうなおばちゃんのようでもある。

「ふん、どこぞの血迷い武官なんぞを当てにするほど、落ちぶれても無策でもないわ。迅」

「んー、もうそろそろ、くると思うんですが。もーとっぷり日が暮れましたからねぇ」

皐韓升がハッとした。

「……あっ、そうだ、いい加減他の武官が追いついてきますよ。この道寺が合流場所ですから」

「そ。それに他郡にも兵を九組わけてたろ。梧桐を進発する前、手が足りてるようなら順次ここの煩悩寺経由で帰還しろって、州府に頼んで伝令出してもらっておいたんだよ。殿が王都へ帰還するってな。まさか、殿をたった数騎の護衛で還《かえ》らせるわけないっしょ」

静蘭は隻眼の男を睨《にら》んだ。——司馬迅。藍門司馬家の総領息子の聞こえは昔から高かったが、ただの甘ちゃんバカ坊だった藍楸瑛とは段違いにできすぎた男だ。十数年前、藍楸瑛でなくこの男と会っていたら間違いなく手下にしたのに。よりにもよって旺季方。

(今からでも藍楸瑛と交換できればいいのに……タンタン君と抱き合わせでもいい)

司馬迅は不穏な気配を感じ、ぶるりと身震いして首筋を撫《な》でた。

(……何か今、すごい悪寒がした)

「……けど……えーと……遅《おせ》ぇ……まさか別番の煩悩寺行ってんじゃないだろな……」

塀ごしに燃えていた松明《たいまつ》の火が急に数を増し、濡《ぬ》れ縁にも届くほどになる。子蘭が指示したのか、炎が道寺を囲んでいく。殺気が波のように広がるのが感じられた。旺季が目を細めた。風にのって油や硝煙の臭いが漂ってくる。

「……火箭《ひや》の斉射がくるな。逃げ道なしに八方からくるぞ。固まって、突っ切る」

「……ですよねー殿……それが一番手っ取り早いですもんね……」

ぐるりと囲んでいる状況なら、丸焼きがもっとも簡単で味方の被害が少ない。子蘭が恐慌に陥って数を頼みに一斉に踏みこんでくればまだしもよかったのだが、さすがに馬鹿ではなかった。

「子蘭のことだ。火を抜けた先で、必ず囲んでくる。それを切り抜けつつ、各自馬を奪え」

静蘭と韓升はぎくしゃくと頷《うなず》いた。

（そうだ、馬。馬が必要なことを忘れていた）

韓升の口は緊張でカラカラに干上がっている。

「それから——？」

「それから？　当然、このまま東坡関塞をつっきる。貴陽へ一刻も早く戻らねばならんからな。その気があるなら、ついてこい」

旺季はこともなげに言うのである。

韓升はなんだか馬鹿馬鹿しくなって、肩の力が抜けた。煩悩寺を脱するだけでも九死に一生を得るようなものなのに、さらに子蘭の軍が駐屯する東坡関塞に突っこんで抜けるという。それに比べれば火箭の嵐などマシに思えてきた。

韓升は耳を澄ました。燃えしきる炎の音の中から矢をつがえる気配を聞きわけようとした。彼が羽林軍でも五指に入る弓の名手であることは、この場の誰もが知っていた。

「……斉射、きます。——あと二拍」

その声に従って、旺季、迅、静蘭がひとかたまりになる。

そのとき、韓升がハッとした。

「別の手勢がこっちに向かってきます!!」

韓升でなくともその軍馬の響きは聞こえた。塀ごしに東坡の兵の動揺が伝わってくる。

新手は子蘭の手勢にまっすぐ突っこんだようで、道寺の外は騒然となった。迅は口笛を吹いた。

「すげぇ、ヨダレ出そうな名馬がこっちにくる。塀を跳び越えてきますよ、殿」

小競り合いの合間に、旺季をさがす声が口々に聞こえた。中の一つは皐韓升も聞き覚えがあった。静蘭は呆気《あっけ》にとられた。

「――燕青、行って!!」

見事な赤兎馬が塀をものともせずに跳び越えてくる。

旺季は馬上の娘を見た。

秀麗も旺季を見つけた。秀麗は得たり、と笑って。

「――助けに参りました、旺季将軍」

赤兎馬はヒラリと境内に着地した。


「お嬢様!?　燕青!!」

「静蘭!?……え?　なんでいるの?　劉――王の傍にいたんじゃないの?」

秀麗に不審げに訊《き》かれ、静蘭はたじろいだ。旺季や迅、皐韓升の白い目がつきささる。

「いえ、あの、あのですね」

「もしかして、静蘭も蝗害《こうがい》が心配できちゃったの？　旺季将軍を守ってくれてたなら、よかったけど……」

静蘭の周囲の気温がさらに零下まで急落した。燕青も秀麗の後ろからじーっと睨んでいる。燕青は一目で静蘭の魂胆から事の顛末《てんまつ》まで見抜いたらしかった。

知らぬはお嬢様のみ。静蘭はせめても最後の砦《とりで》を守ろうとしどろもどろに取り繕った。

「……ええ、そうなんです。旦那《だんな》様とお嬢様の故郷ですし、ほうっておけないな！　と」

「それは嬉《うれ》しいけど……でも、書状に書いておいたじゃない。『しっかりご飯食べてぐっすり眠って、健康に気をつけて王の傍を離れないでね』って」

「え!?」

くしゃくしゃになったまま、いまだ開けてもいない書状が静蘭の懐でコソリと音を立てる。

「いえ！　へ、陛下の傍には、白大将軍もいますし、絳攸殿や旦那様もいますしね！」

嘘つき、と秀麗をのぞく全員がしらじらとした気持ちになった。

秀麗は燕青の手を借りて馬を下りた。

外の小競り合いはすぐに落着したと見え、武器を捨てる音や小火《ぼや》の消火に当たる物音がし始めた。煩悩寺の中に旺季の将兵が入ってくる。旺季の無事を確認すると安堵《あんど》の表情を浮かべた。

旺季は秀麗に訊いた。

「……どうしてここがわかった？」

「はい。ある重大事案を調査中に、関与した疑いのある者として東坡郡太守子蘭が浮上したので、取り調べるために東坡郡へ急行中だったんですが」

「ほぉ」

旺季は表情を変えなかった。秀麗も本当のところは旺季を追いかけていたのであるが、おくびにもださない。狸おやじと狐娘は空とぼけながら会話をつづける。

「子蘭が予想以上の悪党だった場合、こういうこともありえるかと思いまして、旺季将軍をお探ししておりました」

「あの軍は？」

「途次旺季将軍を追って煩悩寺へ向かうという武官らとほうぼうで出くわしたので、御史の軍権を行使し、行く先々で拾って集めて参りました。合流場所はこの道寺だというので、それでここにきたわけで」

迅は渋い顔をした。ニコニコしながら、飄々《ひょうひょう》と全部自分の手柄にもっていった。陸清雅との熾烈《しれつ》な手柄争いのたまものか、見事な御史っぷりだった。とはいえ窮地を彼女が救ったのは確かだった。彼女が軍をまとめて急行しなかったら、余計な死人が多く出ていただろう。

ふと、旺季は、秀麗がひどく青ざめているような気がした。松明の炎のつくりだす陰影のせいかと思ったが、違うように思えた。

午間《ひるま》の迅の情報が頭をよぎった。それはほとんど直感だった。

（瑠花ではなく、私を助けるほうを選んだか）

もしそうならば――どのみち瑠花を助けるすべはなかったとしても――この娘にとっては、身を切られるような二者択一だったに違いない。瑠花の命か、旺季の命か。

選んで、ここへきた。立ち止まらずに。

国の官吏として。

「――よくここへきたな、紅御史。褒めてつかわす」

紅秀麗はハッとした。秀麗の青ざめた悲しみの影をとらえたのはその場で旺季のみであり、旺季の言葉の真意に気づいたのもまた秀麗だけであった。秀麗はぎこちなく頭を下げた。

「……旺季将軍、すみやかなる王都へのご帰還をお願い申し上げます」

「わかっている。お前はどうする」

「すぐに子蘭を追います。静蘭、皐武官、旺季将軍の護衛をよろしく頼みます」

「紅秀麗」

旺季はついに引き留めた。自分から。

あちらこちらで松明《たいまつ》の明かりが揺れていた。旺季の将兵たちは気を遣ったものか、秀麗たちのそばにはこなかった。

鹿鳴山の折と同じく秀麗と旺季は再び向かい合った。

「――どうだ、私を選ばぬか」

息をのんだのは、果たして迅だったのか、静蘭だったのか。

旺季の紫装束を揺らした同じ風が、秀麗の髪も巻き上げる。

「いいえ」

と秀麗は答えた。

「私は劉輝陛下を選びます」

「……お前が守りたいのは、紫劉輝ではなく、よりよい先だと思ったがな」

「そうです。私にとって、その二つは同じこと、です」

迅は目を剝《む》いた。旺季よりも紫劉輝の方がよりよい国をつくれる、と言い放ったも同然だった。

「旺季将軍、劉輝陛下は多くの失敗をしたかもしれません。何もかもうまくはやれなかったかもしれません」

秀麗はつづけた。

「でも、あなたが王だったなら、きっと女人《にょにん》を登用することはしなかったでしょう。どんなことがあっても、その一線は越えなかったはず。古い因習を、疑いもせず」

秀麗は怖《お》めず臆《おく》せず言った。

旺季の面貌《おもて》に、サッと怒りがよぎった。松明の炎がそう見せたのかもしれないが、確かに旺季の予期していなかった急所をついたのだと、秀麗には感じられた。

川に人柱を沈めるのをやめさせ、饅頭《まんじゅう》を流させたように、旺季が迷信や因習を打ち消そうとしてきたことを秀麗は知っている。だから余計逆鱗《げきりん》に触れたのだろう。けれども旺季が女人国試に反対しつづけたのは事実だ。旺季自身も今初めて秀麗に指摘されてその事実に気づいたようだった。

官吏になったあとで秀麗を使いたいというのは、たやすい。けれども秀麗にその機会をくれたのは、旺季ではない。

「旺季将軍、私は、女が官吏になってはいけない理由を、まだ知りません。官吏になった今もわかりません」

「…………」

「私にこいとおっしゃるのは、劉輝陛下の一部をご自身で認めたということです。私が官吏になれたのは、陛下のたまもの。千年以上誰も疑わず従いつづけてきた慣例を、陛下はやすやすと打ち破りました」

秀麗の夢を叶《かな》えてやろうとしたのは確かかもしれない。でもそれに留《とど》まらないものを、秀麗は感じるのだった。女人国試を独断で行わず、是非を朝議にかけた。曲がりなりにも秀麗に国試を受けさせ、仕事を与えた。できる範囲で、正当で公平に秀麗を扱おうとした。

白紙のような王と、初めて会った時に秀麗は思った。何にも染まっていないがゆえに劉輝は偏見をもたず、慣習に縛られなかった。国試における男子専制のしきたりに固執せず、あっさり踏みこんできた。

旺季が無意識下で決して踏みこまなかった、その一線を越えた。

そう――紅秀麗こそが証《あかし》。

「私は、私という証を以《もっ》て、紫劉輝陛下を選びます。未熟かもしれないし、今後どうなるかは陛下次第《じぶん》です。でも、最後までお支えします。陛下の強さは先君や旺季将軍とは違った形で在る……そう思います」

秀麗は一礼し、別れの挨拶《あいさつ》を述べた。それから燕青とともに赤兎馬に乗って煩悩寺をあとにした。

旺季はそれを見送ったあと、「行くぞ」と何ごともなかったように告げて、歩き出した。この束の間の邂逅《かいこう》の結果と同じように。秀麗とは、別の道を。

静蘭は自分が息を詰めていたことに気づいた。汗をかいていた。

秀麗の言葉は理解できなくはなかった。だがこの日、旺季は一度も剣を抜くことはなかった。鞘《さや》にしまったままですべてを終わらせた。その力が旺季にはある。

……それは劉輝の未来を暗示しているようで、静蘭は泣きたくなった。

子蘭は夜の闇の中を走っていた。馬もなく、一人の供もいなかった。身一つで、墓標に似た木立や灌木《かんぼく》の間をつっきる。

（しくじった）

と思ってはいたものの、たいしてこたえてはいなかった。今まで旺季のためにしてきた働きを思えば、たいしたことではない。そう、鉄炭や技術者を確保し、輸送したのも、資金の横流しも、郡太守の陣地とりも、自分の功績だ。裏切り者ならむしろ荀彧のほうだ。最後の最後に判を押せず、あげく死に損なった。何一つ役に立たない。こんな程度は裏切りには入らない。

（ほとぼりがさめたら、また何か手土産でももって、戻ればいい）

方向を知ろうと夜空を見上げ、ぎくりとした。不気味な赤い目が自分を見張っているのかと思った。すぐ妖星《ようせい》と知れる。血と鉄さびのまじったような不吉な色。子蘭の行方をどこまでも追いかけてくるようだ。子蘭は嫌な気持ちになった。それにあの妖星は、妙にあの男を思い出してならない。

「──どこへ、行くのかな、子蘭」

赤い目が、本当にしゃべったのかと思った。

前方に白っぽい人影が立っていた。人間だった。子蘭の知らない顔だった。歳は三十前後、癖の強い長髪に、猫のような目。だが──だがなぜか子蘭には、それが『誰』だかわかった。表情や口ぶり、仕草の一つ一つに、覚えがあったからかもしれない。

「……凌晏樹……か？」

晏樹がいつも浮かべる謎めいた笑みは、今はどこにもありはしなかった。

「やっちゃったねぇ、子蘭。君の様子がおかしいと間諜《かんちょう》から報告があったから、出かけたついでに、様子を見にきたら、コレだ。まさかと思ったけど。僕はね、もう一度裏切ったら許さないと決めてたんだ。旺季様が許してもね。……僕の異名《ふたつな》は、知ってるね？」

――処刑人。

それが晏樹の陰の異名だった。断罪はなく、ただ処刑すると決めて、執行する。

子蘭はふーっと息を吐いた。晏樹と会ったことで、逆に神経が落ち着いた。晏樹を恐れる者は多いが、子蘭は違った。ある意味で彼と晏樹は同類だった。旺季へ言ったことは嘘ではない。自分の方がマシだということも。晏樹とのつきあいは、長くはないが短くもない。

「お前に、私のことが言えるか、凌晏樹。何度旺季殿を殺そうとした？　そのたびに旺季殿のもとを出て行って、そのたびに戻ってくる。お前の気持ちは少しはわかる。旺季殿を助けることは苦ではないのに、時々無性に苛々《いらいら》して、抗《あらが》いたくなる。盆にのったものごと何もかもひっくり返したくなる。それでも私は、殺そうと思ったことは一度もない」

晏樹が旺季を好きなのか憎んでいるのかは、子蘭にはわからない。子蘭自身でさえ時々わからなくなるのだから。わかるのは、晏樹にとってはどちらでもたいした違いはないということ。

「お前はいつか旺季殿を殺す。断じて傍に置くべきじゃない。何度も言った。だが旺季殿が聞き入れることはなかった。私をバカみたいに何度も受け入れたのと同じように」

「……だから、旺季様をここで確保しといて、僕から守ろうと思ったワケ？」

子蘭は苦虫を噛《か》み潰《つぶ》したような顔で、答えなかった。そこまで善人でない自覚はある。すべて晏樹のお膳立《ぜんだ》てのまま、事が進むことに一抹の危惧《きぐ》を抱いていたのは確かだ。晏樹が旺季のために動くことに疑いはないが、そうしてすべてが終わったその先に、晏樹がどんな舞台を用意しているのか、それを思えば言い様のない不気味さを覚えたのだ。

晏樹の歯車を一つでもずらしたかった。晏樹がいる朝廷から、時間も距離も、少しでも引き離しておきたかった。あわよくば宰相位や富を望んでいるのも事実だが、それは子蘭にとっても旺季が王でなければ意味のないことだった。

「でもそれは、旺季様を裏切るなんの言い訳にもなってないよね？」

赤い妖星が晏樹の背後にボンヤリ浮かんでいる。

「いま君を逃したら、君はまた何度でも同じことをする。そろそろ潮時だ。紅州でしっかり働いてくれたけれど、それでチャラにするほど僕は優しくなくてね。君は旺季様をずっと侵食してきた。これ以上改まりもしない。なぜならいまのやり方が、旺季様への君の精一杯の誠意だからだ」

子蘭はぎょっとした。全身から冷や汗が吹き出した。それが真実を言い当てていたがゆえに。気づいてはいけない自分の姿というものがある。晏樹はそれをたやすく暴き立てた。

子蘭が、これ以上変われないこと。

「でもねぇ、これ以上かじられたら、旺季様がなくなっちゃうよ。ただでさえ、年々小さくなってるのにさ……。僕はそれを許さない。だから、いいね？」

子蘭は唾《つば》を飲み下した。逃げはしなかった。

夜空を仰向《あおむ》けば、赤い妖星が見下ろしていた。

ひょっとすると自分も、葵皇毅や荀彧のようになれるのではないかと思った。いつかは制御できない虎狼《ころう》の性《しょう》を制御でき、今よりましな人間になれる日もくるかもしれないと。けれどもそんな日はこの先もこないと言う。子蘭はふてくされながらそれを認め、絶望した。

子蘭が旺季のためにできることはあとは死ぬことだけだと、晏樹の告げるその事実を、彼は受け入れた。

最後に皮肉をかき集めて、訊《き》いた。

「……私とお前で、何が違う？」

「君は旺季様の許《もと》に何度でも戻れることを確認したかった。でも僕は、離れたいんだ。自由になりたい。戻りたくない。だから僕は君の言うとおり、いつか旺季様を裏切るだろう」

子蘭はその瞬間、あることを察した。自分は晏樹を誤解していた。ずっと。

晏樹であって晏樹でない男は、抜き身の剣をひっさげていた。すでに誰かを殺してきたのか、赤黒い血痕《けっこん》がこびりついている。

「処刑、執行」

子蘭の心臓を剣が刺し貫いた。

秀麗と燕青は子蘭の目撃情報を頼りに煩悩寺の周辺を捜した。血のにおいが風で流れてきた。灌木の向こうで人が転がっていた。灯火のもとで確認すると、身なりがよく、官服を着ており、すでにことときれていた。

燕青が遺体をざっと調べた。死体はまだ温かで、つい今し方まで生きていたとしれる。

秀麗は悔しげに顔を歪《ゆが》めた。燕青に聞かなくても、それが誰であるかは察しがついた。

邪魔者も証拠も、すみやかに削除する。

「……姫さん、多分、こいつが子蘭だ。東坡太守の印はないから断定はできねーけど」

「……印がない？」

秀麗は不審に思ったが、子蘭をこのままにしておくわけにもいかない。

「……燕青、一度紅州府に連絡を入れるわ。そうしたら──」

その時だった。地面が、呼吸をするように波打った。秀麗はよろめいた。

夜だというのに辺りの梢《こずえ》から一斉に鳥が羽ばたいた。ぎゃあぎゃあと鳴き、狂ったように夜空を飛び回る。馬も怯《おび》えたようにいななき、興奮するのを燕青がなんとか落ちつかせようとした。

一拍おいて、震動が、津波のように足の裏に押し寄せてきた。

――三拍目、ぐらぐらと、大きく地面が揺れた。

＊　＊　＊

凌晏樹は貴陽に『戻る』なり、ひどい目眩《めまい》がして長椅子でぐったりした。道草しすぎた。『抜け殻』を操るのはこれが限界だった。

ややあって、目眩のせいでなく、実際体がゆさゆさと揺れていることに気づいた。邸中《やしき》でものが落ちて壊れる音が聞こえてくる。晏樹は首をひねった。

「……あれ、もしかして昼間、瑠花の首を落としちゃったからかなー？」

小卓から果物皿が落下する。すんでで葡萄《ぶどう》をとった。

「まあ、いっか」

手の葡萄を食べ、骨のようになった葡萄の残骸《ざんがい》を放り捨てた。

紅州の大地が、カタカタと震えていた。

揺れはきたが、一度でおさまった――ように見えた。だが、燕青も感じているらしい。体感はなくても地面の奥で、絶えず震動し続けている。この微震は再び、徐々に、大きくなる。秀麗には不思議と、震源地がわかった。

（——貴陽）

どくどくと、自分の心臓の鼓動が聞こえる。燕青や、赤兎馬の鼓動にも思えた。なぜか五感が、異常なほど研ぎ澄まされていた。

赤兎馬の恐怖が自分のもののように伝わってくる。見えるはずのない遠方の茂みで兎や蛇が逃げ出すのが〝視《み》え〟た。鳥の群れが遥《はる》か上空でめちゃめちゃに旋回しているのがわかる。それでいて、全然別の縹家で、慟哭《どうこく》が聞こえるのだった。

珠翠の慟哭。あらゆる場所にいる巫女《みこ》や術者たちの、縹家すべての慟哭。

瑠花の死を知った嘆き。

これは、秀麗の感じているものではなかった。

何かが、くる。

今の秀麗には、その美しい軌跡が見えた。帚星《ほうきぼし》のように弧を描き、一つの魂魄《こんぱく》が何千里もの距離を一瞬で天翔《あまかけ》る。それはそれは美しい、石楠花《しゃくなげ》の花の如き深紅の光をひいて。

それは秀麗の前まで翔ると、人の形を作った。

「……紅秀麗」

真夜中の黒瞳《こくとう》。人形さながらに端整な顔。霓衣《げいい》の裳裾《もすそ》をひいた少女姫が、目の前に立っていた。

黙りこくったまま、瑠花は秀麗の前に立っていた。

瑠花が最期の別れをしにきたわけではないことは、わかっていた。そんなのは、この人には似合わない。全然似合わない。特にこんな、戦いに臨むような厳しい面もちをしているのでは。秀麗には瑠花の目的が察せられるように思った。

「私の、体が、必要なんですね？」

瑠花は、そうじゃ、と、答える。

「半日おさえていたが……足りなかった。このままでは貴陽は先の碧州の二の舞になる」

秀麗にもそれが感じとれた。今の秀麗は瑠花と離れていても細い一本の糸で繋《つな》がれているように、瑠花の感じているものが流れこんでくる。

瑠花は正直に、告げた。

「……じゃが、体を借りれば、そなたの命はほとんど尽きる」

燕青が息をのむのがわかった。

秀麗は訊いた。

「……私でなくては、ならないんですね？」

瑠花は一拍おいて、そうじゃ、と認めた。

今、もっとも強大な力を操れる『巫女《よりまし》』は紅秀麗のほかにいなかったので。

内包しているのは〝薔薇姫〟。途方もない力をもつ八仙の一人。瑠花ならその神力を引き出し、操ることができる。ほかの巫女や術者の依代ではそれだけの力は使えない。

そして今、それだけの力が必要だった。

そういったことが、見えない糸を通じて、おぼろげながら秀麗にも伝わってきた。自分でなくてはならないこと。

断ってもいいとは、瑠花は言わなかった。

断ったらどうなるかとは、秀麗は訊かなかった。

それが瑠花の誠意であり、秀麗の誠意だった。答えはわかっているのに、そんなことを口にするのは卑怯《ひきょう》だった。

姫さん、と燕青が彼らしくなく力のない呼び方をした。秀麗は聞こえないふりをした。

秀麗はぎこちなく、笑った。全然うまく笑えなかったけれど、精一杯そうした。

「……瑠花姫、私があなたに、別れ際に言ったことは、忘れてないです」

「…………」

「本当に、私の体が必要になった時は、使って構いません、て」

瑠花の膝《ひざ》で眠りにおちる間際、秀麗は彼女にそう伝えていた。

ずっと秀麗の体を望んでいたという瑠花。秀麗はそれがどうしても引っかかっていた。一族の娘でなく、秀麗でなければならなかった理由があるのではないか。瑠花の言動には、常に理由があった。表面的でない大きな理由が。

瑠花が秀麗の許《もと》へ天翔《あまか》けてきたのは、あの言葉があったからだろう。だが瑠花は盾にとらなかった。そんな言葉など一度も聞いたこともないような顔をしている。

取り消すこともきっとできる。

でもそれは、秀麗の好みじゃなかった。全然。

「……絶対、なんとか、なります?」

瑠花は答えた。

「約束しよう。わたくしの名と誇りにかけて」

瑠花が自分の命とは言わなかったとき、瑠花は本当に死んだのだと、秀麗は悟った。縹家を去るとき、最期の別れのような気はしていた。それは瑠花ではなく、自分のつもりだった。

落命し、もはや大巫女でもなくなった。ゆっくり眠りについていてよかった。なのにまだ、無理を押してこうして留《とど》まっている。

赤兎馬は怯えつづけていて、鳥や動物たちの恐慌もやまない。人々も起きだしてきて不安げにするのが感じとれる。貴陽の揺れが刻一刻と強まっているのがわかる。

瑠花に賭ける命はもうない。他に賭けられる命が要る。

「——燕青、ちょっと、行ってくるわ。あとよろしく」

燕青は声を出そうとした。金縛りにあったように、舌も体も動かなかった。

秀麗は瑠花に近づいた。

瑠花の透き通った手が、秀麗にふれる。

瑠花は一刹那《いっせつな》、けぶるような睫《まつ》毛《げ》を伏せ、囁いた。礼だったようにも、思えた。

＊　＊　＊

——体を鉈《なた》で真っ二つにされ、半身をもぎとられたようだった。

羽羽には、その瞬間がわかった。

瑠花の首が落ちる音さえ、耳元で聞こえた。

羽羽は何かを呟《つぶや》いたかもしれない。何であれ自分でも意味不明な小さな呻《うめ》きにしかならなかった。紅州でもてる力を使い果たし、もはや指の一本さえ動かせなかった羽羽には、叫ぶ声さえ残ってはいなかった。とてつもない喪失感が胸を覆い尽くしていった。目の前が真っ暗になり、羽羽は冷たい床で人形のように呆然《ぼうぜん》と横たわっていた。いつしか気を失ったことにも気づかずに。

どのくらいたったのか、嗚咽《おえつ》が聞こえた。羽羽は首を向けた。このとき己の視力が失われたことを羽羽は知った。暗闇の中、羽羽は耳をそばだて、その声の主をかぼそく呼んだ。

「……リオウ殿……でござりまするか？」

「羽羽！　目が……」

羽羽が盲《めし》いたことを察したようで、リオウは激しくむせび泣いた。羽羽はどうやら布団に寝かせられているようだった。自分はどれくらい意識を喪失していたのだろう。

「あんな術を使うからだ！　一番の〝癒《いや》し手〟を寄こさせる。すぐくるから。目も見えるようになるから」

羽羽は礼を言った。リオウは羽羽を抱きしめ、泣きじゃくった。誰にもどうにもならないことをリオウもまたわかっているのだった。

顔が見たかった、と羽羽は思った。仙洞省にきてから見違えるようになったリオウの顔を、最後に一目見たかった。

「もう一つ……やることが残っておりまする……」

なけなしの力をかき集め、リオウをそっと押しやった。

懐中をさぐろうとするものの自分の手がどこにあるのかもおぼつかない。肝心の手もひどく震えていた。盲目のまま、勘だけを頼りに何とか目当てのものをさぐりあてた。その間も、ゆさゆさと、大地が大きく揺れていた。

八十年以上も縹家に在り、最奥の神域で守り人たりつづけた瑠花の『本体』は、古代の術と半ば同化し、もはやそれ自体が縹家を守る要《かなめ》と化していた。

その首が、落ちた。神器が複数壊れたままの今、その衝撃を吸収できる状況ではなかった。仙洞宮の封印が弱まり、各地に、とりわけこの貴陽に、もろに余波が及ぶ。凄《すさ》まじい余波が。

羽羽の体の奥で、蒼《あお》い火がちろちろと燃えていた。

瑠花の筆頭術者を拝命してから、ずっと静かに灯《とも》っていた火。

縹家の神器『蒼《あお》』。それは大巫女《みこ》が代替わりのたびにその身に受け継ぐ。

だが稀《まれ》に、自らの一の術者に『蒼』の半分を分け与える時がある。羽羽がそれだった。瑠花の首が落ちても、羽羽が残っていたから、いくばくかの猶予があった。羽羽が紅州で大がかりな術を使いながらかろうじて生きているのも、『蒼』に生かされているといっていい。

——瑠花亡き今、この揺れを鎮められるのは、羽羽しかいなかった。

手さぐりで護神刀の鞘《さや》を、何とか払う。指の痙攣《けいれん》をおさえようとつとめた。

「……羽羽？　羽羽……なに、なに、を……」

見えない目の中にリオウや、劉輝や、若い仙洞官たちの顔が一つ一つ現れる。

羽羽は今まで、生きたいと願っていた。少しでも長く。それは自分のためだった。だが今は違った。

つなげて、残したいものがある。彼らの手に渡してやりたいものがある。

少しでも良い、この先の未来を。

羽羽は自分の頸動脈《けいどうみゃく》に刃《やいば》を押し当てた。

「羽羽」

闇を切り裂いて、忘れえぬ声が落ちた。羽羽はハッとした。

横っ面を張るような衝撃がきた。閉ざされていた視界が、霧の晴れるようにみるみる開《ひら》ける。

羽羽の眼前に、綾《あや》なす霓衣《げいい》の裳裾《もすそ》が優雅にひるがえる。

夜の森のごとき黒瞳《こくとう》が羽羽を射る。

雪さながらの肌、闇さながらの髪、血のごとき唇。笑わない美しい少女姫。

――瑠花が、羽羽の前に立っていた。

何十年ぶりかに。


瑠花の姿に見えたのは、一瞬だった。すぐに紅秀麗の体と知った。羽羽はゾッとした。

「――大姫!! あなたは、あなたはなんということを!! 何かを守るために、誰を犠牲にしても許されると思っておいでか!?」

瑠花は眉《まゆ》の一筋たりとも感銘を受けなかった。

「ふん、開口一番このわたくしに説教とはの。偉くなったものじゃ。数十年見ぬ間に、とんだ小動物になりおって。そこに転がってるモコモコじぃはなんじゃ、羽羽。どこもかしこもモフモフしおって。おぬしの若い頃は、もっとシャンとして、目鼻も背丈もあったはずじゃぞ」

「えっ、あ、あ!?」

羽羽はようやく、自分が離魂していることに気づいた。だから視覚も戻ったのか。肉体は星見《ほしみ》の室《へや》で護神刀の柄《つか》を握ったまま、コテンと布団の上に倒れている。羽羽はじぃさんになった姿を瑠花には見られたくなかったと、場違いなことを思った。

羽羽の枕元にはリオウだけでなく高位の仙洞官らが集まっていた。さすがに職業柄もあって、全員二人の姿をとらえていた。

リオウは、秀麗の姿と二重写しに見える瑠花の姿に、目をこすった。

「お、伯母《おば》上⁉」

瑠花はリオウの泣きはらした顔にチラリと目を向けたが、余計なことは言わなかった。

「今より術式に入る。破れた各神域の結界を完全修復する。全員補佐をせい」

仙洞官たちはざわめいた。

「それは……大巫女の、人柱をお立てになるということですか⁉」

「ばかめが。珠翠はまだ必要じゃ。立てるわけがあるか。時間もない。いいからとっとと清めをし、封印の術式を調えよ。並びに全術者に通達を出せ。今ならすべての神域に高位の術者と巫女が均等に配されておる。そのまま動かず各々の術式を執り行わせよ。術者と巫女総がかりで術を編む」

仙洞官はもとより、リオウや羽羽もあっと口を開けた。

今なら、全州の術者と巫女すべてを大きな一つの術式に組みこみ、使うことができる。

そこまで見越して、事前に各神域に中高位以上の術者と巫女を遣わしたのだろうかと全員啞然《あぜん》とした。

「ぼけっと雁首《がんくび》ならべて口を開けとらぬで、とっとと散らぬかこのうつけどもが!!」

苛々《いらいら》したように、瑠花の怒号が飛んだ。

尻《しり》を蹴《け》っ飛ばされたかのように、仙洞官たちが慌ててそれぞれの支度に走っていく。

瑠花はリオウへ顔を向けた。

「リオウ、まだ羽羽の体は生きておる。寸前で魂魄《こんぱく》を蹴っ飛ばして叩《たた》き出したゆえの」

「……蹴っ飛ばした……？」

羽羽は横っ面に受けた衝撃を思い出した。もしかして顔面に瑠花の飛び蹴りをくらったのだろうか。羽羽は思わず頰をさすった。

「よいか、そなたはそのまま羽羽の容態を診ておれ。命脈を保《も》たせよ。瀕死《ひんし》でも構わぬ。体が生きてなくば羽羽の力は使えぬ。——羽羽、よいな。否やは許さぬ」

「御意」

リオウはあえいだ。

術者が力を使う時、必ずその命を削る。

やめてくれと、言えなかった。瀕死の羽羽を抱いていてさえ。

地震のたびに城や街の人々の叫びや、泣き声、祈りが聞こえるようだった。建物や山の崩落に怯《おび》える様が、リオウの目に映るようだった。

言えなかった。リオウは苦衷に顔を歪《ゆが》めた。

羽羽はそんなリオウの様子に微笑みを浮かべた。

「それでこそ、縹家の男子《おのこ》でござりまする。羽羽は誇らしゅうござりますぞ、リオウ殿」

「縹家の、男……？」

その時には羽羽と瑠花との姿はかき消えていた。

＊　＊　＊

瑠花と羽羽の魂魄は、開かずの仙洞宮の中に侵入した。

そこには八角形の幾何学模様が描かれた〝通路〟の方陣がある。二人が方陣に入ると、方陣は淡い輝きを放ち、その下へと二人をのみこんだ。それは大巫女と筆頭術者にのみ反応する、特別な〝扉〟だった。

「……ふん、わたくしがここへくるのは、久方ぶりじゃ」

内部には〝時の牢《ろう》〟と同じねばついた闇が沈殿していた。瑠花と羽羽が降り立つや、波の引くように闇が祓《はら》われていく。この地下一階部分は、縹家の縄張りだった。

とほうもなく古く強大な封魔の力が働いているこの開かずの仙洞宮があることで、貴陽は妖《あやかし》の存在することのかなわぬ〝夢の都《まほろば》〟となった。

闇が退くのを追うように、ぼぼぼ、と青白い光芒が走る。光は八角形の方陣を描いていく。方陣は果てしなく巨大だったので、方陣の放つ光で昼間のような明るさになった。方陣の内部には、八色《やくさ》の州が広がっていた。

羽羽はこの光景が現実なのか、それとも古代の方陣が景色を映し出しているのか、判別がつかない。まるで本当に上空から八州を眺め下ろしているかに思える。

方陣の光芒の中に、他より光の放ちかたが鈍い部分が四箇所あった。

羽羽は場所を確認する。藍州、碧州、茶州、そして縹家の位置。神器の破損した州がすべて弱々しい光になっている。

三つまでなら持ちこたえることが可能だったものの、瑠花の死で思いがけず四つめの神器が壊れたのと同義になってしまった。これ以上は、本来なら珠翠の人柱を立てるしかない。羽羽は方陣を見ながら首を傾げた。

「……？　恐れていたより縹家の破れ目はひどくはないですね」

「〝干將〟と〝莫邪〟を使ってあらかじめ縹家の結界の耐久力を強めておいた。だが珠翠の消耗がいちじるしい。珠翠には『蒼』の神器の半分しか渡せなかったゆえ」

「……は？　いま、なんと？」

「〝時の牢〟で、三千刻正気で耐え抜いたゆえ、わたくしの『蒼』を渡しておいたのじゃ」

瑠花は〝時の牢〟で珠翠へ口移しで『蒼』の神器をそそぎこんでいた。もし器の大きさが足りなければ、珠翠の体も魂もとけて、『珠翠』は完全に『蒼』の一部としてのみこまれて消えてしまっていた。実際、値しなかった多くの優秀な巫女《みこ》たちが『蒼』の一部となり、同化することで神器の力を維持してきたということもある。

「なんですって？　正式な指名儀式もなしで、いきなり!?　渡したんですか!?」

「仕方あるまい。あのときは『蒼』を内包したまま、わたくしの首が落ちる可能性が高かった。そうなれば最悪じゃ。なるべく早く、誰かに押しつける必要があった。手近にいたのは珠翠だけでの。……『蒼』を渡したら、わたくしの首が落ちても大丈夫だろうと踏んでおったが、とんだ誤算じゃったわ。ずっと座りっぱなしでいたら、置物型の変則神器扱いされることになるとは」

「あなたというかたは!! じゃあ珠翠殿が半分きりの神器で縹家を支えて――ていうかわたくしのここ最近のひどい消耗はそれですね!? なぜ言ってくださらなかったんです」

「よそに漏れたら珠翠が狙われるからじゃ。第一、言えばそなたはただちにもう半分の『蒼』を珠翠に返すための措置をとったであろう」

本来『蒼』は縹家の大巫女が引き受けるべきもの。

羽羽のもつ『蒼』の半分は、瑠花がもう片方を黙って珠翠に渡したときから、一つに戻るためにかなり暴れたはずだった。羽羽は自身の激しい消耗を神域の異変のせいだと思いこんでいたにせよ、よく今の今まで、『蒼』を暴発させずに抑えたものだ。それができるからこそ分けたのだけれど、実際できるとは限らない。

瑠花が自ら選んだ、当代最高の術者。――今もなお。

自刃しようとした羽羽の姿が思い返された。

「……おぬしが半分の『蒼』をもって人柱になれば、確かにわたくしの落ちた首の代わりはできよう。この地鳴りも収まる」

それが羽羽がもう半分の『蒼』を返すための措置でもあった。戦時などの際、大巫女が不慮の死を遂げても、『蒼』を備えた術者が残っていれば次の大巫女が立つまでの猶予ができる。突発的な混乱を避けるための方法だった。ただし、次の大巫女が決まれば術者は『蒼』をすみやかに返還せねばならない。己の命を断って。故に瑠花が死ねば羽羽も死ぬ。運命を二人で分かつと言われる由縁《ゆえん》。そうと知って羽羽が受け入れた過去を、もうすり切れてしまった記憶を、瑠花はボンヤリと思い出した。

「だが、それだけじゃ。残りの神域で破れたままの綻《ほころ》びも、珠翠の負担も何も変わらぬ」

「はい……」

「返すなら、もっと効率的に返すがよい。おぬしはそのままもう半分の『蒼』の力を制御せよ。わたくしが補佐する。全州の神域に配置した術者たちの用意が終わり次第、綻びの出た藍州、碧州、茶州、貴陽を一気に修復する。さすれば奥の扉の〝隙間〟も完全に閉じよう」

「お待ちください。それには、到底力が足りないのでは？」

『蒼』をもっていても、羽羽には碧州の神域の一時補修でさえやっとだった。全盛期の瑠花ならば可能だったにせよ、大巫女を退き、『蒼』も珠翠に譲り渡した今、瑠花より羽羽の方が神力が大きいといっていい。いくら大がかりな術式を行えるとはいえ、本来なら大巫女の人柱が必要な崩壊だ。瑠花と羽羽の二人では、完全修復ができるにはほど遠い。

「考えはある。さて――用意はすべて調ったの」

全州を包みこむ八角形の方陣が、淡い水色の光を放つ。

羽羽の『蒼』が、呼応するように脈動する。やがて瑠花の鼓動と自らのそれとが重なり合うのを羽羽は感じた。

長い長い間、瑠花と二人で分け合っていた『蒼』。たとえ珠翠に譲り渡しても、文字通り瑠花の魂にまで『蒼』は染みこんでいるのかもしれなかった。

「——はじめる」と瑠花は告げた。

秀麗はボンヤリ目を開いた。

瑠花が自分の体にすうと入ったのはわかった。すると、秀麗はひどく眠くなって、自分の内の深い深い場所へ落下していくような感覚がした。それを瑠花の細い腕がつかみあげ（秀麗はずいぶん小さくなっていたようだ）、隅にそっと置かれた。とろとろと微睡《まどろ》む中、羽羽や、リオウや、瑠花の声が、遠くから断片的に聞こえた。

急に、悪寒がした。息苦しく、不安で、動悸《どうき》が速まった。とてつもない恐怖に追いかけられるような嫌な感じ。それで目を開けたのだった。

（これ、いつかも……そうだ、二年前の春、仙洞宮に捕まったとき……）

あのときの怖さを、秀麗は記憶の底で思い出していた。

やがて、目をこらせば、瑠花と同じ景色が見えることに気づいた。

見たことのない綺麗《きれい》な、巨大な八角形の方陣が、複雑精緻《せいち》な光芒《こうぼう》を描いて広がっている。そのうちの何ヵ所かに妙な場所があった。『綻び』。そんな言葉がなぜか浮かんだ。

瑠花は一人の若い青年と会話している。

若者は二十代ほど、小柄で、ぼさぼさの髪ではあったけれど、その間からのぞく顔はずば抜けた美貌《びぼう》だった。秀麗は何となく若者を見知っている気がして不思議に思った。

そのうち、二人で一つの糸を織るように綻びを『修復』しているのだと気づいた。瑠花の感覚を通して『わかる』。蜘蛛《くも》の糸の綻びを丁寧に繕うように、誤りなく慎重に織り直していく。その一方で奔流のように八方から流れこむ術者や巫女たちの力を制御している。編み目を一つ間違えれば、何もかもおしまいになる。何もかも。扉が開く。そんな言葉が脳裏に浮かんだ。

一生分の時間が過ぎるような中、二人とも何千もの細い糸をたぐっては繕い、正確に綻びを織り直しつづけていた。秀麗は圧迫感で息がつまりそうになった。たった一時見ているだけでも秀麗は神経がすり減り、舟酔いのように目が回った。

気を逸《そ》らそうと八角形の方陣の下に目をやったとき、背筋がぞっと冷えた。

何かが、いた。

十重《とえ》二十重《はたえ》に張り巡らされた厳重な網の目越しに、ぎょろりとした目と秀麗の目が、合った。

「――――っ!?」

網を押し破って秀麗に近づこうとするように、八角形の方陣の下で、それが蠢《うごめ》く。

瑠花と羽羽が眉《まゆ》を寄せ、全力でそれを抑えにかかる。が――。

（足りない）

それが羽羽の言葉だったのか、瑠花のものだったのかはよくわからなかった。ただ足りないとだけ頭の中でぐるぐる渦巻く。あの何かを抑えるための神力が、今のままでは足りない。

「……さて、ちと、まずい」

ボソッと瑠花が呟《つぶや》いた。

突如として、藍州を流れる光の糸が、ひときわ強くあざやかに輝いた。そこから新たな猛々《たけだけ》しい力が方陣を奔流のように駆け巡った。みるみる網の目が固く引きしまり、結界がぶあつくなった。下から突き上げるようだった抵抗を一気に押し戻した。

羽羽が目を瞠《みは》った。

「あれは――九彩江の宝鏡が、直った!? そんな馬鹿な。た、確か、歌梨様――は」

九彩江で、致死量をはるかに超える大量の血だまりだけを残して、歌梨は忽然《こつぜん》と姿を消していたという報告がきていた。

「歌梨じゃ。見事な輝き。天つ才の称号になんら欠けるものはないと見ゆる。多くの碧家の人間を宝鏡にて惑わし、あまた自殺に追いこんできた碧仙《へきせん》の心を動かしおったわ。先々代の百年保《も》つ宝鏡の謎をときおったわ。――羽羽、こたびの九彩江の宝鏡、今度は永劫《えいごう》保とうぞ」

「え!? は!?」

「さても、歌梨のお陰で修復を要する州は残り三つ。……援軍も、きよったようじゃ」

瑠花の目にしているものなのか、秀麗には黄色の魂魄《こんぱく》が天翔《あまかけ》てくるのが見えた。仙洞宮の〝通路〟の方陣を抜け、まばゆい閃光《せんこう》を放ってこの場に着地する。まるで上からぶん殴られたように、網目の下の何かがさらに遠ざかるのが感じられた。

瑠花と羽羽と三角形を形成するように降り立ったのは、高位巫女の装束をきた、どことなく勝ち気そうな美貌の少女だった。

秀麗はその少女の顔を知らなかったが、覚えがある気もした。

その少女の出現と共に、場に清浄な空気が吹き抜ける。さらに神力の量が増大する。

「――英姫《えいき》。遅い。ようやっと、きたか」

秀麗は息をのんだ。茶州の縹英姫。確かに面影が残っていた。

少女は、微笑みを浮かべた。

秀麗は濃すぎる空気を吸っているようで、ひどくくらくらした。目を閉じた。秀麗が見てとれたのは、そこまでだった。

瑠花の後継と目されるほどの神力を誇った、往時の姿で英姫はその場に立った。

「真打ちは、最後に登場ではありませぬか？　大姫様」

「ばかめが。そちは何をするにも遅すぎるのじゃ。生まれるのも、戻ってくるのも」

「……はい。すみません。今なら、それがわかります」

羽羽が呆気《あっけ》にとられたように英姫を上から下まで見た。

「え、英姫様!?　死、死んだのでは!?　こんなに長く魂魄が留《とど》まってるはずが」

「まだ死んでません。仮死状態です。今の茶州には影月殿はじめ、優秀なお医者がたくさんおいでなので協力を願って仮死状態で何とか繋《つな》ぎ留めてもらいました。縹本家ヤバイって、ゾロッと星が出てましたし」

「英姫、言葉遣いを改めよ。そちの身内のバカ次男坊もウロウロしてたしの」

「……あれはもう確かに大バカです。死んでも別にバカは直らないと朔洵《さくじゅん》が証明してしまいました。返す言葉もございません。でも朔洵のお陰で、仮死を細工する猶予ができたもので」

「茶朔洵の魂がそちの許《もと》に飛んだであろ」

「……相変わらず抜群の『目』をお持ちでございますね……」

英姫は舌を巻いた。

〝暗殺傀儡《にんぎょう》〟と術者を従えて英姫を殺しにきたのは『抜け殻』――魂のない朔洵の死体だった。だが、束の間本物の朔洵になった。

「ええ、朔洵の『魂』でした。体を追い出されてどこぞをフラフラして情けないったら。

まあ生前もそうでしたが。ただ朔洵は普通の人間ですから、体を追い出されたらほとんどの時間、自我も眠ったままどこぞでゆらゆら漂ってるだけのはずなんですけどねぇ。自分の意志で魂魄の制御もできないし、移動の場所や時も決められないはずなのに……よくまああのとき、私に警告しに飛んできたものですよ……」

「茶朔洵の魂魄は疫病の折も影月と秀麗の許に現れておる。……只人《ただびと》が魂魄のままそんな真似をしておるのでは、朔洵の魂も長くはないな」

「ええ……あともう少しで魂魄が天翔ることもなく、ただ『消滅』してしまう……」

英姫は暗い顔つきになった。

「そちはずっと行方を探索していたようじゃが、無駄じゃ。そちの神力が衰えたせいではない。『抜け殻』を使っているあの男にのみ、茶朔洵の命運は決められる」

「…………それは、わかって、いるのですけれど」

あなたの命をください――。

追い出された自分の体に、一瞬だけ乗り移って、声なき声で、朔洵はそう告げた。

英姫はすぐにその意図をくみとり、〝暗殺傀儡〟や縹家の術者にばれないよう目くらましのまじないを使って朔洵の『抜け殻』に殺されたように装った。

あれから朔洵の『魂魄』がどこへ飛んでいったのか、いまだにわからない。

「仮死……ということは」

羽羽は弾《はじ》かれるように茶州に当たる部分を見直した。

〝羿《げい》の神弓《しんきゅう》〟が壊れた碧州とまではいかなくても、茶州もそれに近い綻《ほころ》びが出ており、光は絶え絶えだった。だが今や元の半分まで、その輝きを取り戻していた。

「ええ、我が夫・茶鴛洵《えんじゅん》の人柱は、そうそう破れはしませぬ」

茶仲障《ちゅうしょう》や茶朔洵によって血で汚されたあの茶家の祠《ほこら》こそ、茶州神域〝漂泊の地底湖〟の真上にて重石《おもし》の役目をしていた。朔洵たちの無道な所行によって、祠の封印はほとんど決壊しかけた。茶一族中にあふれでようとしていた闇を、霄太師が鴛洵の魂を使って人柱を立てて封じた。

その祠の『鍵《かぎ》』は妻の英姫に託された。『鍵』は英姫の命をもってなさしめられている。その大事な命を、むざむざと英姫が渡すはずがなかった。

「……『鍵』は、春姫《しゅんき》に渡してきました。私の半生は夫と、茶家のために生きて参りました。最期は、縹家に残してきた心残りのために生きても、夫も文句は言いますまい」

美貌《びぼう》の少女の、その眼差《まなざ》しだけが静かに老いていて、瑠花や羽羽は胸を衝《つ》かれた。

瑠花や羽羽に比べて、英姫は二十歳も若い。かつては神力は高いが自由奔放で、瑠花に逆らい、〝外〟の世界に逃げることだけをずっと夢見ていた少女だった。夫をもち、子をなし、激動の時代を茶鴛洵と共に駆け抜け、その最愛の夫を彼岸へと見送り、英姫はいつしか瑠花も羽羽も知らない人生を生きた大人の女になっていたのだった。充分生きたと、言えるほどに。

「大姫。縹家の閉じた門を、再び〝外〟へ開いたのですね。私も感じておりました」

「……うるさい甥《おい》っ子と小娘が、ぎゃあぎゃあ乗りこんできおっての」

英姫は瑠花の『体』が紅秀麗のものであることを見てとった。紅秀麗の命数も英姫には感じとれた。そして、あの娘なら、こんな道を選ぶかもしれないと、思った。英姫よりもずっと瑠花に近い心と信念をもっていた少女だった。

「では大姫、私たち先を行く者がすべきことは、あとはただ一つと思われます」

未来を残すこと。

再びじわじわと、方陣の下にいるモノの抵抗がふくらみはじめる。

「なら、恰好《かっこう》つけとらぬでサッサとせい」と瑠花はにべもなく返した。

結界の糸が紡ぎあげられていく。それが動こうにも、身動きがとれないほどの、凄《すさ》まじい速さと神力と正確さで、みるみる綻びの修復がされていく。網が太く強靭《きょうじん》さを増すごとにその下のモノも次第にしぶしぶと暴れるのをやめ、鎮まっていった。

最後の糸を織り上げ、固く結び目をつくる。

『開かずの扉』の隙間がパタンと閉じる。完全に。

瑠花は、ほぅと深い吐息を漏らした。

「羽羽、『蒼』は全部流しこんだな?」

「……はい……なん、とか」

羽羽の膝《ひざ》が笑っていた。魂なので膝はないのだけれど、それくらい精根尽き果てた。脂汗まで流れている気がする。

「よい。では残りの『蒼』も糸を伝って珠翠の許に少しずつ循環して還《かえ》り、『蒼』はまた一つになろう」

「……それで、大姫様、これから？」

羽羽は暗い面持ちで訊《き》いた。

「一族は気づかぬかもしれませぬが、これは『一時補修』でございます。わたくしが碧州で施したものと同じ、それを強化したもの。懸念したように力が到底足りませなんだ。扉を閉じても、『鍵』をかけねば完全修復に至りませぬ」

「…………」

「大姫――もしやお考えがある、というのは」

「羽羽」

瑠花は羽羽に向き直る。今の羽羽は離魂し、まさに盛りの青年の姿をしている。瑠花よりやや高い背丈、ぼさぼさの長い三つ編み、優しげでとろそうでやわらかい顔立ちに少年の面影を残し、甘さと清冽《せいれつ》さを添えていた。かつて瑠花の許を出て行ったときの姿であった。

羽羽に何かを、訊こうと思ったかもしれない。なぜ裏切ったとも、なぜ戻らなかったとも、約束はどうしたとも。結局、瑠花の口からは、何一つでなかった。今となってはどれも、たいしたことではないように思われた。

瑠花は別のことを言った。

「……先に逝かないでほしいと、わたくしに言ったな。もう遥《はる》かな昔のことじゃ」

羽羽が真顔になった。

「わたくしは、約束はしなかった。だが……わたくしの心に残っていた以上、破ったことになろう。謝罪する。そなたはまだ、朝廷に必要なようじゃ。リオウや、他の若い一族たちに、力を貸してやるがよい。生きられるだけ、生きよ。——そなたがよいと思ったことを、為《な》せ」

それはかつて、旅に出る羽羽に手向けた言葉だった。今度は、贈る言葉でなく、遺《のこ》す言葉として伝えた。

羽羽は血相を変えた。

瑠花はぽつりと漏らした。

「……何よりもわたくしは、そなたの死ぬところを、見とうはないらしい。還るがよい」

瑠花の指が、とん、と羽羽の胸をついた。

羽羽の魂魄《こんぱく》が飛翔《ひしょう》する。元の体へ戻るために。

生者たちの世。

首の落ちた瑠花とは違う世界。

羽羽は絶叫した。瑠花に手をのばした。むなしく。瑠花と英姫は彼を見送った。生者にはたどりつけぬ深い深い闇の井戸の底から。

「相変わらず、ひどいお方ですこと。枕をかわした情人は星の数、なのに正夫は置かず生涯独身。どこかの先王陛下のよう。八十過ぎのご老人さえ無情に蹴《け》っ飛ばす血も涙もない鉄の女皇様」

じろりと瑠花は英姫を睨《にら》んだ。ややあってすべての重荷をおろしたように、微笑む。その微笑に、英姫は目を奪われた。

「……これで、よい」

英姫はそうかしら、と言いたげに勝ち気な瞳《ひとみ》をくるりと回した。

「……で、私も、還すおつもりですか？　姫御前《ひめごぜ》」

「いや。そちは残ってもらう」

英姫は嫌そうに頬をふくらませた。わざとらしく。

「私、羽羽様より、二十も年下なんですケド」

「天寿の時じゃ。わかっておろう。戻ってもそちの体はもう仮死でなく、死んでおる」

英姫は、うふ、と笑った。自らの風の道の終わりを知る者の微笑みだった。

「ええ、存じておりました。私の星が落ちる日が近いこと。体も、弱ってましたしねぇ」

清浄な神域で生まれ育った生粋の縹家の娘は、もともと〝外〟への抵抗力が低い。男たちは頑丈だが、女たちの寿命は〝外〟では只人《ただびと》より短くなるのだった。

「茶朔洵の一件で、だいぶ命数を縮めたな……。なのに最後まで朔洵を気にしておる」

「……夫婦ともどもバカだと、思います？　息子夫婦まで殺されたのに、って」

瑠花は少し考え、いや、と答える。理由はわからない。生前ならそんな理屈のない答えはしなかったが、死んだ後ならよかろう。

英姫は瑠花の答えに、どこかホッとした顔をした。

「よかった。私は半分、バカだと思ってましたけど、でももう半分は、仕方ない、って。草洵《そうじゅん》と朔洵に、どうにかして、大事なことを伝えたかった。生きることや、愛することや……。でもうまくいかなくて、朔洵に自殺された時は、……よくわからない気持ちになりました。ああ、私たちは一度も『家族』になれなかったんだな、って。三十年近くなんにも伝わってなかったかと思ってましたが、……そうでもなかった……かもしれません。最後に朔洵は私を助けに飛んできてくれましたしねぇ。私がそう思いたいだけだとしても、それくらいはいいですよね」

英姫はさみしげにした。

「黄泉路《よみじ》をたどっても、朔洵を見つけて、一緒に連れてはいけないんでしょうね……」

「まだその時ではない。『抜け殻』の首が落ちるまでは。だが、もうたいした時間でもなかろう。お守りが必要な歳でもあるまい。茶朔洵がくるまで、黄昏《たそがれ》の門の傍で、待っててやればよい」

英姫の目が丸くなり、ややあって、頷《うなず》いた。

「そうですね、待つ時間なら、ありますものね。……姫御前、私たちの人柱で、『扉』に『鍵』をかけるんですね？」

羽羽の懸念は的を射ていた。扉を固く閉じても鍵をかけねば完全ではない。藍州は歌梨の宝鏡で『鍵』がかけ直された。他の州は別のものでそれぞれ封印をし直さねばならない。

かつて鴛洵が茶州の祠《ほこら》に沈んだように、今度は英姫たちの番だった。

一人で全神域の完全修復ができる時の大巫女《みこ》の人柱には負けるとはいえ、歴代の大巫女でも一、二と謳《うた》われた縹瑠花と、その次の大巫女候補だった縹英姫の人柱が同時に立つ。

「でも姫御前、鍵が必要なのは碧州、茶州、それと縹家もだいぶゆるんでます。姫御前は死ぬし、新大巫女の『蒼』は半分ですし。そうするとまだ一人は必要ですよ？　羽羽様は還らせてしまいましたし」

「あてはある。立香、隠れておらぬで、出て参れ。こんなとこまでついてきおって」

と、瑠花の袖口《そでぐち》からちんまりとした杏色《あんずいろ》の魂魄が、そろそろと出てきた。

杏色の魂は、立香の姿に変わる。

ゆらゆらとした、淡い姿で、怒られた犬のようにしょぼくれて立つ立香に、瑠花は苦笑いを浮かべた。

「仕様のない娘よ。どこまでついてくるつもりじゃ。よい。わたくしと共に、くるか？」

立香は顔を上げた。みるみるその目に涙がもりあがった。

「はい。一緒に行かせてください……。最後まで、瑠花様のお傍に、いたいです……！」

見ていた英姫はげんなりした。英姫が縹家にいた頃から、こういう『瑠花の追っかけ』は後を絶たなかったので、事の成行きなぞ聞かずとも容易に想像がつく。にしてもこの立香という娘、高位巫女にのみ許される栄誉の殉死を、どこまでも追っかけ回すことでついに強引にもぎとってしまった。可愛い顔して恐ろしい。

これで、巫女三人がそろった。瑠花は渋い顔をした。

「本来魂魄だけの人柱なんぞ異例なのじゃが、そろいもそろって魂魄とはのう……」

「私は賛成ですね。だってせめて体くらいはねぇ、夫の墓に一緒に入りたいですよ。生前私を置いてさんざん仕事仕事で飛び回ってくれて、ろくすっぽ一緒にいられなかったんですから」

「ふん。男に主導権を握られおって。待つ女か。情けない縹家の女がいたものじゃ」

「男に一度も主導権渡さないで、惚《ほ》れた男も捕まえられずに結局独身よりいいと思いますー」

瑠花と英姫の間に久方ぶりの火花が散った。傲岸不遜《ごうがんふそん》な女皇と小生意気な反抗期娘。これだから瑠花と英姫は年がら年中喧嘩《けんか》をしまくっていたのだ。体があった頃は双方とももてる神力をもって応戦し、宮の一つが丸ごと吹っ飛んだこともあった。

「あの世でゆっくり説教してやる必要があるようじゃな、この生意気なジャジャ馬娘が」

「受けて立とうじゃないですか。先に行って、お待ちしております。姫御前」

それぞれの人生を存分に生きて、今はもう、どんなこともとるにたらないこと。

英姫は勝ち気な笑みを浮かべた。英姫の輪郭がほどけて、四魂七魄の魂に変じる。

瑠花の左手に、英姫の明るい黄色の魂魄が、右手には立香の杏色の魂魄がおさまる。

瑠花の左手で、英姫がためらいがちに訊《たず》ねた。

「……姫御前、紅秀麗の体は、どうするつもりですか。もう――」

「わかっておる。負担をかけすぎた。それでも感じる。〝外〟へ還りたがっておる」

瑠花は胸の奥底で眠る小さな秀麗が、寝返りを打ったように思った。

「……返さねばならぬ。〝外〟へ。それが何を意味するものであったとしても。この世に生まれたことが奇跡であった。もはや奇跡は起きぬ。わたくしにも起こせぬ。彩八仙にも」

瑠花が――秀麗の体が――八色《やくさ》の光に輝きはじめる。

「……だが人間として生きて死ねば、またいつか会えよう。時の円環《えんかん》をめぐり、いつかまた目覚める時まで。立香、英姫、しばしの別れじゃ」

英姫が微笑んだようだった。立香はまたべそをかいているようである。

思いついて、瑠花は子守歌を口ずさんだ。長い長い眠りにつくのだから、必要であろうと思ったのだ。英姫と立香に聞かせているようでもあり、瑠花の中の秀麗に聞かせてやっているようにも思えた。子守歌を歌いながら、瑠花は最後の術式をとりおこなった。

人柱の術式を。

＊　＊　＊

羽羽は、目を開けた。

視界がきいた。室《へや》の様子も、リオウや仙洞官たちの顔も見えた。羽羽は疲労を覚えたものの、体の重さは前ほど感じない。

体の中に鎮座していた大きな重石《おもし》を吐き出したみたいだった。

羽羽は唐突に悟った。『蒼』をすべて返し、羽羽はもう術者ではなく、異能をもたない一人の老人になっていたのだった。

辺りは静かだった。結界が修復され、ここしばらく不安定だったものは落ちつきをとり戻していた。おさまるべきところにおさまっていた。

地鳴りもすっかりやんでいた。

羽羽は身を起こした。そして長い長い溜息《ためいき》をつき、術式の終了を告げ、いくつかの指示を出した。仙洞官たちがばたばたと散っていき、リオウだけが残った。

「……リオウ殿、わたくしはもう術者でなく、ただの人間になったようでござりまする」

「それなら、生きられるのか？」

リオウは不安そうにしている。

かつては表情の乏しかった少年の顔に、今や豊かな感情があった。ちょっとした顔つきにはっきりとリオウの意志が刻まれている。これから少年は己の旅路をゆき、人生を一つ一つそこに刻んで歩いていくのだろう。リオウの顔をこの目で見られてよかったと羽羽は嬉《うれ》しく思い、目尻を下げた。

羽羽は、リオウの手を両手でそっと握った。

リオウは少し気が落ちついたようだった。

「よいお顔になられました。リオウ殿はきっと、初代の筆頭術者に比する男子《おのこ》になれましょう」

「初代の……筆頭術者？」

「蒼周王の一の宰相です。戦をしない彼を傍で支えつづけた、縹家の誇る名宰相です。力でねじふせることなく、大姫を説得し、門を開けたあなたなら、きっと、新しい扉を開けまする」

「……羽羽？」

「少し……疲れました。休みたいのでしばし人払いをお願いしまする。それと、白湯《さゆ》を……ちょうだいできますか」

「あ、ああ……。わかった。すぐ戻るから」

リオウが去り、羽羽は寝床から出た。何とか体を叱咤《しった》して、星の読める場所まで移動する。吹き抜けの天蓋《てんがい》から落ちる星明かりが、床に影をつくっていた。

世界はまた夜になっていた。夜空だけは何でもない顔をして、星がまたたいている。

羽羽はある星をさがした。その座標には多くの星々が集中しているため、星を正しく読みとるのが難しい。羽羽は今まで一度も読みを間違えたことはなかった。

見つけたその星は頼りなげに明滅し、今にも落ちそうに揺らめいている。

誰かが部屋に入ってきても、羽羽は振り返らなかった。

……背中に、衝撃があった。

羽羽はよろめいて、床に両膝をついた。背から胸を、刃が深々と刺し貫いていた。羽羽は床に手をついて、静かに横になった。

誰かが逃げていく。羽羽を批難した、あの若い仙洞官に思えた。鈍痛が身を苛《さいな》み、着物が血で濡《ぬ》れていく。

夜空の星が、いっそう儚《はかな》くゆらめく。それは羽羽自身の星。そう、読みを違《たが》えたことは一度もない。本当はずっと前から、この運命をわかっていた。わかっていて、避けなかった。

運命《さだめ》。

羽羽は運命という言葉が嫌いだった。そんなものは変えられると思っていた。

思い出した。自分がなぜ、閉ざされた縹家を出て、長い長い旅に出たのか。

……瑠花の星並びは、凄《すさ》まじい凶相だった。血と狂気と死。ただ喪失するだけの宿命。

生まれながら父殺しの宿星までその身に負っていた。瑠花自身もその仮面をあえてかぶり、冷血の女皇となった。羽羽はそんな運命に抗《あらが》いたかった。時間はかかるかもしれない。でも決まった運命《さだめ》などない。瑠花にそれを証《あか》してみせたかった。そんなとき、紫戩華が生まれた。

瑠花とまったく同じ星並び、親殺しの宿星のもとに生まれた、凶相の忌み子。

羽羽にとっては、戩華はもう一人の瑠花だった。だから助けてやりたかった。戩華の運命を変えられたなら、瑠花の運命も変えられる証《あかし》になると思った。だから旅に出た。

誰にも愛されない宿命《さだめ》などではないと、瑠花に伝えたかった。

『黄昏《ゆうぐれ》を再会の時にいたしましょう』

自分の選んだ道が正しかったのか、間違っていたのか。今となっては、わからない。

こん、と咳《せ》きこめば、血が白髭《はくぜん》を真っ赤に染めた。

瑠花が最後に変えようとした運命の軌道を、羽羽は自分で元に戻した。かつてと逆に。

溜息をつけば、斑《まだら》になった髭がそよいだ。リオウや、劉輝の顔が浮かんだ。

もう、羽羽は、二人を守り、かばい、手助けしてやることはできない。

リオウの沓音《くつおと》が聞こえる。

羽羽の体から力が抜けていった。目をつむる。

羽羽の目は二度と開かなかった。

＊　＊　＊

……瑠花はぽつんと八角形の方陣に立っている。英姫と立香はもういない。彩八州の情景も消え失《う》せている。方陣のみが青白い光を放っていたものの、かえって暗がりと孤独の静けさをいっそう深めるばかり。

それは瑠花の人生と同じだった。暗闇と孤独。最後まで。

自分の人柱の術式に入る前に、気まぐれに方陣の中をそぞろ歩いてみる。どこからか、白木の椅子で聞いていた梢《こずえ》のざわめきがした。三本肢《あし》の鴉《からす》の姿が横切って消えた。紅傘《べにがさ》も見えた気がした。弟を負ぶって深山《みやま》をのぼる幼い足音も聞こえる。

『黄昏《ゆうぐれ》を再会の時にいたしましょう』

（…………）

「わたくしの姫様」

瑠花はその黄昏色の声を、やはり幻だと思った。

瑠花の前に一人の青年がいた。

闇の中、桔梗《ききょう》の花のような藤色の光に、淡く光っている。青年は身づくろいし、縹家の装束を着ていた。

二人で〝時の牢〟を出てから、瑠花と同じく羽羽の神力も驚異的に跳ね上がったが、元々の彼の神力は高くはなかった。なのに魑魅魍魎《ちみもうりょう》が跋扈《ばっこ》する〝時の牢〟に、瑠花をさがして五歳かそこらで落っこちてきた。身一つで。いや、紅傘を一本さして。瑠花が飛んでいって助けねば妖怪《ようかい》に頭から食われるところであった。そんなザマなのに偉そうに瑠花に言った。

『帰りましょう、姫様。僕と一緒に』

羽羽には、なぜという理屈が、時に通じない。

瑠花は羽羽を睨《にら》みながら近寄った。

「……羽羽、申し開きを差し許す。言い訳があったら言うてみよ」

「人柱は、もう一人必要でしょう？　あなたがわかっていないはずがない」

瑠花の表情がこわばった。

「大姫が神器と見なされたなら、私の命も必要なはず。そうでなくては、足りない。あなたの半分は私で、私の半分はあなただった。『蒼』をわかちあった時からずっと。陽の〝干将〟と陰《いん》の〝莫邪〟のように、両極併せて封印が完全となる。……あなたが理論的でないのは、珍しい」

「…………」

「……それに、私の星読みを、していなかった、のですね？」

瑠花はまた、言葉に詰まった。そう、羽羽の星は読まなかった。もうずいぶん前からそうだ。年を経ると羽羽の死期が見えるようになる。……そんなのは、別に知りたくもなかったので。

瑠花は全然理由になっていないことを、苦しまぎれに呟《つぶや》いた。

「……朝廷には、まだお前が必要であろう」

「……ええ。それが正しいのでしょう。あなたでなく朝廷を選び、リオウ殿や今上陛下を命尽きるまでお支えするのが。でもそんなのは、正しすぎて、綺麗《きれい》ごとすぎる。私は人間です。完璧《かんぺき》にはなれない」

瑠花は怒らなかった。怒れなかった。瑠花自身、一人では完全な封印はなしえないとわかっていながら、黙って羽羽を帰した。初めて正しくもなく、完璧でもない選択をして、そして瑠花はそれでいいと思ったのだった。理屈も理由も何もない。瑠花がそうしたかっただけだ。

羽羽が手を伸ばしてきた。瑠花は驚き、身を引こうとしたものの、手をつかまれた。

瑠花の意思を訊《き》きもしなかった。瑠花は戸惑った。

「あなたの傍に、いさせてください」

羽羽の表情に気がついたとき、瑠花はその場に立ち尽くした。

還《かえ》りたい、と羽羽の顔が何より雄弁に語っていた。

還りたい。この人の傍に。そここそが自分の在るべき場所。選んだ人生。

「リオウ殿と陛下には、一つくらい、じじいのわがままを許してもらいましょう」

瑠花はつかまれた手を見た。ややあって、素っ気なく手を引き抜いた。

瑠花はしばらく黙ったのち、羽羽の名を呼んだ。いつもの口調になるようにつとめた。

「……黄泉路《よみじ》の供を、差し許す。わたくしとともに、泉下へくだるがよい」

羽羽が嬉しげにした。

「……仰せのままに。どこへなりともお供いたします。わたくしの姫様」

羽羽がうやうやしく跪《ひざまず》き、瑠花の霓衣《げいい》の裳裾《もすそ》に唇を当てた。

「もっと怒られるか、また叩《たた》き帰されるかと思ってました」

瑠花はそっぽを向いた。英姫に少しは主導権を男に渡せと言われたのが頭をよぎったとは、口が裂けても言えない。

羽羽はためらったあと、言った。

「正直、碧州神域の幽門石窟《ゆうもんせっくつ》の神器が壊れた時は、あなたの差し金かと、疑いました」

羽羽がそう考えるのは当然だった。縹家の者でない限り、神域の結界を破って神器の許へたどりつくのは困難で、壊すのはさらに難しい。下手人は生者でなく死人であったとは、羽羽は思いも寄らなかったろう。

「……もし本当にそうだったら？　どうしておった」

「あなたを殺しても止める所存でした」

「ほぉ。今度は誰を送りこむつもりじゃった？」

「私自身を」

その答えに、瑠花は押し黙った。そして、そうか、と呟いた。

羽羽は以前、縹家から〝薔薇姫〟を奪取するため、先王に〝黒狼〟を送りこませた。裏切ったことに変わりはなくとも、羽羽自身がきていたら、何かが違っていたかもしれなかった。時々、そう思うこともあった。

「疑ったことを、謝ります」

「……よい」

「……紅秀麗様の体を、〝外〟へ、返していらしたのですね」

羽羽の目には、今の瑠花は石楠花《しゃくなげ》を思わせる深い紅の光を放っている。花言葉は〝威厳、荘厳〟。火花のように咲き、華の帝王と呼ばれる。高い絶壁に咲き、誰も手が届かない花だ。

紅秀麗の体はどこにもなく、瑠花の魂魄《こんぱく》以外のなにものでもなかった。

「ああ。それといくつかの仕事をな。ゆえに、少々、黄泉路をくだるのが、遅れての……」

時間つぶしをしていたことは、言わない。

瑠花にもう、心残りはない。

「では、行くか」

「あ、あ。あの、その前に。えーと」

羽羽は袖《そで》や懐などをさぐった。あちこちから料紙の切れ端やら筆やら、果ては食べかけの月餅《げっぺい》まで転げ落ちて消えていく。本当に魂魄なのか瑠花はあやしんだ。

「あった、あった。はい、姫様。約束の、ものです」

小さな油紙の包みを、羽羽が差し出した。何か入っているようで、ふくらんでいる。

「……約束？」

瑠花が怪訝《けげん》な顔で油紙をひらいた。ころんと転がり出てきたのは、貝殻だった。

綺麗に渦を巻いた、薄紅色の巻き貝。

「耳に当てると、波の音が、聞こえるんですよ」

真っ青な月の光。何十も並んだ、カラッポの白い棺《ひつぎ》の葬列。

ざわざわと鳴る、海鳴りのような葉音を聞きながら、ずっと一人きりで白木の椅子に座り続けていた。

『僕は姫様に本物の〝世界〟を見せたい』

いつか姫様に、海の音を届けましょうと、かつて羽羽は瑠花に告げた。

瑠花は巻き貝に耳を当てる。

……ザザ、ザァン、と貝殻の中で微《かす》かに波の音が寄せては返している。貝殻にはいまだ磯の香りが残っている。それは天空の宮からついに出ることのなかった瑠花が、初めて自分で触れた〝世界〟だった。

知らず浮かべた瑠花の微笑みに羽羽のほうが動揺した。

「本当は、いつかあなたを連れて、国中を回ってみたかったんですけど、また次にします」

「次？」

「いつかまた、長い眠りから目覚めたあとに。どこにいても、見つけて、迎えに参ります」

約束はできぬ。そう言いかけて、やめた。

「……それも、よいかもしれぬ。……羽羽」

「はい？」

わたくしは、自分の幸《さいわ》いのありかを守れたのだろうか。そう訊こうとして、それも、やめた。それは人に決められるものではなく、瑠花自身が決めることだった。

愛しても誰からも愛されない人生だと、言われた。星並びもすべて凶相。狂気のさだめ。束の間、弟の璃桜の顔がよぎった。弟がついに瑠花を愛することはなかった。黒仙の予言通りに。だが、瑠花のために二つ、弟がしてくれたことがある。

一つは瑠花の願いを聞き入れて、縹家当主を引き受けたこと。誰もが瑠花から去っていく中、瑠花とともにあの閉ざされた天空の宮にいてくれた。それは同じく〝薔薇姫〟に去られた璃桜だからこその、精一杯の姉に対する譲歩だったのかもしれなかった。

そしてもう一つは、瑠花のかわりに父を殺してくれたこと。

父殺しの宿星を負ったのは瑠花だったが、父を殺したのは璃桜だった。

どんな理由があれ、それは瑠花にとって、運命が変わる瞬間だった。おそらく璃桜は姉のことなど、微塵《みじん》も考えはしなかったのだろうけれど。

産声さえあげなかった璃桜。泣きも笑いもせず。ただ一人愛したのは、人でない仙女。

……もう瑠花は、弟を背負って山を登ることも、子守歌を歌うこともない。

不意に、どこからか二胡《にこ》の音色が流れてきた。瑠花と羽羽はハッとした。

「……この音色は……」

「……璃桜の二胡じゃ。……何十年ぶりに、耳にすることか」

曲は〝蒼遥姫〟。

逝《ゆ》く姉と、羽羽のために、璃桜が奏でる弔いの調べだった。

「……よい音色じゃ。ほんによい……」

瑠花が去っても、弟のそばには息子のリオウがいる。そんな風に、世界はめぐっていくのだろうと思えた。

瑠花は、ふーっと、深く深く、溜息《ためいき》をつく。

もう長いこと生きて、生きた。瑠花も羽羽も、共にくたくたに疲れている。休息の時間だった。

瑠花は傲然《ごうぜん》と手をのべた。羽羽は恭しく頭《こうべ》を垂れ、瑠花の手を押し戴《いただ》いた。

三本肢《あし》の大鴉《おおがらす》の羽ばたきが聞こえた。

『扉』の『鍵』が、今度こそ完全になり、錠が下りる。

そうして二人で、八角形の方陣の下、黄泉路へとくだっていったのだった。

終章

歌梨は宝鏡を安置し、息を荒らげて座りこんだ。脇からパチパチといかにもいい加減な拍手が送られた。

「お見事。実に美しい。間に合うとは思わなかったな。すばらしい。さすが僕の妻」

歌梨は殺気立った。薄ら笑いを浮かべる欧陽純を睨《にら》みつけた。

「こんの、くそ碧仙!! とっとと純さんから出てっておしまい。顔も見たくもなくってよ」

「せっかく君の大事な夫の一命をとりとめてあげたのに、その言いぐさはないな」

「おだまり!! 純さんから『歌』を、あの人の歌を、永遠に——とりあげて!!」

「それは君のためだろ。幽閉されてた君を助けるために欧陽純は自分の『歌』を、僕に永遠に捧《ささ》げた。君の守護と引きかえに。君が手放せなかったものを、あっさり」

歌梨はきっとなった。

「そうよ、あたくしは凡人ですわ。純さんのためでも、あたくしには画《え》は捨てられない。誰かのために、自分の一番大事なものを捨てられない女ですわ」

「だからこそ、君には千年の才があるんだよ。人間の才能がね。不思議とそういうのが宝鏡の謎を解く。別に僕が宝鏡の作り手を殺してきたわけじゃないってこと」

「そうね、二十年にいっぺん宝鏡をつくった人間は必ず死ぬ。そんなのは、大嘘。そうでしょ」

碧仙はニヤニヤと笑っている。

その言い伝えはいつしか『宝鏡をつくった者は死ななければ才の証《あかし》とならない』という先入観を碧家に植えつけていった。

碧一族にとって――多少なりと芸才を自負するものにとって、『才能がない』という事実は死よりも耐え難い。文字通り、そんなのを自分で認めるくらいなら『死んだ方がマシ』なのだった。神器の作り手に選ばれるほどの者ならばなおさらだ。作り手たちは周りの死を期待する目にのみこまれ、自殺していった。歌梨が記録を調べてみれば死んでいない者もいたし、宝鏡作成の間隔が五十年や百年になっていた時代もあった。言い伝えに惑わされなかった者は歌梨の他にもいたのだろう。

その一人が何の芸才もないといわれた先々代だった。彼は鏡をつくり、百年もっと言い残した。おそらくはその間に言い伝えの無意味さに、誰かが気づくことを望んで。

「君たちはいつだって自分の愚かしさで勝手に自滅するよね。人間を一番多く殺すのは人間なんだよ。でも、それを止めるのがたまに出てくる。先々代がそうだった」

碧仙は先々代の碧家当主のことを思い返した。

芸才は呆《あき》れるくらいなかったが、人間の才能はあった。己の命数が少ないと知り、宝鏡づくりを買って出た。途中で言い伝えのカラクリに気づいたのは、固執する芸才がサッパリなかったからかもしれない。

「僕が宝鏡づくりを手伝ってあげたのは本当。いやあ……あんまり不器用で見てられなくてさ。でもねぇ、ついに僕が碧仙てこと、最後まで気づかなくってさ。あの鈍さにはビックリ。……それで、まあ、ちょっとあいつ、気に入ってさ。割れちゃったけど、あのご神体は確かに数少ない碧仙の鏡だよ」

碧仙は新しいご神体へ目を向けた。

歌梨は先々代と違って、百年どころか、永久に替えは必要ないと言い放つに違いない。息子の万里を鏡の餌食《えじき》にさせないように。歌梨が千年の才のありったけを傾け心血を注いだその宝鏡は、碧仙が惚《ほ》れ惚《ぼ》れするほどにこよなく美しかった。この鏡ならば碧家も文句の言い様がないであろう。

死の連鎖をここで打ち止めにするために、彼の妻は宝鏡づくりを引き受けたのだ。

「よく邪魔しなかったですこと。……『扉』が開いた方が、都合がいいんじゃなくって」

「……君が精魂こめてつくりあげた鏡を、見てみたかったんだよ。それは本当」

碧仙は付け加えた。

「あと、八仙なんて引っこんでろっていう瑠花たちの意気ごみが、気に入ったから、かな」

* * *

ざく、ざく、と音がする。ざく、ざく。ざく、ざく……。

珠翠は白い棺《ひつぎ》の間で、ぺたりと座りこんでいた。珠翠の前にはカラッポの白木の椅子がある。椅子の両脇に珠翠が預かっていた〝干将〟と〝莫邪〟が静かに突き立っている。

珠翠の膝《ひざ》には、枯れ木のようにしわくちゃな、瑠花の首があった。嘘のように小さな塊となり果てたその首を抱いたまま、珠翠はずっとそうしている。

もうどれくらいそうしているのか、わからない。長い長い間呆然《ぼうぜん》と土の上に座りすぎて、体の感覚がなかった。根が生えたような気がする。

『扉』が閉じたあと、気がつけば珠翠はこの白い棺の間に立ち尽くしていた。そして折り重なって死んでいる瑠花と立香のかたわらに膝をつき、瑠花の老いた皺《しわ》首を拾って膝に抱いたのだ。

瑠花の頭を撫《な》でれば、ざんばらで脂っ気のない白髪《しらが》がぶつぶつと抜け落ちた。珠翠の頬を透明な涙が音もなく伝った。

珠翠のかわりに四人もの人柱が立つとわかっても、座視していたあのとき、珠翠は確かに死ねないと思ったのだった。自分は死ねない。今の縹家は珠翠で保っている。それは今まで瑠花がしてきたことと、まるで同じだった。

目の前に並ぶ無数の、カラの棺。瑠花に肉体を渡して眠りについていった『白い娘たち』。瑠花のことを生き汚いと思っていた。瑠花がこの娘たちの体を使うことに罪悪感を覚えないことに嫌悪もした。瑠花自身麻痺《まひ》していた頃もあっただろう。でも最初からそうではなかったはずだった。珠翠は四人の人柱だが、瑠花はこの何十もの娘たちの命を負って生きてきた。

……そして今度は、瑠花や羽羽や英姫から、珠翠へ託されたのだった。未来を。

ざわざわと、槐《えんじゅ》の巨木が海鳴りのように梢《こずえ》を鳴らしつづけている。

ざく、ざく、と、聞こえていた音が、いつしかやんでいた。

珠翠のそばに、〝暗殺傀儡《にんぎょう》〟たちがひざまずいていた。珠翠は涙をぬぐって、訊《き》いた。

「……私で、いいの？」

「……はイ。どうか、泣かないで、くだサい。新シい、大姫様……」

一人が、気遣うように珠翠をそっと見た。それは珠翠の知る、感情を制御された〝暗殺傀儡〟とは異なる人間らしい仕草だった。唐突に、珠翠は奇妙な考えを思いついた。自分だけが例外だと思いこんでいたけれど、もしかしたら他にもいたのかもしれない。珠翠のように洗脳が解けた〝暗殺傀儡〟が。瑠花から逃げたか、逃げずに傍にいたかの違いで。

彼らはずっと土を掘っていた。二つつくっていた穴のうち、一つにはすでに立香の遺体を埋葬したと見え、埋められていた。もう一つはまだ土が被《かぶ》さっておらず、穴の中から蓋《ふた》が開いたままの、白い棺がのぞいていた。

「……あの、大姫様、が、……前ニ、死んだら、ココへ、埋めてほシイ、と……」

「……ええ、いいのよ。だってここは――ここが」

縹家のどこよりも清く、静謐《せいひつ》で、封じられた場所。鬱蒼《うっそう》と生い茂る草木と、小さな白木の椅子が据えられた、槐の木。黄泉《よみ》との境目に立つ木。

「ここが、大巫女たちが眠ってきた、霊廟《れいびょう》だもの……」

亡骸《なきがら》が行方知れずの初代をのぞいて、代々の大巫女たちが欠けることなく眠ってきた場所。そして瑠花が使ってきた〝白い娘たち〟も、この土の下に、埋葬されている。

大巫女にしか許されぬ墓地を、瑠花は〝白い娘たち〟すべてに供したのだった。それは瑠花が彼女たちには決して口にしなかったであろう、最大の敬意と謝罪に思えた。

珠翠は膝で抱いていた瑠花の首を、青年に渡した。青年は大事そうに受けとり、棺の中の、瑠花の遺体の欠けている場所に、丁寧に置いた。

蓋がしまり、ざくりざくりと土がかけられる。次第に瑠花の棺が土の下に隠れていく。

ざくり、ざくり。

瑠花は縹家の闇の部分だった。いなくなれば何かはよくなるはずだと珠翠は思っていた。切り落とせるものならそうしたかった。かつて瑠花が縹家を粛清したように。

（でも、あのとき、殺さないで、よかった）

おそらく闇の部分だけを力ずくで排除することは、できないのだ。一つ切り落とせば一つ別の闇が現れる。疎ましいものを強引につぶすたび自分の暗闇が増えていき、そこにのみこまれていく。際限なく。瑠花でさえ、最後はその重さに押しつぶされた。

珠翠は根の生えたような体を起こした。よろけながらなんとか歩いていく。殺した命でなく、託された命なら、重くてもまだ歩ける。後ろめたささえ、一緒に抱えて。

瑠花の棺のもとへ行き、珠翠は最後の土をかけた。

それから、槐の根方に置かれた白木の椅子へ向かい、裾《すそ》を払って、腰を下ろした。

その瞬間、縹一族のあらゆる『異能もち』は、新たな大巫女の誕生を知ったのだった。

珠翠の前で、〝暗殺傀儡〟たちがひざまずいた。いや。〝暗殺傀儡〟は、もういらない。もう必要ない。本来大巫女を守る者たちはこう呼ばれてきた。

「これよりあなたたちが、私の、縹家の、新しい『槐の守り手』です」

梢のざわめきにまぎれて誰かが微笑んだようだった。

よい。生きよ。

珠翠はもう泣かなかった。


珠翠は白木の椅子に座りながら、何十もの空の棺に目をやった。三つの棺が列からなくなっている。その内の二つは守り手たちが立香と瑠花の棺として使い、土の下に埋めた。

「……あと一つは、秀麗様のためね？」

「はい……。大姫様の命デ、紅州江青寺へ、ハコび、ました」

珠翠は頷《うなず》いた。

「わかりました。一度、江青寺へ行かなくては……。それに〝干將〟と〝莫邪〟――」

その時、珠翠の脇に突き立っていた剣が、うっすらと輝きはじめた。対《つい》の宝剣はそれぞれ光を放ちながら、とけるように消え失《う》せてしまった。

「……大丈夫ですよ。剣は、帰ったのですわ。あるべき時と、場所へ」

珠翠は驚いた。白い棺の列の間に、縹家の姫姿をした、妙齢の女性が忽然《こつぜん》と立っていた。巫女姿は見慣れているが、姫姿の装いは珍しい。珠翠よりいくつか年下のようだった。珠翠はその女性を知っているような気がし――ハッとした。最後の娘。

「ご着任、お祝いを申し上げます。新しい大巫女」

女性はにこっと笑って珠翠へ頭《こうべ》をたれる。長い黒髪が、さらさらと流れた。

「どうぞ、私を、紅秀麗様のもとへ、お連れください」

＊　＊　＊

……時は少し遡《さかのぼ》る。

燕青は江青寺に戻っていた。秀麗に憑依《ひょうい》した瑠花が、去り際、燕青に江青寺の羽章のもとへ行くよう言いつけたのだ。

赤兎馬で駆け通し、江青寺にたどりついた時にはすっかり夜になっていた。燕青は説明も抜きでずかずか羽章のいるという本堂まで乗りこんだ。そこに安置されたものを見て思わず首座の胸ぐらをつかんで宙づりにした。

「このつるっぱげ腐れ坊主！　棺桶《かんおけ》なんか用意してなんの真似だ。髭《ひげ》引っ張んぞ。わかった。お前さん自身の棺桶だな？　よぉし、今すぐ俺が冥土《めいど》まで殴り飛ばしてやる！」

「あわわー。お待ちを燕青殿！　これ、これはですな」

だしぬけに、堂に集まっていた江青寺の術者や僧たちがいっせいにひざまずき、頭《こうべ》をたれた。

その場に、秀麗が姿を現した。正確には秀麗の体を使った瑠花が。

燕青は殺意のこもった眼差《まなざ》しで瑠花を睨《にら》みつけた。瑠花は目を細めた。

――茶仙の寵児《ちょうじ》。かつてはこの浪燕青も茶仙の憑依候補かと、疑ったこともあった。

「羽章を放すがよい、下郎」

燕青は羽章から手を放して、瑠花と向き合った。ぽてん、と羽章が床に落っこちる。

瑠花は燕青に一、二歩、歩み寄った。

秀麗の体から、瑠花の魂魄《こんぱく》がすうと抜ける。秀麗が床に倒れる前に燕青が抱き留めた。

秀麗もまた自分の足でよろよろと踏みとどまり、ボンヤリ目を開けた。

「……あれ？　ここ……江青寺……？」

「姫さん!!」

「う、燕青、怒鳴らないで……目……目がまわる……うう、気持ち悪い……」

離魂姿の瑠花が、秀麗の額に触れた。その指先から、燕青は何か黒っぽい小さな光が秀麗へと流れこんだのを目撃した。すると、秀麗の、紙のように蒼白《そうはく》だった顔色に血の気がさし、体のほうも多少力が戻ってきたのがわかった。燕青は胸をなでおろした。

一方秀麗は気分の悪さが落ちつくまでは、ものを考えられなかった。

「……瑠花姫？　え？　まだ……生きてる……私……」

「そうじゃ、まだ生きておる。紅秀麗、そなたならこの棺《ひつぎ》に見覚えがあろう」

瑠花が棺を示した。青い月の光のさす不思議な場所で、〝白い娘たち〟が昏々《こんこん》と眠り続けていたというあの白木の棺に違いなかった。

「我が縹家の粋を集めた棺じゃ。簡単に言えば、肉体の時を止める棺、じゃ」

反応を示したのは燕青のほうだった。

「縹家の多くの娘たちが、この棺で眠った。効果は証明済みじゃ。この棺で眠っている間は、命をすり減らすことはない。眠っているだけで、死ぬことはない」

秀麗は黙って聞いていた。

「棺にいくつか仕掛けをしておいた。目覚める時はそなた自身で決められる。もちろん眠り続けることもできる。永遠にとはゆかぬが。ただし、起きる機会は一度きり。一度起きれば、二度と棺は使えぬ」

秀麗は訊き返した。

「起きたら、どうなります？」

瑠花は誠実だった。残酷なほど。それが彼女なりの優しさであったので。

「そなたの命は、一日足らず。それ以上は生きられぬ」

瑠花が秀麗のためにかき集めてくれた、最後の時間だった。

「――はい」

燕青は動揺し、秀麗の手をつかんだ。秀麗は驚いたものの、そのままにしておいた。瑠花に向かって、微笑む。

「ありがとうございます」

瑠花は秀麗の微笑を見つめた。

それから、透明な手を伸ばし、幼子にするように秀麗の頭を撫《な》で、頬を愛撫《あいぶ》した。

「そなたのおかげでわたくしも縹家も、なすべき仕事を果たすことができた。心より感謝する。あとは珠翠と、……最後の娘に、そなたを託すことにしようか」

瑠花の透き通った指先が秀麗の瞼《まぶた》に触れる。秀麗は急に眠たくてたまらなくなった。

燕青の腕の中で、秀麗は何度かまばたきをし、やがて目をつむった。

「……浪燕青、子細はのちほど、珠翠より聞くがよい。わたくしも……もう時間切れじゃ」

瑠花は最後に、頭を垂れる一門を見渡した。

「――全員、面《おもて》を上げよ」

戸惑いが広がる。羽章がおそるおそる顔を上げたのを皮切りに、一人、また一人と、瑠花を仰ぐ。ほとんどの者にとって、瑠花と会うことすら初めてのことだった。

「こたび、蝗害《こうがい》及び神器における全門の働き、大儀であった。無能異能問わず、そなたらは我がまことの誇りじゃ。褒めてつかわす。……ようやったの」

羽章の胸が熱くなった。羽章のみならず全員が言葉を失った。

「我が最期《おわり》に、よいものを見せてもらった。人里におり、人を助けよ。一切の助けを求める手を拒んではならぬ。命の終わるその時まで、縹家の誇りを忘れずに、生きよ」

羽章の目に涙がにじむ。誰もが瑠花の死を察した。あちこちから嗚咽がもれた。頭を垂れる者もいたが、羽章は仰ぎ見つづけた。石楠花《しゃくなげ》のような高嶺《たかね》の花だった。最期まで。


瑠花の姿が消えた後、一人の術者が堂の中に駆けこんできた。

「大変です!!　今、貴陽仙洞省から連絡が——羽羽様が——」

燕青は羽羽の訃報《ふほう》をボンヤリと聞いた。

縹家にとっても悲報だったが、王にとっては、それはまた別な意味をもっていた。朝廷の大官であり、現王の擁護役として、折に触れて劉輝をかばってきた。王の即位の儀をとりおこなう仙洞省の重鎮が王の後見役に近い立場にいたのは、劉輝にとって大きな盾でもあった。その羽羽が、死んだ。しかも殺害されたという。

そういったことも今の燕青には他人事《ひとごと》のようだった。

秀麗は彼の腕の中で寝入っている。

――そなたの命は、一日足らず。それ以上は生きられぬ。

そのとき、秀麗が目を開けた。燕青はぎくりとした。

「燕青……大丈夫……また、ちゃんと起きるから……。棺へ……寝かせてちょうだい……」

燕青は秀麗の手を握りしめたままで、両腕に抱き上げた。白木の棺のそばまで運ぶ。秀麗は
燕青は何度も立ち止まり、ぐずぐずした。いつまでも棺へとおろさない燕青に、秀麗は
怒ったように髭を引っ張った。全然痛くなかった。燕青は一、二歩棺へ踏み出し、また止まる。

「……燕青……私の願いを叶《かな》えてくれるって、言ったじゃない……」

燕青は言葉に詰まった。そう、燕青は秀麗の官吏だった。

燕青はついに、白くやわらかな絹の布の敷かれた棺の中に、秀麗を抱き下ろした。秀麗の顔が、ホッとしたようにゆるんだ。

「……ちょっとだけ、眠るわ。ちょっとだけね。そしたら起きるわ。きっと。だって、まだ、やることが残ってるもの……。ね？　……のために……」

秀麗が呟《つぶや》いたのは王の名だった。それから、眠りについた。

燕青はなおも秀麗の手をつかんでいた。

『また、ちゃんと起きるから……』

燕青は笑おうとして、失敗した。そう、きっと起きる。最後の一日を迷わず使って。

多分穏やかな一日ではなく、よりにもよってというような一日を選んで駆け抜ける。

「おやすみ」と燕青は言った。

＊　＊　＊

貴陽——。

仙洞省令尹羽羽の突然の悲報は、またたくまに朝廷を駆け巡った。

「聞いたか？　羽羽様が——これで仙洞省の後ろ盾も消えて——」

「……ああ。それに貴族たちの私兵が動いているとか——」

「……今、兵馬の権は旺季様にある——鄭尚書令でなく——今なら——」

「——軍も——動——ない……能性——高——陵王殿——掌握……」

榛蘇芳と鳳叔牙は連れだって歩きながら、そこかしこで囁《ささや》きかわされる噂や密談を拾った。しばらくして叔牙が、蘇芳の袖《そで》を引いた。叔牙の顔は強張《こわば》っていた。

「蘇芳……」

「ああ。まずいな」

羽羽の暗殺で、最後の綱がぷつりと切れたようだった。それまで曲がりなりにも押しこまれていた昏《くら》い澱《よど》みが、とうとう表に浮き出てきたのだった。

空には、今や昼も夜も赤い妖星《ようせい》があった。

その星は日増しに大きくなりながら貴陽を見下ろしている。

＊　＊　＊

夜空を、流星がつづけざまに落ちた。それを霄太師は見守った。

瑠花、英姫、羽羽。

大業年間の終わりに生き、激動の時代を知る僅《わず》かな生き残りだった。

霄太師の隣に藍仙がふらりと現れて、長い弧を描く三つの流星をともに眺めた。

「戩華と瑠花の時代が、終わる……」

と藍仙が言った。なんと美しい彗星《ほうきぼし》であろうと彼は目を細める。

あざやかな軌跡を描いて降り落ちていく。それぞれの人生の光を放ちながら。

英姫と羽羽はともかく、瑠花があのような散り様をするとは、藍仙は思っていなかった。

藍仙は瑠花のことを、ろくな死に様でなかろうと意地悪く思っていた。だが三つの彗星の中で、いちばん心を奪われる人生の色であった。

美しい人生ではなかった。だが、美しい女だ。藍仙は認めた。

禍《まが》つ宿星に、心一つで抗《あらが》いつづけた女だった。

かつて幼き瑠花のまえに姿を見せたという黒仙は、これが、見たかったのだろうか。

与えられた人生の色を、瑠花が自らの心で必死にぬり変えていく様を。

弧を描いて天空を翔《か》けて、瑠花の星はついに落ちた。

「紅の娘は、しばしの眠りについたようだの」

藍仙は黙ったままの霄太師の顔をチラリと見た。

紫霄は、自分がどんな顔をしているのか、わかっているのだろうか。

藍仙は羽羽を好もしいと思ったが、それは紅葉を愛《め》でるのと同じだった。散り際を惜しんでも、美しさに満足する。今の紫霄は、まるで人間のようだった。人間のように取り残されていく者の顔をしていた。

藍仙は天空を見上げた。息を吐いたら、真っ白くなった。もうすぐ冬だった。

「戩華の時代が終わる。そうして新しい時代がくる」

東の空に。

美しく輝く王の星がのぼる。

――もうすぐ。

本書は、平成二十三年六月、角川ビーンズ文庫より刊行された
『彩雲国物語　紫闇の玉座（上）』を加筆修正したものです。

彩《さい》雲《うん》国《こく》物語《ものがたり》

十七、紫闇《しあん》の玉座《ぎょくざ》(上)

雪《ゆき》乃《の》紗《さ》衣《い》

令和5年 11月25日　初版発行

発行者●山下直久

発行●株式会社KADOKAWA
〒102-8177　東京都千代田区富士見2-13-3
電話　0570-002-301(ナビダイヤル)

角川文庫 23885

印刷所●株式会社暁印刷
製本所●本間製本株式会社

表紙画●和田三造

●お問い合わせ
https://www.kadokawa.co.jp/（「お問い合わせ」へお進みください）
※内容によっては、お答えできない場合があります。
※サポートは日本国内のみとさせていただきます。
※Japanese text only

ISBN 978-4-04-113212-8　C0193

◇◇◇

角川文庫発刊に際して

角　川　源　義

第二次世界大戦の敗北は、軍事力の敗北であった以上に、私たちの若い文化力の敗退であった。私たちの文化が戦争に対して如何に無力であり、単なるあだ花に過ぎなかったかを、私たちは身を以て体験し痛感した。西洋近代文化の摂取にとって、明治以後八十年の歳月は決して短かすぎたとは言えない。にもかかわらず、近代文化の伝統を確立し、自由な批判と柔軟な良識に富む文化層として自らを形成することに私たちは失敗して来た。そしてこれは、各層への文化の普及滲透を任務とする出版人の責任でもあった。

一九四五年以来、私たちは再び振出しに戻り、第一歩から踏み出すことを余儀なくされた。これは大きな不幸ではあるが、反面、これまでの混沌・未熟・歪曲の中にあった我が国の文化に秩序と確たる基礎を齎らすためには絶好の機会でもある。角川書店は、このような祖国の文化的危機にあたり、微力をも顧みず再建の礎石たるべき抱負と決意とをもって出発したが、ここに創立以来の念願を果すべく角川文庫を発刊する。これまで刊行されたあらゆる全集叢書文庫類の長所と短所とを検討し、古今東西の不朽の典籍を、良心的編集のもとに、廉価に、そして書架にふさわしい美本として、多くのひとびとに提供しようとする。しかし私たちは徒らに百科全書的な知識のジレッタントを作ることを目的とせず、あくまで祖国の文化に秩序と再建への道を示し、この文庫を角川書店の栄ある事業として、今後永久に継続発展せしめ、学芸と教養との殿堂として大成せんことを期したい。多くの読書子の愛情ある忠言と支持とによって、この希望と抱負とを完遂せしめられんことを願う。

一九四九年五月三日